Burning Fist
버닝 피스트

버닝 피스트 5
박우진 판타지 장편 소설

초판 1쇄 찍은 날 § 2004년 9월 25일
초판 1쇄 펴낸 날 § 2004년 10월 5일

지은이 § 박우진
펴낸이 § 서경석

편집장 § 문혜영
편집 책임 § 권민정
편집 § 서지현 · 한지윤
마케팅 § 정필 · 강양원 · 이선구 · 김규진 · 홍현경

펴낸곳 § 도서출판 청어람
등록번호 § 제1081-1-89호
등록일자 § 1999. 5. 31
어람번호 § 제1-0544호

주소 § 경기도 부천시 원미구 심곡1동 350-1 남성B/D 3F (우) 420-011
전화 § 032-656-4452   팩스 § 032-656-4453
http://www.chungeoram.com
E-mail § eoram99@chollian.net

ⓒ 박우진, 2004

ISBN 89-5831-256-4 04810
ISBN 89-5831-054-5 (SET)

FANTASY FRONTIER SPIRIT
버닝 피스트
Burning Fist
5
완결
박우진 판타지 장편소설
붉디붉은 향
도서출판
청어람

CONTENTS

들어가는 막(幕)

소녀는 복수하고 싶었다. 오빠의 피범벅이니,
생각할 수 없는 일이었다

소식을 받았을 때 소녀는 다리에 힘이 풀려 주저앉고 말았다. 어머니와 아버지의 표정도 소녀와 똑같았다. 다만 아버지 쪽은 이미 거품을 물고 기절해 있었다. 직접 전화를 받은 어머니는 잠깐 표정을 무너뜨렸으나 강한 여자답게 금방 태도를 되돌리고 수화기 너머의 사람에게 물었다.

"어디죠? 네, 알겠습니다. 세 시간 내로 도착하죠."

그녀는 수화기를 내려놓았다. 곧 바닥에 널브러진 남편을 발견한다.

"이 남자는 왜 여기 쓰러져 있는 거죠?"

얼이 빠진 소녀에게 물어도 대답은 돌아오지 않았다. 이래서야 나라도 정신을 차리고 있을 수밖에 없잖아. 그녀는 잠시 한숨을 내쉰 후 소녀를 일으켜 세웠다.

"옷 갈아입으세요. 지금 나가야 하니까."

“네, 네!”

어머니의 재촉에 서둘러 정신을 차리고 소녀는 방으로 뛰어갔다. 뒤쪽에서 어머니에게 짓밟혀 아버지가 이상한 비명을 지르는 소리가 들렸지만,

‘오빠!’

지금의 소녀에게는 다른 생각을 할 여유가 없었다.

소녀와 두 살 터울의 오빠는 백두 고등학교라는 곳으로 진학을 했다. 그곳은 무도가의 자제들이 주로 모이는 곳으로 국내 유일한 무도인 양성 특수 목적고이다. 소녀의 오빠는 무형류의 계승 예정자로 그곳에 들어갔고, 1학기가 반이 넘게 흐른 지금껏 대무에서 단 한 번의 패배도 기록하지 않고 있다고 했다.

그런 오빠가 패배했다. 거기다 대무의 여파로 심각한 부상을 입은 채 대무 직후 병원으로 실려갔다고 한다.

소녀는 부정하고 싶었다. 오빠의 패배라니, 생각할 수 없는 일이었다. 외출복으로 옷을 갈아입으면서도 소녀는 계속해서 꿈이 아닐까 의심하고 있었다.

“준비 다 되었나요?”

그런 소녀를 현실로 되돌려놓는 목소리. 어머니다. 소녀는 다 됐다고 소리쳤다. 손가방을 들며 소녀는 자각했다. 이건 현실이야.

거실에는 어머니가 기다리고 있었다. 어느새 외출복으로 갈아입고서 소녀를 맞이했다. 집 밖에서 아버지가 차에 시동을 걸고 있었다. 어머니는 거실로 나온 소녀를 아래위로 훑어보고서 고개를 끄덕였다.

“이쁘네요. 어서 가죠.”

소녀의 등을 밀며 어머니는 집 밖으로 나섰다. 이미 갈 채비를 갖춘 아버지가 둘을 차에 태웠다. 차는 금방 소리를 내며 출발했다.

시내의 길을 지나 차는 금방 고속도로로 나갔다. 어머니는 계속해서 아버지를 재촉해 차 속도를 올렸다. 소심한 아버지는 울상이 된 얼굴로 연신 엑셀을 밟으며 자동차 사이를 빠져나갔다. 소녀는 아버지가 젊은 시절 잠깐 거쳤던 직업을 떠올리고는 뒷좌석에서 급히 안전벨트를 맸다.

"총알택시 시절을 생각해요! 당신 그땐 이 정도가 아니었다구요!"

아버지의 어깨를 두들기며 어머니가 소리친다. 아버지는 죽기 살기로 엑셀을 밟고, 차는 폭주했다. 소녀는 숨을 들이쉬고 눈을 감아버렸다. 맹렬한 속도로 차는 고속도로 위를 내달리고 또 내달렸다.

150킬로미터를 넘는 과속을 일삼고 여덟 번이나 감시 카메라에 촬영당한 후, 그들은 두 시간 만에 병원 앞에 도착했다. 응급실 앞에 차가 정지하자마자 어머니는 바람같이 뛰어내렸다. 소녀도 그 뒤를 따라 응급실로 달려들어 갔다.

응급실 앞에서 모녀는 침대를 발견했다. 막 응급실을 빠져나가고 있는, 피로 물든 붕대를 맨 환자. 모녀는 당장에 알아보았다. 소녀가 달려간다. 오빠였다. 몰골을 알아보기 힘들 정도로 다쳤지만 소녀는 알아볼 수 있었다. 소녀는 그를 붙잡고 울었다. 목놓아 울었다. 서둘러 달려온 간호사와 의사가 그녀를 떼어놓고 서둘러 침대를 수술실로 이동시켰다. 수술실로 들어가는 그 모습을 보며 소녀는 하염없이 눈물을 흘리고 있었다.

둘에게 담임 선생이 뛰어왔다. 소녀가 하얗게 질린 사이에 어머니는 선생에게 자초지종을 물었다. 선생은 어머니에게 요점만 간단히 이야기했다. 현재 오빠와 같이 무패를 기록 중이던 동급생과 대무를 했다, 승부는 오빠의 패배, 그리고 상대의 마지막 일격을 미처 방어하지 못했다, 그 충격으로 전신의 혈맥이 뒤틀렸고 혼수상태에 빠졌다, 응급 처치를 거치고 병원으로 옮겼다, 뇌를 다친 듯하여 지금 수술 중이다, 여기까지가 선생의 이야기였다.

소녀는 이젠 새하얘져 있었다.

차를 주차해 놓고 아버지가 돌아왔다. 마침 쓰러지려 하고 있던 소녀를 받아 들며 어머니에게 눈빛으로 설명을 구한다. 아랫입술을 깨문 채 비장한 얼굴을 하고 어머니는 선생에게 들은 사정을 다시 아버지에게 말했다.

그리고 아버지는 기절했다.

소녀는 쓰러진 아버지를 어머니와 함께 의자 위에 눕히고 그 옆에 앉았다. 몇 시간 만에 단숨에 지쳐 버린 느낌이었다.

"너무 걱정 말아요. 큰일은 없을 거예요."

그렇게 말하는 목소리가 조금 떨리고 있다는 것을 어머니는 모르고 있었다. 언제나 강한 모습만을 보이던 어머니였으나, 역시 오빠의 부상은 쉽게 견딜 수 없는 모양이었다. 소녀는 그만 더욱 울적해져 고개를 숙였다.

"오빠…… 괜찮을까요?"

그런 소녀를 내려다보며 어머니는 미소를 떠올렸다. 소녀의 머리를 쓰다듬으며 따뜻하게 말해 준다.

"괜찮아요. 강한 아이니까. 이 엄마의 아들이잖아요?"

눈물이 글썽한 눈으로 소녀는 고개를 끄덕였다. 그렇다. 어머니의 아들이니까 분명히 괜찮을 거야. 금방 자리를 털고 일어날 거야.

수술이 끝나고 오빠는 병실로 옮겨졌다. 부상은 몇 개월 만에 나았
고 후유증도 크지 않았다. 대신 오빠는 다시는 무술을 익힐 수 없는 몸
이 되어버렸다.

|하나| 거친 야수의 목소리로

Burning fist

거친 야수의 목소리로

바람이 불고 있었다.

5월의 마지막 날. 여름으로 들어서는 길목을 지나 차츰차츰 날짜는 여름을 향해 질주하고 있었다.

승건은 서 있었다.

한복 형식의 새하얀 수련복을 입고 오른손에는 갈색의 목도가 쥐어져 있다. 햇살 아래에 서 있는 그의 모습은 한 폭의 수묵화 같았다. 바람에 흔들리는 버드나무 가지를 배경으로 서 있는 한 명의 선인. 그는 그렇게 배경에 녹아들려 하고 있었다.

한 차례 강한 바람이 불어왔다. 눈을 감고 있던 그를 바람이 쓸고 지나가며, 동시에 버드나무 가지가 격렬하게 흔들렸다.

승건은 눈을 떴다. 손목을 돌려 목도의 날을 아래쪽으로 향하게 만든다.

그의 눈이 버드나무를 올려다본 채 고정됐다. 바람에 흔들린 가지들이 서로 부딪쳐 잔잔한 선율이 울리고, 선율에서 뻗어 나온 음표처럼 몇 장의 나뭇잎이 팔랑팔랑 떨어져 내렸다.

문자 그대로 춤추듯 유영한다. 바람에 마음껏 희롱당하며 여섯 장의 버들잎은 저마다의 속도, 저마다의 움직임으로 차츰차츰 대지를 향했다.

그것을 승건은 고요하게 올려다보고 있었다. 어느 특정한 버들잎을 살펴보고 있는 것이 아니다. 그의 눈동자는 여섯 장의 버들잎이 떨어져 내리는 그 공간 자체를 보고 있었다.

"……."

쏴아아아—

바람이 다시 한 차례 훑고 지나고 버들잎들의 춤사위가 더욱 제멋대로 변했다.

승건은 변함없이 그것을 올려다본다.

한참 후, 승건의 오른손이 올라왔다. 가볍게 목도를 쥐고 있다. 손목은 유연하게. 그리고 그 움직임은 느렸다.

스르르륵.

손에 걸쳐 두었던 비단이 떨어져 내리듯 그 움직임은 느릿느릿했다.

무도인이 아닌 그 누가 보더라도 궤도를 확인할 수 있을 정도로.

그러한 움직임을 따라 호선을 그린 목도의 끝이 첫 번째 버들잎을 건드렸다.

톡.

베지 않는다. 목도에 부딪친 버들잎은 다시 바람에 실려 제멋대로 날아갔다. 목도는 쉬지 않았다. 연이어 물 흐르듯 움직이며 그 옆으로 떨어져 내리던 버들잎을 치고, 또 다음 것을 치고, 그리고 또 다음 버들 잎을 쳤다.

톡—

마지막 버들잎까지 모두 건드렸을 때 첫 번째 버들잎은 바닥에 당도 했다. 승건은 원으로 움직였던 목도를 다시 다리 앞으로 휘둘러 본래 의 제자리로 되돌렸다.

그때 그의 앞에서 버들잎이 홀연히 등장했다. 일순 승건의 기가 사 납게 돌변하며 오른팔이 화살처럼 사라졌다.

다음 순간 목도로 인해 부서진 버들잎이 몇 조각으로 나뉘며 그의 앞에서 확산됐다.

눈으로 뛰어들어 오는 버들잎의 조각을 가볍게 눈을 찡그려 막으며 그는 팔을 내렸다. 허공에 일직선의 선을 그었던 목도는 천천히 제자 리로 돌아갔다.

모든 과정이 끝나고 바람이 멎자 승건은 깊게 숨을 토해내었다. 다 채워지지 못한, 착잡한 눈동자로 그는 멀쩡한 여섯 장의 버들잎과 부서 져 버린 한 장의 버들잎을 찬찬히 내려다보았다.

혀를 찬다.

승건의 뒤로 소리없이 혜란이 나타났다. 빈틈없이 교복을 차려입은 그녀에게서는 변함없는 충성심이 흘러나왔다.

"성공하셨습니까."

"아니. 아직이야. 한 장을 놓쳤어. 앞선 여섯 장에 너무 집중해 있었 나 봐."

목도를 어깨에 걸치며 승건은 돌아섰다. 눈을 감은 채 햇살을 받으 며, 바람 속에서 버들잎이 떨어지기를 한 시간여 기다렸던 사람 같지 않은 가벼운 동작.

혜란은 가볍게 고개를 숙였다.

"곧 이루실 겁니다."

"그래야지."

끄덕이면서 혜란을 스쳐 지나갔다. 그녀는 익숙하게 그의 한 발자국 뒤에서 따라오기 시작했다.

이제 곧 한 걸음이다. 고지가 저 앞이다. 조금만 더 앞으로 나아가면 원하던 것이 손안으로 들어올 것이다. 멀리서만 보고 있던 그것이 어느새 이렇게까지 앞으로 다가와 있는 것을 느끼며 승건은 잠시 그 얼굴에 희열에 찬 미소를 띠었다. 그러나 그런 웃음도 잠시, 평소의 부드러운 얼굴로 표정을 되돌리며 그는 입을 열었다.

"오늘은 중요한 날이지? 서둘러야겠군."

"기상이 이르셨기에 서두르지 않으셔도 상관없습니다."

"아니지. 병원에 들러서 그 녀석도 데리고 와야 하고, 또 다른 일도 있을 거니까."

"……?"

자신의 말을 이해 못한 듯한 혜란을 돌아보며 승건은 슬쩍 미소를 띠었다.

"아무것도 아냐."

그의 발걸음이 바빠졌다.

이제 한 걸음이야.

효진은 울적했다. 승욱은 밥 속에서 상큼하게 돌을 씹었을 때부터 그 사실을 눈치 채고 있었다. 아니, 애초에 그녀의 표정은 평소보다 전혀 생기가 없었다. 같이 학교를 향하고 있는 지금까지, 아침 내내 그녀는 세상 모든 근심을 다 끌어안은 듯한 얼굴을 하고 있었다.

승욱의 오른팔은 아직 완치되지 않았다. 혈도술은 미령 덕분에 금방 풀 수 있었다. 하나 장기간 혈도를 잡힌 채로 무리하게 몸을 움직여 제대로 회복되기까지는 시간이 걸릴 듯했다. 그는 아직도 오른팔 어깨 부근에 붕대를 감고 있었다.

물론 그의 부상이 효진의 침울한 이유인 것은 아니다.

지난 주말에 있었던 사건 직후 깨어난 효진에게 상황을 설명하자 그녀는 길길이 화를 내며 날뛰었다. 그것을 모두가 달려들어 막고 나서야 그녀는 머리를 식히고 본래의 모습으로 돌아왔다. 유키에는 그런 그녀에게 지난 며칠 동안 연신 사과를 해댔다. 효진이 승욱의 부상을 걱정할 때마다, 혹은 그 이외의 시간에도 꾸준히. 효진도 이젠 그 일에 대해서 전혀 꺼내지 않았지만 히로시를 만나면 또 어떤 일이 일어날지는 알 수 없다고 승욱은 생각하고 있었다.

당연히 이것도 이유는 될 수 없다.

"하으……."

횡단보도에서 신호를 기다리며 효진은 울적함이 가득 담긴 한숨을 토해냈다. 과장됨도 느껴지는 그 제스처에 유키에가 귀여운 얼굴을 살짝 찡그렸다.

"미안해……."

"아니에요, 어쩔 수 없죠. 어쩔 수 없는데… 그래도 역시 슬프네요……."

그녀는 세상이 꺼져라 한숨을 터뜨렸다.

"오늘이 마지막 날이라니……."

　　5월의 마지막 날. 오늘은 유키에를 비롯한 교환 학생들의 홈스테이가 끝나고, 고국으로 돌아가는 날이었다.

　　효진이 울적한 이유는 그것에 있었다.

　　신호가 푸른색으로 바뀌기 전 효진은 유키에의 어깨에 매달렸다.

　　"안 가면 안 되나요? 네? 그냥 여기서 학교 다니는 건 어때요?"

　　"아, 저, 거건……."

　　유키에는 곤란해했다. 당연하다. 효진의 요구는 불가능에 가깝다 못해 그 자체니까.

　　승욱은 그런 효진의 머리를 툭 때렸다.

　　"그만 해."

　　그를 돌아보며 효진은 노골적으로 울상을 만들었다.

　　"승욱 씨는 슬프지 않아요? 한 달 동안 같은 집에서 지낸 친구가 떠나가는 거라구요. 앞으로 영영 못 만날 수도 있다구요. 아무리 세상일은 모르는 거라지만 내일 아침 세계 핵전쟁이 일어날지도 모르잖아요!"

　　비관도 이 정도면 수준급이다. 승욱은 질린 듯이 효진을 내려다보고는 뭐라고 말하려 하다가, 그냥 입을 닫아버렸다.

　　"앗! 지금 뭐라고 말하려 한 거예요! 설마 '바보냐' 는 아니겠죠!"

　　"…잘 아는군."

　　"바, 바보라고 하다니!"

　　"자기가 말해 놓고선."

　　귀찮다는 듯 효진의 말을 잘라 버리고 승욱은 그녀를 쳐다보았다.

　　"니 말대로 세상일은 어떻게 될지 몰라. 내일 아침 세계 핵전쟁이 일어날 수도 있고, 우리나라가 통일될 수도 있지. 그러니까 호들갑 떨지 말고 본래대로 돌아와."

"…우우우."

냉정한 승욱의 태도에 효진은 항의를 해 보였지만 그는 간단히 무시했다.

신호가 바뀌고 셋은 횡단보도를 찬찬히 건넜다. 승욱이 앞서 나가고 그 뒤를 효진이 따르며 유키에에게 뭐라고 이야기를 던지고 있었다. 승욱을 한 손으로 가리키며. 귀 기울이지 않아도 무슨 이야기인지는 뻔히 보인다. 승욱은 아예 신경을 끊기로 했다.

어차피 효진의 지금 행동의 반은 연기라는 것을 알고 있다. 어떤 때든 낙관을 잃지 않는 효진이니까 다시 만날 수 없다는 사실 같은 건 믿지도 않겠지. 지금은 약간의 유희일 뿐이다.

승욱은 앞서서 학교로 향했다.

교문 앞에는 전에 보았던 버스가 서 있었다. 효진은 이번에야말로 버스 옆에 쓰여진 한자를 멋들어지게 읽어 보였다. '전일본무도인협회' 그 버스가 더욱 오늘을 상기하게 만들었다.

교실에 도착하자 그동안 친해진 반 친구들이 유키에에게 이별의 말을 전했다. 한 달 동안 한국어에 어느 정도 익숙해진 유키에는 그들의 말에 일일이 대답하면서 그들의 이별의 말을 소중하게 귀담아들었다.

유키에와 반 친구들이 인사를 나누고 있을 때 효진과 승욱은 교실의 구석을 살피고 있었다.

"오늘도 안 왔네요."

반장의 자리가 비어 있다. 반장과 같이 놀던 녀석들은 효진과 승욱의 시선을 느끼고 슬그머니 자리를 피했다. 교실을 나가는 그들의 행동을 잠깐 눈으로 쫓고는 효진은 자리에 앉았다.

"한 대 패줘야 화가 풀릴 텐데. 그동안 속이고 있었다니 정말 너무한 거 아니에요?"

반장의 정체는 히로시의 부하, 카게닌자 중의 한 명이었다. 유키에를 싫어하는 척했던 것도 모두 연기로, 정체를 숨기기 위해서였을 것이다.

그의 정체를 이야기로 전해 들은 효진은 학교에서 만나면 혼쭐을 내줄 거라 벼르고 있었지만 그는 그 이후로 학교에 오지 않았다.

분해하는 효진을 뒷자리에서 지켜보다 승욱은 언제나처럼 책상에 엎드렸다. 대사건이 있었고 그에게도 숱한 부상이 생겼지만 그의 생활은 변하지 않았다.

"오늘 같은 날은 좀 일어나 있어봐요. 친구가 고국으로 돌아가는 날인데."

효진이 핀잔을 줬지만 요지부동. 효진은 어깨를 으쓱이고 그냥 포기해 버렸다.

교실이 학생들도 들어차고 조례 시간이 되었다. 담임은 간단히 전달 사항을 전하고 유키에를 앞으로 불러냈다. 반 친구들에게 인사를 전하라는 뜻이었다. 유키에는 긴장한 얼굴로 교탁에 섰다. 침을 꿀꺽 삼키는 그녀의 눈이 잠깐 효진을 향했다. 효진은 힘내라는 뜻으로 미소를 지어주었다.

유키에는 곧게 눈을 들고, 한 차례 교실 안을 둘러본 다음 입을 열었다. 서투른 한국어를 아주 열심히 또박또박 발음하며 그녀는 이야기를 해 나갔다. 지난 한 달 동안 있었던 일들, 배웠던 것들, 느꼈던 것들을 진심을 담아.

그런 그녀를 효진은 흐뭇한 미소로 바라보았다. 지난밤 유키에가 인사말에 대해서 고민하고 있을 때, 그녀가 옆에서 조언했다. 그냥 한 달 동안 어떤 일을 겪고 느꼈는지 이야기하면 된다고. 유키에는 긴장하면서도 하나하나 그 일을 이야기하고 있었다. 어설픈 한국어지만 그녀의 진심이 충분히 느껴지고 있었다.

"…조, 종말… 고마슴니다…… 감사함니다!"

마지막 인사를 전하며 유키에는 결국 눈물을 떨어뜨리고 말았다. 곧바로 울음보를 커다랗게 터뜨리는 그녀의 주위로 친구들이 몰려들었다. 괜찮아, 괜찮아. 울지 마. 말을 전하며 그녀들은 같이 눈물을 짓고 있었다. 물론 효진도 그중 하나였다. 유키에는 효진의 가슴에 매달려 엉엉 소리 높여 울고, 효진도 동조되어 같이 울음을 터뜨리고 말았다. 한쪽에서 담임만이 할 수 없다는 듯 고개를 저으며 그들의 울음이 진정되기만을 기다리고 있었다.

반 친구들이 전하는 선물과 편지를 받아 들고 유키에는 눈물 글썽인 눈으로 환하게 웃어 보였다. 모두가 커다랗게 박수 소리를 올렸다. 유키에는 연신 '고마어!'를 외치며 결코 이들을 잊지 않겠다고 다짐하고 다짐했다.

"자 그럼, 이제부터 식이 있을 테니까 모두 강당으로 이동!"

조례를 마치고 담임이 그렇게 일렀다. 전달 사항으로 이미 전해 들은 학생들은 좀 전부터 들려오던 스피커의 지시 사항에 맞춰 천천히 교실을 빠져나갔다.

그 인파에 맞춰 효진, 승욱, 대희, 유키에도 강당으로 향했다.

"드디어 헤어질 때가 다가오네."

"그런 말 하지 말아요. 또 울 것 같단 말이에요."

똑같이 빨갛게 된 눈을 하고 대희와 효진이 마주 본다. 유키에도 마찬가지 얼굴을 하고 희미하게 웃어 보였다. 승욱만이 감명없는 얼굴을 하고 있었다. 효진이 분위기 좀 맞춰보라고 그의 옆구리를 툭 찔렀지만 속수무책이었다. 애초에 그는 무감동이 생활화되어 있으니까 소용이 없다. 효진은 노골적으로 한숨을 푸욱 쉬었다.

강당에는 많은 사람들이 들어차 있었다. 학교 관계자들과 선생들, 그리고 학생들. 각자의 자리에서 웅성대고 있는 그들 사이에서 넷은 각자의 자리로 찾아 들어갔다. 유키에는 좌측에 따로 준비된 교환 학생들 자리로 향했다.

"히로시 씨의 모습은 안 보이네요."

빈 의자에 앉으며 효진이 말했다. 승욱은 잠깐 그쪽으로 시선을 주기만 했고 대희가 대꾸했다.

"승욱이에게 크게 당했으니까 그렇게 쉽게는 일어나지 못하는 게 아닐까?"

그렇게 말하고 있는 대희도 만만치 않았다. 아군—이라고 말하면 이상하지만—측에서 가장 심한 부상을 당한 사람이 다름 아닌 그였다. 팔하나가 부러졌고 온몸에 크고 작은 상처를 입어, 아마 한동안은 수련을 쉬고 치료에 전념해야 한다. 밝은 표정으로 지내고 있지만 그 스스로도 마음속으로는 매우 침울한 상태였다.

그래서 모든 일을 벌인 히로시가 이 자리에 나타나지 않은 것에 대해서 대희는 오히려 기쁜 마음이었다.

지금 현재 히로시는 지난 토요일 하교 중에 사고를 당해 병원에 입원해 있는 것으로 되어 있다. 효진 쪽에서 생각하자면 웃긴 이야기다. 그는 카게닌자대를 이끄는 대장. 그런 그가 '사고' 정도에 휘말릴 리는 없다. 하지만 그의 실체를 모르는 일반 학생들은 그런 소식을 진실로 받아들이고 있었다. 그래서 같은 반이었던 학생들은 히로시의 빠른 쾌유를 바라고도 있었다.

"아, 인이 누나다."

막 강당으로 들어서고 있는 정인을 발견하고 대희가 작게 손을 흔들었다. 뒷자리에서 보고 있던 효진도 상체를 돌려 인사했다. 저쪽에서도 정인과 소희가 가볍게 인사를 보냈다.

정인과 소희도 대희와 마찬가지로 상처투성이였다. 대희와 같이 두 닌자를 상대하면서 얻은 소희의 부상도 상당했고, 몇 명의 닌자를 때려 눕힌 정인도 여기저기 작은 상처를 얻었다. 그래도 큰 부상은 없다는 것이 다행이라면 다행이랄까.

이렇게 상태를 새삼 확인하자 효진은 더욱 가슴이 아파졌다. 자신이 아무것도 모른 채 잠들어 있던 사이, 그들은 저렇게 다치며 싸웠던 것이다.

문득 울적함에 눈물이 흐르려 하는 것을 참고 있을 때 효진은 발견했다.

문을 통해 승건이 걸어 들어오고 있었다. 언제나처럼 당당한 걸음걸이로. 그리고 그 뒤를 따라 그림자처럼 혜란이 뒤따라온다. 둘은 강당으로 들어와 몸을 돌렸다. 뒤로 돌며 마치 한 사람을 안내하듯 손을 내민 승건, 그 시선 끝에 히로시가 서 있었다.

부드러운 미소를 띤 채, 한쪽 다리를 약간 절며 강당으로 들어온 히로시는 승건이 아닌 혜란에게 히죽 미소를 지었다.

"왔어요."

중얼거리는 듯한 효진의 말. 대희는 정인을 좇던 눈을 돌렸다. 그 인상이 살짝 구겨지며,

"나타났네."

살짝 악의가 들어찬 말투로 대꾸했다. 효진은 딱히 해줄 말이 없어 옅게 웃어주고는 히로시를 눈으로 쫓았다. 그는 승건과 혜란의 안내를 받으며 천천히 비워놓은 자신의 자리로 향했다.

교환 학생들 맨 앞자리에 히로시를 착석하게 하고 승건은 학생의 맨 앞에 자리했다. 그 옆에 혜란이 앉자 단상 위의 사회자가 자리에서 일어섰다. 강당 안이 차츰차츰 조용해진다. 효진도 의자에 바로 앉았다. 식은 곧바로 시작되었다.

오늘 식의 주제는 '교환 학생기간'의 끝을 알리는 것. 그렇기에 그 중심은 교환 학생들이었다. 관계자들의 축사 등이 길게 이어지고 학생들이 서서히 지루함을 느끼기 시작할 무렵 교환 학생 대표가 올라올 차례가 되었다. 교환 학생의 대표는 누구나 알다시피 아베 히로시였다. 그는 척 봐도 제대로 회복되지 않은 거동으로 승건의 부축을 받으며 단상에 올라섰다. 마이크 앞에 그를 세워두고 승건은 다시 자리로 내려갔다. 히로시는 깁스를 하고 있는 왼팔을 가볍게 쓰다듬으며 이야기했다.

[이번 교환 학생 기간은 저로서는 세 번째의 기회였습니다. 2년 전, 처음 이 학교에 왔을 때의 그 감동과 기분을, 세 번째이자 고교 시절 마지막의 교환 학생 때도 느낄 수 있어 정말로 가슴이 벅찹니다. 아무쪼록 저와 함께 이국에서 건너온 저의 학우들도 제가 느낀 이 감동을 지난 기간 동안 느꼈으면 좋겠다고 소원하고 있습니다.]

언제 들어도 유창한 한국말. 효진은 솔직하게 감탄했다. 목적이 있었다고는 하지만 다른 나라의 언어를 저렇게 익숙하게 사용하기 위해서는 얼마나 많은 노력이 필요했을까. 부상을 당해 실신까지 하고 큰 수술을 거쳤음에도 그는 평소와 똑같이 보였다. 말소리 하나 흐트러지지 않고.

사고를 당한 지 얼마 되지도 않아서 병상에서 일어나 연설을 하고 있는 히로시를 걱정하는 시선이 가득한 가운데, 그의 이야기는 계속되었다. 딱히 준비해 오지도 않은, 그저 생각나는 말을 주르륵 늘어놓고 있는 듯한 느낌의 그의 말은 지난 한 달간을 찬찬히 되짚고 있었다. 그 중에는 소꿉친구라는 유키에의 이야기도 불쑥 튀어나와 유키에가 벌떡 일어나 무언의 항의를 보내는 사고도 일어났다. 그러나 그는 웃으면서 이야기를 계속 이어 나갔다.

[…아마, 전 대학교에 진학해서도 다시 한국을 찾지 않을까 생각됩니다. 무엇보다 이곳에는 저의 둘도 없는 친우가 있으니까.]

히로시의 눈이 승건을 향한다. 경청하고 있던 승건은 놀라지도 않고 미소를 지어 그 시선에 응답했다. 친구를 닮은 미소로 응답하고 히로시는 다시 눈을 들었다. 모든 학생을 향해,

[교환 학생과 둘도 없는 친구가 된 분이, 저 말고도 있으면 좋겠습니다. 무엇보다 이국의 친구라는 것은 여러 가지 메리트가 많지요. 여행 갔을 때도 수월하고 정보도 얻기 쉽고. 뭐 이러저러하게 부려먹을 수 있는 거리가 많습니다.]

"부려먹는 거냐."

승건이 조용히 중얼거리는 소리에 히로시는 슬그머니 미소를 띠었다. 그는 찬찬히 숨을 내쉬고 말을 마무리했다.

[다 아시는 이야기지만 지난 반세기 동안 한국과 일본의 사이는 그다지 좋지 못했습니다. 저희 나라에서 이 나라에 씻을 수 없는 모욕을 당하게 했고 그것을 지금도 인정하지 않는 무리도 있습니다. 아, 참고

로 전 모든 것을 인정하고 있습니다. 그러나 우리는 그러한 역사를 뛰어넘어 이 자리에서 이렇게 얼굴을 맞대고 이야기를 하고 있습니다. 그 자체가 저희 야마토회와 백두회의 공통적인 이념이 아닌가 생각합니다. 아니, 꼭 이렇게 거창하게 이야기하지 않더라도 여러분과 저희들은 똑같은 인간이며 같은 목표를 둔 학생입니다. 라이벌이기도 하지요. 그전에 친구입니다. 이번 교환 학생 기간 중 그런 것들을 여러분이 얻을 수 있었다면 정말로, 정말로 이번 기간은 대성공이라고 말할 수 있을 겁니다. 감사합니다.]

마이크에서 물러서 히로시가 고개를 숙인다. 그리고 박수가 터져 나왔다. 표면적으로는 끝까지 예의 바르고 훌륭한 모범생을 연기하고 있던 그는 고개를 들어 그 박수에 웃음으로 대답하고 단상을 내려왔다. 승건이 일어서 그런 그에게 다가가 어깨를 두드리며 악수를 나누었다.

강당을 가득 메운 박수 소리는 더 더욱 커졌다.

식이 모두 끝나고 사람들이 모두 강당 밖으로 몰려나왔다. 학생들은 연습했던 대로 강당에서 교문까지 일사불란하게 길을 만들었다. 마주 보며 줄줄이 서서, 그 사이로 여섯 사람은 넉넉히 지나갈 수 있는 길이 만들어졌다.

길이 완성되고 강당에서 교환 학생이 한 명씩 등장했다. 학생들은 일제히 박수를 치며 그들의 떠남을 축복했다. 지난 한 달, 긴 듯도 짧은 듯도 한 시간 속에서 서로 정이 든 학생들. 간간이 눈물을 지으며 달려나가 일본 학생을 끌어안는 장면도 속출했다. 선생들도 뿌듯한 미소로 뒤편에서 바라보고 있고, 학생들의 박수를 온몸으로 받으며 교환 학생들은 길의 한중간을 통과했다.

효진들은 교문 쪽에 서 있었다.

"아, 온다."

목을 쑥 내민 대회가 유키에가 다가오는 것을 발견했다. 그들을 찾고 있던 유키에 쪽에서도 이쪽을 보며 손을 흔들었다.

"유키에 씨!"

효진은 더 이상 참을 수 없어 뛰쳐나갔다. 바람처럼 달려나가 그녀에게 답싹 안겨 버린다.

"잘 가세요! 꼭 연락해야 돼요!"

이별하는 연인을 보내듯 효진은 다시 울어버렸다. 유키에도 똑같이 눈물을 흘리며 '응! 하께!' 하며 부둥켜안았다.

그 훈훈한 장면을 바라보고 있던 정인은 기다리고 있던 이가 나타나자 앞으로 나섰다.

그녀의 앞을 가로막고 선다.

"어이, 담에 꼭 다시 붙자."

예상하지 못한 듯 그녀는 눈을 동그랗게 떴다. 정인은 그 모습을 내려다보며 히죽 웃었다.

"알아묵었나?"

그녀, 마츠시마 료코는 전혀 이해하지 못하는 듯이 그녀를 올려다보았다. 정인은 살짝 한숨짓고 뒤편의 대회를 끌어와 옆에 세웠다.

"통역해도."

"네, 누나."

"담에 또 스파링하믄 절대 무승부도 엄따. 내가 꼭 이길 꺼라."

도전적인 그 말을 대회는 거르지 않고 전해주었다. 조용하던 료코의 검은 눈동자에서 미묘하게 불꽃이 일었다. 의지를 담고 정인을 올려다보는 그녀. 그것을 히죽 웃음으로 맞받아치며 정인은 그녀의 대답을 기다렸다.

"また来ます(다시 오겠습니다). 今度は必ず私の勝ちです(다음에는 반드시 제가 이길 거예요)."

당찬 선언을 대희는 통역했다. 정인은 만족한 듯 씨익 웃고선 뒤로 물러섰다. 그녀의 앞을 스쳐 지나가는 료코의 입가에도 옅은 미소가 걸린 것을 대희는 볼 수 있었다.

일본 학생들을 기다리고 있던 버스가 교문 앞으로 미끄러져 도착했다. 학생들이 모두 버스로 오르고, 마지막까지 유키에를 놓지 않고 있던 효진을 뜯어내 유키에도 태웠다. 효진이 손수건을 눈물을 흘리며 버스 창문에 손을 흔들었다. 자리를 잡고 유키에도 유리창을 통해 모두에게 인사를 보냈다.

"닌 무슨 애인 떠나보내나, 왜 그리 난리고?"

"그래도 슬픈걸요……."

정인의 핀잔에 효진은 흑흑 하고 다시 눈물을 떨어뜨렸다.

"다시 만날 수 있어. 내년에 유키에가 다시 교환 학생으로 오면 되니까."

느긋한 목소리가 그들의 대화에 끼어들었다. 귀에 익은 목소리. 아마 당분간은 절대 못 잊을 그 음성에 전원의 인상이 험악해졌다. 뒤를 돌아보자 그곳엔 깁스한 왼팔을 대롱대롱 흔들어대고 있는 히로시가 서 있었다.

"호오…… 험상궂은 얼굴들이군."

어디까지나 여유롭기 그지없는 어투로 어깨를 으쓱이며 그는 중얼거렸다. 일동의 악의가 향한 인물을 향해 효진이 꼿꼿이 등을 펴고 마주 봤다.

"또 뭔가 용건이 있으신가요?"

가시가 따끔따끔 히로시의 피부를 찔러댔다. 히로시는 난처한 얼굴을 만들어 보이더니 '크흠' 헛기침을 하고 고개를 숙였다.

"미안했어. 목적을 위해서라지만 레이디를 무단으로 납치해서 감금했다는 사실은 내 인생에서 가장 큰 오점으로 남게 될 거야. 그러니 이렇게 고개를 숙여 사과를 드립니다, 레이디. 부디 용서를."

"에……."

생각지도 못한, 너무나 정중한 사과에서 효진은 말문이 막혔다. 다른 이들도 어안이 벙벙한 표정으로 고개 숙인 히로시의 뒤통수를 뚫어져라 주시하고 있었다. 한참을 그렇게 있던 그가 허리를 들었다. 진지한 표정. 사과는 진심이었다.

효진은 뭐라고 말을 해야 할지 혼돈스러워하면서 겨우 말을 뱉어냈다.

"…정말인가요?"

그녀는 쉽게 경계를 풀지 않았다. 히로시는 짐작했다는 듯 묵묵히 고개를 끄덕였다.

"믿어주지 않을지도 모르지만, 정말이야. 진심이지."

"몬 믿는다."

옆에서 정인이 끼어들었다.

"니가 우리한테 뭔 짓을 했는지 알기나 하나? 그 짓을 해놓고서 고개 한 번 숙인다고 끝날 거 같나?"

"물론 이렇게 끝나면 안 된다고 생각해. 그래서 사과의 뜻으로 한 가지 이야기를 해주고 싶은데, 괜찮을까?"

"이야기요?"

효진의 물음에 히로시는 고개를 끄덕였다. 그가 잠시 뒤쪽을 살폈다. 승건이 서 있는 쪽. 일본 쪽 관계자와 이야기를 하고 있는 그의 뒤로 혜란도 보였다. 그는 침을 삼키고 사방을 확인했다. 그것은 누군가 숨어 있는 자를 경계하는 듯한 움직임이었다.

"무슨 이야기죠?"

시간을 끄는 그의 행동에 효진이 뒷말을 재촉했다. 히로시는 눈을 돌려 말했다.

"곧 너희 둘에게 큰 사건이 다가올 거야. 지금까지의 일은 그에 다다르는 과정이라고 생각해."

"사건?"

"……?"

히로시에게 지적당한 효진과 승욱, 둘이 의문스런 눈빛을 만들었다. 히로시는 길게 말하지 못했다. 승건이 다가왔기 때문이다. 그는 서둘러 말을 마무리 지었다.

"그가 본격적으로 나설 거야."

"그……?"

효진의 말이 채 끝나기도 전에 승건이 히로시의 어깨에 손을 올렸다.

"용건은 끝났나? 이제 버스가 출발해야 해."

"아, 그래. 끝났지. 그럼 이만."

귀공자풍으로 고개를 까딱이며 몸을 돌린 히로시. 승건과 나란히 버스 문으로 올라서는 그를 올려다보며 일행은 잠시 패닉에 빠졌다.

"사과…… 였나? 먼 소린지 더 모르겠는디?"

정인이 얼굴을 왕창 찡그린 채 불평을 토해냈다. 그런 심정은 모두가 마찬가지였다. 한 명, 승욱을 제외하고.

'예감이 맞았나.'

히로시가 닌자들에게 업혀 사라졌을 때, 석양을 바라보던 승욱은 어렴풋이 느꼈다. 모든 것이 끝난 게 아니라고, 무엇인가가 아직 남아 있다고. 그때의 기분이 히로시의 말로 인해 다시 각성됐다.

버스가 떠나갔다. 학생들이 소리치며 손을 흔들고, 그 중앙에서 효진들도 히로시의 말은 잠시 뒤로 미루고 동참했다. 달려나가는 버스의 뒷모습을 노려보며 승욱은 기분 나쁜 예감을 감지했다.

가까운 시일 내에 다시 어떤 일이 생길 거다. 히로시가 말했듯 커다란 사건이 닥쳐올 거야.

그러나 승욱은 착각하고 있었다. 그들을 덮칠 사건은 그 시각, 이미 시작되어 있었다.

"저, 회장님."

떠나가는 버스를 배웅하며 서 있던 승건에게 혜란이 다가왔다. 그녀는 작은 목소리로 전했다.

"정보부장이 보고드릴 것이 있다고 합니다."

"보고?"

"예. 급한 보고라고 합니다만."

승건은 잠깐 표정을 굳혔다. 정보부장 최진아가 급하다고 하는 보고라면 필시 중요한 일일 터. 이 다음에 직원 회의에 참여하여 일본에서 돌아올 학생들에 대한 회의를 해야 하지만, 그는 신속하게 판단했다.

"가지."

선생들에게 조금 늦을 것이라 양해를 구하고 그는 곧바로 학생회장실로 향했다.

학생회실에서 교환 학생의 막바지 작업을 하고 있던 임원들이 승건과 혜란이 들어오자 모두 자리에서 일어났다. 그런 그들에게 손짓으로 지시하고 승건은 곧바로 학생회장실로 들어섰다.

혜란이 문을 닫고 그 옆에 서는 것을 기다린 후 승건은 정보부장을 불러냈다.

"급한 보고라는 게 뭐지?"

아무것도 없었던 공간. 언제나처럼 그곳에 최진아의 모습이 환영처럼 나타났다. 그녀는 나타난 즉시 부복하여 인사부터 올렸다.

"주군을 뵙습니다."

"인사는 됐어. 그보다 보고하라."

"예. 이것을 봐주십시오."

진아는 일어나 책상 위에 사진 한 장을 내밀었다. 폴라로이드 카메라의 필름. 승건은 의자에 앉으며 그것을 집어 들었다.

한 남자의 사진이었다. 나이는 십대 후반. 교복을 입고 있는 것을 보니 확실하다. 게다가 그 교복은 백두고의 교복. 하지만 그 사진은 보통의 사진이 아니었다. 사진 속의 남학생은 얼굴이 상처와 피로 얼룩져 엉망이 되어 있고 옷가지가 흐트러지고 찢어진 채 군데군데 피부를 그대로 내보이고 있었다. 승건은 이 남자가 누구인지 알고 있었다.

"오늘 아침 발견하였습니다. 정황으로 살펴볼 때 등교 중에 습격당하여 손도 쓰지 못한 듯합니다."

승건의 얼굴이 굳어졌다. 혜란이 다가왔다.

"괜찮으십니까."

그는 대답 대신 사진을 그녀에게 넘겼다. 사진을 받아 든 혜란의 표정은 곧 창백하게 변했다.

"이 남자는…… 서기인 이도현 아닙니까?"

"그래. 오늘 등교했는지 알아봐 주겠어?"

혜란은 급히 학생회장실 밖으로 나갔다. 일을 보고 있던 임원들이 그녀의 갑작스런 등장에 고개를 들어 올렸다. 그녀는 얼굴을 확인하고 서둘러 되돌아왔다.

"등교하지 않았습니다."

"그럼 확실하군. 그다. 언제 발견했다고?"

"오늘 아침 8시 45분경, 정보부원이 발견했습니다. 제가 현장에 도착한 것은 8시 49분. 상태를 확인하고 병원에 옮겼으나 원인 불명의 혼수상태에 빠져 있습니다."

진아의 보고를 곱씹으며 승건은 잠시 생각에 빠진 듯 입을 다물었다. 뚫어져라 사진을 쳐다보고 있던 중 그는 문득 고개를 들었다.

"발견했을 때의 정황을 자세하게 말해."

"예. 8시 49분 제가 도착했을 때 그는 건물 사이의 골목에 쓰러져 있는 상태였습니다. 그 골목은 그가 평소에 걸어다니던 길로 오늘 아침 8시 10분에 집을 나서 등교를 한 것으로 확인되었습니다. 그는 완전히 정신을 잃고 있었으며 전신에는 둔탁한 무기로 얻어맞은 듯한 상처가 나 있었습니다. 옷은 싸우던 도중 찢어진 것으로 보이며 없어진 물건이나 현금은 없는 것으로 판단됩니다."

"그 말은 즉, 평범한 깡패에게 당한 것은 아니라는 거군."

"네. 그렇습니다."

"부회장."

갑작스레 이야기의 방향을 바꿔서 승건은 혜란에게 지시했다.

"지금 곧 학생회 간부들을 소집해. 현재 교내에 있는 모든 이들이다."

"곧 직원 회의가 있습니다만."

"지금은 이 일이 우선이야."

"…알겠습니다."

"정보부장은 이도현의 자택에 이 사실을 알려라. 그리고 부원들을 빠짐없이 이쪽으로 투입하도록. 한 시간 내에 다른 증거를 찾아내라. 그리고 정학 중인 선도부장의 정보도 가져와라."

진아는 충성스럽게 고개를 숙였다.

"주군의 명에 따르겠습니다."

"서둘러라."

그녀는 곧장 그곳에서 사라졌다. 그녀의 기척이 완전히 사라진 것을 느끼자 학생회장실에 남은 것은 승건뿐이었다. 그는 다시 사진을 들어 올렸다.

심한 부상을 당한 채 쓰러져 있는 남자. 백두고의 학생답게 서기라고 해도 웬만한 무술 실력을 갖추고 있다. 그런 자를 이렇게 처참하게 쓰러뜨릴 수 있는 실력자는 백두고 이외에는 찾기 힘들다. 무엇보다—

"…훗."

승건은 웃음을 띠었다. 코웃음치듯, 그렇지만 진심으로 환영한다는 투로.

"돌아온 거냐, 이제."

하염없이 버스가 사라진 길을 멍하니 바라보고 서 있던 효진. 그 등을 정인이 툭 건드렸다.

"이제 고만 이쪽 세계로 돌아온나."

깜짝 놀란 효진이 정신을 되돌리며 돌아섰다.

"죄, 죄송해요."

"뭐, 죄송할 것까진 엄따."

시원하게 씨익 웃으면서 정인은 앞서 나갔다. 앞에 있던 대회를 뒤에서 콱 껴안으면서 둘은 사이좋게 교문 안으로 들어선다. 흐뭇하게 그 모습을 바라보며 소희가 효진의 옆으로 다가왔다.

"괜찮아?"

"네, 괜찮아요. 좀 멍할 뿐이에요."

눈물을 흘려 충혈된 눈에 웃음을 띤다. 소희는 마주 웃으면서 그녀의 등을 톡톡 두들겼다. 자신보다 한참 작은 키의 그녀의 손에 효진은 묘하게 안심이 되어 고맙다고 인사를 건넸다.

닭살스런 커플을 뒤따라 교문으로 들어설 때 효진은 아직 한 명이 이 세상으로 돌아오지 않았다는 것을 깨달았다.

"승욱 씨?"

승욱은 조금 전의 그녀와 마찬가지로 버스가 사라진 방향을 보고 있었다. 그러나 그 옆모습은 그녀와 달리, 어쩐지 집중하고 있는 듯한 분위기를 자아냈다. 효진은 어리둥절 고개를 갸웃거리며 재차 그를 불렀다.

"안 가요, 승욱 씨?"

그제야 그가 고개를 돌려 '아아' 하고 소리를 냈다. 주변의 학생들이 차근차근 교실로 되돌아가는 모습을 한 차례 둘러보고 그도 효진 쪽으로 걷기 시작했다.

“어서 와요. 수업 시작할 거예요.”

어차피 자겠지만. 그 말을 입 안으로 삼키며 효진은 승욱이 오길 기다렸다 같이 움직였다. 앞서 가다 멈춰 서 있던 세 명도 교실로 향했다.

“그 말은…… 대체 뭘까요?”

조용히 걷고 있던 효진이 입을 열었다. 유키에를 보낸 멍함에서 벗어난 얼굴로 그녀는 심각한 표정을 지었다.

“저와 승욱 씨에게 큰 사건이 다가온다니. 그리고 그가 움직인다니. 대체 그게 무슨 뜻일까요?”

“신경 쓸 거 엄따. 그 딴 놈이 지껄인 말에 뭔 큰 의미가 있겠노. 그 자식 그냥 마지막까지 우리를 놀려먹을라고 지껄인 게 분명하다.”

“그럴까요…….”

“하모.”

대수롭지 않게 여기는 정인의 비해 효진은 도저히 그 말을 흘려버릴 수가 없었다. 당사자인 승욱에게도 의견을 물으려 고개를 돌렸다.

“승욱 씨는 어떻게 생각해요?”

“…….”

그는 매우 굳은 얼굴이었다. 모르는 사람이 보면 평소와 똑같았으나 효진에게는 그의 심정이 어쩐지 손에 잡힐 듯 느껴졌다. 그는 무척이나 긴장하고 있었다. 걷고 있으면서도 스스로의 상념에 빠져들어 바깥 세상과는 전혀 소통이 되지 않는 상태에서, 그는 무언가를 고민하고 있었다. 조금 전 교문 앞에 서 있을 때의 표정이다.

진지한 그 얼굴을 잠깐 바라보다 효진이 그 옆구리를 푹 찌른다.

“무슨 생각을 그렇게 해요?”

“아. 조금.”

아무것도 아니라는 듯 고개를 젓는 승욱을 효진은 이상하다는 듯 쳐다본다. 하지만 더 이상의 반응은 보이지 않았다. 효진은 그냥 포기하기로 했다.

“하지만 좀 맘에 걸리긴 해.”

소희가 말했다.

“그 남자는 일단 카게닌자대라는 닌자 부대를 이끄는 위치에 있잖아? 승욱이한테 저만큼 당하고 나서 또 이상한 거짓말을 할 리도 없고. 조금 조심하는 건 나쁠 거 없지 않을까?”

“소희 니까지 와 그라노? 그거 전부 구라라카이.”

“아뇨… 저도 일단 귀담아들을 필요는 있다고 생각해요.”

“우왓, 희야! 니까지 그러기가!”

머리 위에서 소리치는 정인을 달래며 대희가 누나의 의견에 동조했다.

“그런 자세로 허튼소리를 하는 것같이 보이진 않았어요. 그리고 몇 개월 동안, 정말 애들 주위에서 많은 일들이 터졌잖아요? 굳이 그 사람의 충고가 아니라도 해도 애네들은 조금 조심할 필요는 있어요.”

어떻게 들으면 무지 심한 말이었지만 웃음을 곁들인 대희의 말투에 악의는 없었다. 게다가 당사자 둘은 미묘하게 그의 주장에 납득하여 고개를 끄덕였다.

“그럴…… 지도.”

입학 후 여러 가지 일에 휘말려 들긴 했으니, 혹시 이번에도 어떤 일이 생길지는 모르는 일이다. 유비무환, 준비해 두면 나쁠 것은 없다.

“증말로 너거들은 와 그리 사고를 치고 다니는 거고 진짜? 마, 쉴 틈이 없구마."

"저희가 뭐, 일부러 그래요?"

"일부러 그카는 거 아니었나?"

"언니!"

소리를 지르는 효진의 눈빛을 피해 정인은 딴청을 부리며 크게 웃었다. 그 장면에서 모두 잠시 흘렀던 심각한 분위기를 집어던지고 한번 웃음보를 터뜨렸다.

방송이 들려온 것은 그때였다.

[학생회 간부들에게 알립니다. 지금 즉시 학생회실로 모여주시기 바랍니다. 다시 알립니다. 현재 교내에 있는 모든 학생회 간부는 지금 즉시 학생회실로 모여주시기 바랍니다.]

가장 먼저 반응한 것은 정인이었다. 대회의 정수리에 올려둔 머리를 들고 가장 가까운 스피커를 노려봤다. 그녀와 시선을 같이 한 소희가 의아하게 혼잣말했다.

"학생회 간부 소집이라니…… 무슨 일이지?"

"뭔 일이고?"

일반적으로 학생회 간부들이 정식으로 모두 모이는 것은 매우 드물다. 한 학기에 두세 번도 많다. 큰 행사가 생겨도—예를 들어 교환 학생 같은—필요성이 없다면 간부 회의는 열리지 않는다. 무엇보다 지금은 간부 중 한 명이 없는 상태. 이 상황에서의 간부 소집은 무엇을 뜻하는 걸까.

"암튼 우리 먼저 가보꾸마."

"나중에 봐. 모두."

정인과 소희는 서둘러 학생회실로 향했다. 건물로 뛰어들어 가는 그들을 나머지 셋은 손을 흔들어 배웅했다.

곧장 학생회실로 달려간 정인과 소희. 닫혀 있는 문을 열자 확 하고 열기가 느껴졌다. 실체적이지 않은 감각상의 열기. 학생회실 안에는 학생회 전 간부가 모여 있었다.

정인과 소희는 얼른 문을 닫고 비어 있는 의자에 자리했다. 학생회실에는 딱히 회의용 테이블이 마련되어 있지 않기 때문에 모두 철제 의자에 앉은 채였다. 둘은 친분이 있는 얼굴들과 가볍게 눈으로 인사를 나누고 자세를 바로 했다. 모두가 참석한 것을 확인한 후 승건이 의자에서 일어섰다.

"모두 온 것 같군. 회의를 시작하겠습니다."

말이 떨어지자마자 각 간부들에게 몇 장의 서류가 돌려졌다. 얼마 되지 않는 서류들. 간부들이 그것을 훑어보고 있는 사이 승건은 이야기했다.

"오늘 아침 우리 백두고 학생회의 서기가 정체 모를 괴한에게 습격을 당했습니다. 서류에 포함된 사진이 그 증거 자료입니다. 서기의 이름은 이도현. 현재 2학년에 재학 중이며 올해부터 학생회 서기로 임명되어 일을 돕고 있었습니다. 사건 과정은 거기 요약되어 있는 것과 같습니다. 모두 읽으셨습니까?"

대충 서류를 훑어본 간부들이 고개를 들었다. 승건은 그것을 긍정의 뜻으로 받아들였다.

"이렇게 여러분을 모두 모이게 한 것은 이 일이 우리 학생회 전체의 위기일 수도 있기 때문입니다."

"열상(熱傷)…… 때문입니까?"

간부 중 한 명이 손을 들어 질문했다. 깔끔하게 차려입은 교복. 은테의 안경. 단정한 얼굴이 승건 이상으로 엘리트의 기품이 풍겨 나오는 인상이었다. 그는 백두고 학생회의 총무로 자리해 있는 추지훈. 국내 굴지의 재벌 그룹인 '엽향'의 후계자라는 엄청난 핏줄이었지만 그것을 전혀 뽐내지 않는 겸손한 미덕까지 갖추고 있어 교내에서 인기가 높은 남성이었다.

승건은 오랜만에 만난 총무의 프로필을 잠깐 떠올리고는 답했다.

"그렇습니다. 열상. 정보부장의 추가 보고에 따르면 이도현의 전신에는 총 일곱 개의 열상이 나 있었다고 합니다. 이것이 무슨 뜻인지는 여러분 모두가 잘 알고 계실 거라고 사료됩니다."

"그가…… 돌아온 건가요?"

여린 목소리가 긴장되어 있다. 지훈의 시선이 움직였다. 자신의 정면에 우아한 자태로 앉아 있는 여성을 향해. 그녀의 이름은 성유라. 현재 백두회 회장인 성천식의 외동딸로서 학생회 관리부장의 자리에 있다. 언제나 우아하고 여성스러운 품격을 잃지 않아 남학생들의 선망의 대상이지만, 그녀는 현재 추지훈과 집안이 허락한 교제 중이었다.

"그라니, 아직 돌아올 때가 아니지 않나요?"

또 한 명의 간부가 입을 열었다. 이런 자리에도 빼놓지 않고 가지고 있는 기다란 비현봉(飛絃棒)이 그가 누군지 알게 해주는 트레이드 마크였다. 몸을 움직이기 좋아하는 체육계의 소년으로 체육부장으로 일하고 있으며, 지금은 붕괴되어 버린 선도부의 일을 대신하고 있기도 하다. 작은 키를 빼면 장점을 골고루 갖춘 인재, 그것이 승건의 판단이었다.

영민이 계속 의문을 토해냈다.

"사회봉사가 끝나려면 아직 몇 개월은 더 남아 있는 거 아닌가요?"

"맞습니다. 아직 사회봉사 기간이 2개월은 남아 있지만, 지금 그는 이 도시에 와 있는 겁니다."

정인이 씹어 먹을 듯이 그의 이름을 내뱉었다.

"선도부장 정건우……!"

정건우. 그는 작년 학기 말, 깡패들을 선동하여 한 차례 백두고를 상대로 테러 행각을 벌인 적이 있었다. 학교 근처에서 백두고에 불만을 가지고 있는 녀석들이 백두고로 들어와 기물을 파손하고 학생들을 습격했다. 그런 와중에 그는 직접적으로 모습을 드러내지 않고서 일을 벌이다, 학생회의 활약으로 모두 진압되고 나서야 덜미가 잡혔다. 결국 그는 소년원에서 생활하며 사회봉사 처분을 받게 되어, 불과 2개월 전까지 선도부는 부장도 없이 활동하고 있었던 것이다.

그런 그가 이 도시에 나타났다. 이도현의 신체에 도장처럼 남긴 열상의 흔적이 그것을 증명하고 있었다.

"정건우가 사용하는 열인권법(熱印拳法)은 상대의 신체에 공격의 흔적을 남깁니다. 그것이 '열인'이라고 불리는 것. 이런 흔적을 남기는 무술은 그의 열인권법뿐입니다. 지금 이 도시에 정건우는 틀림없이 와 있습니다."

"그럼, 일부러 이런 짓을 벌인 것은ㅡ"

"우리에 대한 선전 포고겠지요."

일동의 사이로 침묵이 흘렀다. 선도부장의 생각이 손에 잡힐 듯이 보였다. 그는 지금 백두고 학생회 전체에 앙심을 품고 있다. 자신을 붙잡아 소년원에 처넣은 학생회를 자신의 손으로 처단하려고 하는 것이다.

"그럴 수가…… 잘못한 것은 자신이면서……."

“그 새끼는 근본부터 잘못돼 먹은 새끼다. 그 딴 새끼가 지 잘못을 알겠나?”

악의가 풀풀 느껴지는 말투로 정인이 소희의 말에 대꾸했다. 금방 울상이 되어버린 소희를 영민이 당황하며 달랬다. 정인은 ‘분위기 좋구만’ 하고 평소처럼 흐뭇해할 시간도 없이 학생회장에게로 시선을 돌렸다. 그녀가 무언가를 말하려 할 때, 그녀의 말을 가로막으며 또 한 사람의 간부가 입을 열었다.

“그래서…… 우리가…… 해야…… 할 일…… 은……?”

끊어질 듯 끊어지지 않고 이어지는 말소리. 그 특유의 억양과 소리에 지금껏 존재감이 없던 그에게로 모두 시선이 모였다. 그의 이름은 마준한. 존재감이 극히 드물고 음울한 분위기로 유명한 남자로 평소에는 교내 어딘가를 언제나 청소하고 있다. 봉사부장의 자리에서 충실히 그 임무를 이행하고 있는 것이다.

그리고 그는 엄청나게 말을 하지 않는 것으로도 유명했다. 그런 그가 입을 연 것이다. 사태가 얼마나 심각한 것인지는 그것만으로도 충분히 파악 가능했다.

“지금부터 학생회 비상경계를 내립니다. 학생회 간부 여러분은 언제 어디서든 습격을 당할 수 있다는 사실을 항상 염두해 두고 있으시길 부탁드립니다. 이 이상 유능한 학생회 임원이 당하게 놔둘 수는 없습니다. 지금 현재 정보부 측에서 정건우의 행방을 찾고 있으니 빠른 시일 내에 경계는 풀릴 거라고 예상합니다만, 그때까지 모두 스스로의 안전을 지켜주시기 바랍니다. 아시겠습니까?”

승건의 굳은 어투에 모든 간부가 고개를 끄덕였다. 무도인이라면 어디까지나 자신의 몸은 스스로 지킨다. 학생회 간부라면 그것은 아주

지극히 당연한 인지였다.

"정건우가 소년원을 탈출했음이 분명하니 경찰 쪽에서도 움직이고 있을 것입니다. 정보부의 활동과 겹쳐지면 아마 예상보다 더 빨리 사태가 해결될지도 모릅니다. 모두의 안전을 빌겠습니다."

회의가 끝났다. 승건의 해산 지시에 모든 간부가 굳은 얼굴로 교실로 돌아가려는 찰나, 학생회실 한쪽에서 돌연 정보부장이 출현했다. 놀란 것은 소희뿐. 다른 이들은 모두 당연한 듯이 그녀의 등장을 받아들였다.

"회장님, 새로 보고 올리겠습니다."

"뭐지?"

진아는 서둘러 한 장의 서류를 승건에게 넘겼다. 그것을 단숨에 읽어 내려간 그의 눈이 커졌다.

"모범 생활로 예정보다 일찍 소년원에서 나왔다고?"

"예. 그렇습니다. 정건우는 소년원에서 아주 모범적인 생활 태도를 보여 경찰 쪽에서 사회봉사는 본래의 기간대로 계속한다는 조건 하에 소년원을 나가는 것을 허락했다고 합니다."

전원 할 말을 잃었다. 이 무슨 예상치 못한 일이란 말인가.

"그 정건우 놈이 소년원에서 모범 생활을 했다고? 그거 잘못된 정보 아이가?"

"저희들의 정보는 완벽합니다. 이것은 사실입니다."

"……."

승건도 차마 할 말을 떠올리지 못하고 있는 듯했다. 서류가 구겨져 그의 손에서 비명을 질렀다.

"…그렇다면 경찰이 움직이지 않는다는 말인가?"

"열상은 경찰 쪽에서는 증거가 되지 않는다고 합니다."

"씨발! 그럼 우짜라고?! 결국 우리끼리 그 새끼를 잡아야 한다는 기가!"

"그렇습니다."

냉정하게 정인의 비명을 긍정해 버린 진아는 승건의 다음 지시를 기다렸다. 현재 그녀의 정보부원들은 네트워크를 총동원하여 정건우의 행방을 추적하고 있었다. 진아는 자신의 부원들을 믿고 있었다.

"반드시 찾아내겠습니다. 믿어주십시오."

"난 너를 믿고 있어. 언제나."

그녀의 주군의 대답은 간결했다. 서류를 신경질적으로 구겨서 휴지통에 집어넣으며 승건은 새롭게 말했다.

"일이 이렇게 되었으니 우리끼리 해결해야 하겠습니다. 어차피 백두고의 학생이라면 스스로의 일은 스스로 해결해야 하는 법. 모두 힘이 닿는 한 정건우의 위치를 수소문해 주십시오. 그리고 마주치더라도 절대 혼자서 해결하려 하지 마시길 바랍니다. 그는 강합니다. 지금은 예전보다 더 강할지도 모릅니다."

일동이 다시 굳게 고개를 끄덕였다. 그 눈동자에는 새로운 각오가 아로새겨져 있었다.

"정보부장은 지금 사회봉사 중인 선도부원들을 조사해라. 그들에게서 뭔가 나올지도 몰라."

"주군의 명대로."

그녀는 즉각 모습을 감추었다. 다른 간부들도 모두 각자의 움직임으로 나섰다. 일단은 교실로 돌아가서 전세를 가다듬는 것이 우선. 간부들이 모두 학생회실을 나가자 승건과 혜란은 학생회장실로 들어왔다.

손수건을 꺼내 이마에 맺힌 땀을 닦아내며 승건은 혜란을 쳐다보았다.

"회의 중 한마디도 하지 않더군."

"…죄송합니다."

"사과할 필요는 없어. 긴장한 거야?"

혜란은 대답하지 않았다. 승건은 그녀의 무표정에서 실낱같은 감정을 읽어냈다. 손을 올려 그녀의 볼을 매만진다. 조금 열기를 띠고 있는 그 볼을 손가락으로 간질이며 그는 심려를 담아 말했다.

"조심해. 가장 위험한 건 너니까."

"명심하겠습니다."

"뭐… 내가 지켜줄 테지만 말야."

그는 빙그레 웃음을 지었다.

그날은 아침의 선전 포고 이후로 아무런 일도 일어나지 않았다. 각 반에서 대기하고 있던 학생회 간부들은 하루 종일 긴장을 유지하고 있어, 하교 때가 되자 모두 제풀에 지쳐 버리고 말았다.

가장 심한 것은 바로 정인.

"우아… 지친다. 진짜 지친다……."

종례가 끝나자마자 책상에 바짝 엎드린 그녀의 곁으로 가방을 멘 소희가 다가왔다.

"괜찮아?"

"아아……."

대답인지 아닌지 모호한 소리를 중얼거리면서 정인이 상체를 든다. 여전히 대충 걸친 교복은 하교 때가 되자 거의 흘러내리기 직전이었다.

소희는 인상을 쓰며 익숙하게 옷을 여며주고 말했다.

"정인인 괜찮을 거야. 강하잖아."

"글씨, 그걸 잘 모르겠다."

교실을 나가는 동급생들을 무관심하게 훑어보며 정인은 목소리를 조금 낮췄다.

"정건우 금마, 작년까지만 해도 내하고 졸라 싸워댔다 아이가? 스코어로 따지면 내가 앞서고 있지만 확신은 몬한다 진짜. 순순히 실력을 따지면 내하고 막상막하걸랑. 우짜믄 지금 더 강해졌을지도 모르는 거 아이가."

"사회봉사하고 소년원에 있으면서도…… 수련을 할 시간이 있었을까?"

소희는 쉽게 수긍하지 못했다. 정인은 여전히 고민이 들어찬 얼굴을 하고 있다가, 기지개를 펴며 일어섰다.

"마, 여기서 골머리 썩이고 있어봤자 암것도 안 되지만. 가자, 아들 기다리겠다."

"응."

정인과 소희는 나란히 교실에서 나왔다. 아마 교문 쪽에서 기다리고 있을 1학년들을 떠올리며 정인은 소희에게 당부했다.

"집에 가서도 절대로 이 일은 말하믄 안 된다. 알고 있제?"

"응. 알고 있어."

큰 눈을 야무지게 뜨고 고개를 끄덕이는 소희. 안경이 흘러내리는 것을 서둘러 수습하고 나서 에헤헤 웃는다. 볼에 붙어 있는 커다란 반창고. 정인은 이 작은 친구에게 신용이 가지 않아 한숨을 푸욱 쉬었다. 그 행동이 친구의 화를 돋우었다.

"앗, 뭐야. 나를 믿지 못하겠다는 거야?"

"아이다, 아이다. 내가 언제 그랬노."

손을 내저으며 부정해 놓고 정인은 눈을 돌렸다. 생각했다. 작금의 사태에서 가장 위험한 것은 과연 누구인가. 정건우는 입학 때부터 부회장인 김혜란을 맘에 들어했다. 그러나 건우에게는 회장 이승건이라는 거대한 벽이 있었다. 물론 벽이 있든 말든 그는 끊임없이 혜란에게 대시했지만 애초에 혜란에게는 그가 비집고 들어갈 마음의 틈이 없었다. 그것으로 인해 건우는 승건에게 앙심 비슷한 감정을 품고 있었다.

그렇게 따지면 가장 위험한 것은 이승건, 혹은 김혜란이다.

하지만 건우는 마찬가지로 학생회 간부 전체에게 원한을 가지고 있었다. 학생회 간부라면 그 누구라도 습격하여 공격할 것이 뻔하다. 그럼 제일 위험한 자는 학생회에서 가장 약한 소희라는 이야기가 된다.

계단을 내려가며 정인은 곁눈질로 소희를 살폈다. 척 봐도 약해 보이는 이 소녀는 사실 꽤 강하다. 학생회 간부인만큼의 실력은 된다는 말이다. 그 심약한 성격만 어떻게 한다면 분명 더욱 굉장한 실력을 가질 수도 있지만. 그 이야기는 넘어가고, 아무튼 그녀는 일반 학생보다 강하지만 학생회에서는 가장 약한 것이다.

확실하게 말해서, 정말 위험하다.

정인은 복잡한 머리를 풀려는 듯 신경질적으로 머리를 긁었다. 갑작스런 정인의 행동에 소희가 놀란 눈으로 돌아보았다. 아무것도 아니라고 대답하고 그녀는 알게 모르게 한숨을 내쉬었다.

'우짜지 야는……'

대회는 부상 중이라 소희를 보호할 수 없었다. 아니, 몸이 멀쩡하다고 하더라도 둘이서 정건우의 상대가 될지도 장담할 수 없다. 성격이 아무리 더럽다고 해도 그는 실력자니까.

'내가 맨날 붙어 있을 수밖에 없나…….'

그것이 최선이다. 정인은 결국 그렇게 결론을 내려야 했다.

건물을 나와 교문을 향해 걸어간다. 머지 않은 앞쪽에서 익숙한 뒷모습이 눈에 띄었다.

"어이!"

정인이 심각한 표정을 지우고 소리쳤다. 세 얼굴이 뒤를 돌아봐 이쪽을 쳐다보며 미소를 지었다. 둘은 천천히 그들에게 합류했다.

"무슨 호출이었어요?"

효진이 정인에게 대뜸 물었다. 정인은 내심 놀란 것을 드러내지 않으려 노력하며 대답했다.

"벼, 별거 아이었다. 그냥 이번에 일본에서 교환 학생들이 돌아온다 아이가? 그거 때문에 쪼까 회의 좀 한 거뿐이다. 신경 쓰지 마라."

"정말이에요?"

대희가 의심을 표했다. 소년의 커다란 눈동자가 빈틈없이 정인을 관찰했다.

"거짓말 같은데?"

"거, 거짓말은 무슨! 아, 아하하!"

이쯤 되자 옆에서 소희가 고개를 떨굴 수밖에 없었다. 불안한 것은 소희가 아니라 정인 자신이었다.

정인이 자꾸 딴청을 피우자 대희는 질문 상대를 바꿨다.

"누나, 정말 무슨 일이었어요? 아침에 꽤 급하게 달려갔잖아요."

"아, 아니, 저, 정말 별일 아냐."

"그렇게 더듬으면서 말하면 설득력이 없어요……."

효진이 진지하게 대꾸한다.

"정말 무슨 일이 있는 거예요?"

정인은 생각했다. 여기서 이야기를 해버리면 분명히 이 셋은 어떻게든 이 일에 끼어들게 될 것이다. 그렇지 않아도 히로시가 남긴 말이 신경을 거슬리게 하고 있으니 말이다.

"아무것도 아이다! 진짜로! 참말로! 그러니까 이 이야기는 여기서 끝! 알겠나!"

그녀는 막무가내로 그렇게 소리치고 입을 다물었다. 험상궂은 그 얼굴, 그리고 그 박력에 대희와 효진은 엉겁결에 주억대고 말았다.

"네, 네!"

"좋다! 그럼 집에 가자!"

발걸음도 성큼성큼 앞장서 나가는 정인. 그 뒤를 소희가 쪼르르 뒤따르고 효진과 대희가 그 장면을 멍청하게 바라보고 섰다. 승욱이 슬쩍 그들을 쳐다보고서는 걷기 시작했다.

"가, 같이 가요!"

효진과 대희도 급히 그들을 따라 걸어나갔다.

그 장면을 창문을 통해 바라보고 있던 승건은 문 열리는 소리에 커튼을 닫고 뒤돌아섰다. 문을 열고 들어온 것은 혜란. 은은한 향이 피어오르는 홍차를 쟁반에 담아 가지고 와 잔을 책상 위에 올려놓는다.

"다른 보고 들어온 건?"

"아직 없습니다."

"보고가 느리군."

"정보 탐색에 애를 먹고 있는 듯합니다."

"역시 학생회를 잘 알고 있는가……."

무언가 생각하는 얼굴로 승건은 잔을 들었다. 코 가까이 잔을 들고 은은한 향을 한 차례 즐긴 후 천천히 입 안에 홍차를 머금는다. 주로 이 홍차를 안정제 역할로도 대행하는 승건은 훨씬 침착해진 분위기로 잔을 내려놓았다.

"정보부장은?"

"현재 선도부원 중 상위 세 명을 찾아갔습니다. 조만간 보고가 들어올 것이라고 생각됩니다."

"알았어. 고마워."

"아닙니다."

충직하게 보고를 마치고 혜란은 인사 후 학생회장실을 나갔다. 혼자 남은 승건은 여유롭게 잔을 들어 올렸다. 하얗게 춤추며 오르는 수증기. 달콤한 향이 퍼져 나가는 가운데, 승건의 입가에는 짙은 미소가 걸려 있었다.

"어서 나오라구, 정건우."

파란색의 촌스러운 작업복. 까딱하면 주위의 쓰레기들과 동화되어 버릴 듯이 무개성한 그 옷은 나름대로 패션 센스를 자랑스럽게 여기는 정현에게는 참을 수 없는 것이었다.

"젠장, 이 옷 좀 어떻게 할 수 없나? 벌써 몇 개월째야?"

하얗던 작업용 장갑이 검게 된 지도 오래. 그는 몇 개째인지 모를 거대한 쓰레기를 옆으로 집어 던지며 투덜댔다. 그에게서부터 약 6미터 옆. 마찬가지로 쓰레기의 산에 서서 정현과 똑같은 차림을 하고 있던 지철이 툭 내뱉었다.

“시끄럽게 굴지 말고 일이나 해.”

“으아아아아아아악!”

그들의 반대편, 쓰레기의 산에 가려 보이지 않는 지점에서 갑작스런 절규가 터져 올랐다. 지철과 정현은 슬쩍 서로를 쳐다보고선 본래의 작업으로 자연스럽게 돌아섰다.

“저 새끼 또 지랄이네.”

“오늘은 좀 적군.”

일상스런 대화의 뒤로 대국의 덩치가 불쑥 튀어나왔다. 사실 아래쪽에서 뛰어올라 온 거지만.

“못해먹겠다 이거야! 언제까지 이 짓거리를 해야 하는 거냐고!”

대국의 진심 어린 절규에 지철은 안경을 고쳐 쓰며 냉정히 분석했다.

“오늘 세 번째인가.”

“궁시렁댄 것까지 계산하면 네 번째.”

옆에서 정현이 거들다가 대국에게로 눈을 돌렸다.

“넌 임마, 매일매일 하루 일과처럼 그렇게 투덜대면 지겹지도 않냐?”

“자기는 어떻고.”

옆에서 푹 찌르는 지철의 말은 무시.

“좀 조용히 고분고분 작업이나 해라 이 말이다.”

“너희 같으면 이 짓을 고분고분히 할 수 있겠냐! 오늘 하루에만 옮긴 고물 냉장고가 벌써 다섯 개째다!”

“남아도는 건 힘밖에 없는 자식이 뭘 그래.”

“우린 오늘 하루 파헤친 쓰레기 봉투가 백 개를 넘어가려고 해.”

지금 지철과 정현은 소형 쓰레기의 분류, 그리고 대국은 대형 쓰레기의 운반을 맡고 있었다. 어느 쪽이나 힘들긴 마찬가지인 사회봉사.

3월, 두 1학년생에 의하여 선도부가 완전히 궤멸되었다. 그 후로 그들이 받은 처벌은 사회봉사 6개월. 선도부원들은 모두 활동 정지에 정학을 당했고, 그 수뇌부인 세 명에게는 사회봉사가 덤으로 얹어진 것이다.

그 후로 몇 개월 동안 주욱 쓰레기 더미에 안겨 생활 중인 세 명이었다. 덕분에 정현이고 대국이고 그 입에서 불만이 떠나는 날이 없었다.

"요즘은 쓰레기 냄새 난다고 여친이 놀아주지도 않는다니까."

"네놈, 여친도 있었냐?! 어느새 혼자 만든 거냐!"

"에헹, 이 몸의 인기는 식을 줄을 모르지."

쓰레기 봉투를 한 손에 들고 할 말은 아니지만 아무튼 정현은 그렇게 자랑을 늘어놓고 있었다. 옆에서 두 친구가 티격태격하고 있는 모습을 곁눈으로 보며 지철은 묵묵히 또 하나의 쓰레기 봉투를 찢었다.

그러다 눈치 챈다.

"어이, 조용히 좀 해봐."

지철이 손을 뻗어 두 사람의 대화를 중단시켰다. 얼굴을 마주 대고 마음껏 서로를 비웃어주고 있던 둘이 입을 멈추고 돌아본다. 지철의 눈이 쓰레기 더미 아래쪽에서 근래에 보지 못한 여성이 올라오는 걸 보았다. 마치 나뭇잎처럼 아주 가벼운 움직임으로 쓰레기들을 하나씩 밟고 뛰어올라, 눈 깜짝할 사이에 그들의 앞에 도착했다.

지철은 주위를 살폈다. 아무도 없었다. 다른 인부들은 멀리 있었고, 그녀의 행로는 절묘했다.

"누구지?"

지철은 직접적으로 물었다. 그러나 상대의 반응은 더 더욱 단도직입 적이었다.

"며칠 사이 선도부장 정건우를 만난 적이 있습니까?"

다짜고짜 본론으로 돌입. 지철은 약간 인상을 구기며 상대를 관찰했 다. 복장은 교복이다. 눈에 익은 백두고의 여학생 교복. 높게 틀어 묶 은 머리카락. 그리고 가장 눈에 띄는 것은 얼굴의 반을 덮고 있는 복 면. 형형히 빛나는 눈동자만이 냉철하게 지철을 주시하고 있었다.

어렵지 않게 결론을 도출해 낸다.

"정보부장 최진아인가."

"그렇습니다. 대답은?"

"없어."

지철은 지체없이 답했다. 정현과 대국이 기세 좋게 다가오는 것을 느끼며 그는 덧붙였다.

"부장을 소년원으로 집어넣은 건 그쪽일 텐데? 부장이 보고 싶다면 소년원으로 직접 찾아가면 될 거 아냐?"

"본 적이 없다는 겁니까."

"다시 말하지만, 없어. 오히려 우리가 보고 싶군. 부장만 있다면—"

그의 입이 사악하게 미소를 그렸다.

"꼴 보기 싫은 잡놈들을 모두 쳐 죽여 버릴 수 있을 텐데 말야."

위험하게 미소를 그린 입술은 섬뜩함마저 느껴질 정도였다. 대국과 정현조차 그 웃음에 할 말을 잃은 듯 입도 열지 못했다.

그러나 그 미소를 정면으로 받은 정보부장은 두 눈에 냉철함을 잃지 않고 몸을 돌릴 뿐이었다.

올라왔을 때와 같이 바람처럼 그녀는 쓰레기 더미에서 금세 자취를 감추었다.

그녀가 사라지는 모습을 바라보던 정현은 얼른 정신을 차리고 지철에게 말했다.

"무슨 말이지 저게?"

"글쎄다. 작업이나 계속하자."

지철은 묵묵히 작업을 재개했다. 정현과 대국은 서로 마주 보며 어리둥절해하다가 마지못해 일을 다시 시작했다.

그렇게 또다시 하루 종일 쓰레기에 묻혀 작업하고 나서야 하루 일과가 모두 끝이 났다. 쓰레기 냄새를 씻어내고 책임자에게 허가를 받고 나서야 그들은 겨우 쓰레기 처리장에서 벗어나 집으로 향할 수 있었다.

"벌써 일곱 시네. 젠장."

서서히 저물어가는 하늘을 올려다보며 정현이 욕설을 내뱉었다. 옆에서 거대한 덩치를 흔들며 걸어가던 대국이 문득 제안했다.

"오늘 한잔하고 들어갈까?"

"아서라, 새꺄. 정학 중인 새끼가 무슨 술이야."

"이 자식, 무슨 범생틱한 소리를 지껄이는 거냐? 지철아, 넌 어때?"

대국이 돌아봤을 때 지철은 무언가를 골똘히 생각하는 얼굴이었다. 은테 안경이 빛나는 그의 얼굴은 깡패 계열이라고는 생각하기 힘든 지적인 면이 있었다. 대국은 새삼스레 그렇게 생각하며 다시 그를 불렀다.

"어이, 지철아? 뭐 하냐?"

"아, 아무것도 아냐."

고개를 저은 그의 어깨에 정현이 손을 올린다.

"그년 말 때문이냐?"

"그년? 아아, 그 닌자 년 말야? 헛소리 아냐, 그거?"

대국이 말을 잇고,

"헛소리일까, 그거?"

지철이 낮은 목소리로 의문을 뱉어냈다. 정현과 대국이 양쪽에서 지철에게 시선을 모았다.

"아무래도 계속 걸린단 말이지. 뭣하러 정보부장까지 나서서 우리에게 그런 걸 물으러 왔을까. 최소한 그런 정보가 있어서가 아닐까?"

"정보?"

"뭔 정보? 부장이 빵에서 나오려면 아직 한참 멀었잖아?"

"그렇긴 하지만."

대답은 하면서도 쉽게 납득하지는 못한다. 결국 지철은 끝까지 어떠한 결론도 내리지 못하고 그저 생각에 생각만 거듭했다.

세 명이 기숙사가 있는 곳까지 걸어왔을 때는 서산으로 지던 해가 빌딩에 가려 붉은 하늘만 어렴풋이 보이고 있었다. 어서 방에 들어가 발 닦고 잠이나 자야겠다고 소리치던 대국이 문득 걸음을 멈추었다.

"뭐야?"

"저기…… 문앞에 누가 서 있는데."

허름한 기숙사 건물 앞에 누군가가 서 있었다. 벽에 기댄 채 담배를 꼬나 문 그 남자는 멀리서 봐도 탄탄하게 근육이 잡힌 건장한 청년이었다. 민소매의 티를 걸치고 담배 연기를 피워 올리고 있던 남자는 세 명의 인기척을 느끼고 눈을 돌렸다.

금방이라도 물어뜯을 듯한 야수의 눈빛. 거칠고 사나운 영혼을 그대로 드러내듯 검은 눈동자가 표독스럽게 빛나고 있었다. 그 눈빛은 결코 잊을 수 없는 자의 것이었다.

셋의 얼굴에 생기가 돌았다.

"부장!"

남자는 담배를 든 손을 들었다. 빨갛게 타 들어가는 불꽃. 그리고,

"여어. 기다렸냐, 이 새끼들아."

그, 선도부장 정건우의 입가에 늑대 같은 미소가 걸렸다.

대국은 기쁨에 몸서리치며 그에게로 달려가려 했다. 그때 지철이 손을 뻗어 그의 행동을 저지했다.

"부장, 어째서 여기에?"

다 꺼져 가는 담배의 불씨를 발로 문질러 꺼뜨리며 건우는 이를 드러냈다. 늑대처럼 뾰족하게 솟은 송곳니가 세 명에게는 익숙했다.

"그 개 같은 곳에서 어떻게든 일찍 나와보려고 모범수로 생활했다고 하면 믿겠냐?"

"뭣?! 부장이 모범수로 생활했다는 거예요?! 그런 거짓말이!"

"진짜야, 이 새끼야."

성큼성큼 단숨에 거리를 좁혀 대국의 머리를 후려갈긴다. 그 힘은 장난 이상의 것이어서 대국은 한동안 바닥에 드러누워 부활하지 못했다. 정현이 힘없이 웃어대다가 두 눈을 빛냈다.

"부장! 그럼 정말로 돌아오셨군요!"

"그래, 이 새끼들아. 돌아왔다, 내가."

정현이 육탄으로 달려드는 것을 다시 주먹을 날려 뻗게 만든 후 건우는 지철을 쳐다보았다. 변함없는 모습의 부하를 내려다보는 시선으로 보다, 피식 웃는다.

"넌 안 달려드냐?"

"부장은 남자가 안기는 것을 세상에서 제일 싫어하죠."

“잘 알고 있군. 역시 네가 제일 낫다. 이것들은 전혀 학습이 안 되고 있잖아.”

쓰러져 기절한 두 사람을 잘근잘근 밟아대는 건우. 지철은 몇 번이고 말을 삼키다가 겨우 그를 불렀다.

“부장, 오늘 정보부장이 우리를 만나고 갔습니다. 부장의 행방에 대해서 묻던데요.”

“내 행방?”

“예. 그러니까 지금 우리를 만나는 건 부장에게 좋지 않은 방향으로 작용할 수도 있습니다. 감시가 붙어 있을지도 몰라요.”

“아, 그놈들?”

건우는 아무렇지 않게 기숙사 안쪽의 작은 정원을 가리켰다. 지철은 불길한 예감을 받으며 그쪽으로 다가갔다. 수풀 사이로 목을 들이밀어 확인했을 때 그의 눈에 보인 것은 세 명의 남녀였다.

“부, 부장!”

“죽진 않았어. 그 정도는 조절할 줄 알아. 또 모르지. 이대로 깨어나지 않을지도.”

세 명의 남녀. 그들은 모두 쓰러진 채 미동도 하지 않았다. 자세히 살펴보지 않으면 죽어 있는 것처럼 보이는 그들에게 시선을 떼지 못하다가 지철이 고개를 돌렸다. 건우는 다시 담배에 불을 붙여 물면서 선뜻 물었다.

“이런 감시까지 붙어 있고 무슨 지랄이냐 대체? 하루 종일 쓰레기하고 생활하면 기분 좋더냐?”

“부, 부장…….”

사람의 행적이 드문 도시 외곽. 한 남자가 길가에 쓰러진 두 명을 이상한 눈으로 쳐다보고 지나갔다. 그쪽으로 시선을 돌리지도 못하고 지철은 건우에게 시선을 못 박았다. 돌아온 야수는 여전히 야수였다. 늑대 같은 미소는 전혀 변하지 않았고, 행동 하나하나에서 흘러나오는 위험천만한 예감도 그대로였다. 이 남자는 위험하다, 그러면서도 옆에 붙어 있을 수밖에 없는 매력. 그것이 지철이 건우에게 느끼는 감정이었다.

"이 생활 때려치우고 싶지?"

하얀 연기를 뱉어내는 건우의 눈빛에서 지철은 기억을 떠올렸다. 작년, 그가 소년원에 들어가는 계기가 된 사건. 그 사건을 벌이기 전 그가 지었던 눈빛. 그리고 지금 담배를 문 채 짓고 있는 눈빛은 똑같았다.

홀린 듯 있다 정신을 차렸을 때 지철은 이미 대답을 하고 있었다. 흘러나오는 말을 막지 못했다.

"물론입니다."

"그럼 다시 나를 따라와라."

"예……?"

제대로 이야기를 이해하지 못한 지철에게 건우는 거친 야수의 목소리로 선언했다.

"이번에는 그 자식들, 학생회 놈들을 완전히 끝장내 버릴 거다."

|둘| 공허하게 빛을 잃은 채

Burning fist

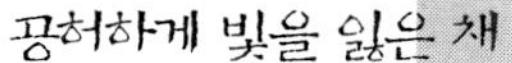

공허하게 빛을 잃은 채

세 명이었던 등굣길이 두 명이 되자 효진은 꽤 쓸쓸함을 느끼고 있었다. 그런 그녀를 보면서 승욱이 '나 혼자는 안 되나?' 라고 물을 수 없는 건 성격도 안 되거니와, 애초에 그런 말을 떠올리지 못하기 때문이다.

무뚝뚝하게 앞만 보며 걸어가던 승욱의 옆에서 효진은 집을 나서면서부터 세어 일곱 번째의 한숨을 삼켰다.

"어제 정말 뭐였을까요?"

울적한 분위기를 환기시키려는 명목으로 효진은 대뜸 화제를 전환했다. 승욱이 그녀에게로 눈을 내린다.

"뭐가?"

"어제 말이에요, 정인이 언니와 소희 언니. 아무래도 뭔가 숨기는 것 같지 않았어요?"

"그렇겠지."

너무 쉽게 긍정해 버려, 효진은 세 걸음 가서야 그것을 깨달았다. 고개를 휙 돌려 승욱을 올려다봤다.

"뭐라구요?"

"그렇다고."

"그렇다니?"

승욱은 미간을 좁히며 말했다.

"뭔가를 숨기고 있다는 것 같단 말이다."

"…역시요?"

고개를 끄덕인 그는 고개를 돌렸다. 아무렇지 않게 걸음을 옮긴다.

"확실한 것은 모르지만. 아마 학생회 내부의 일이 아닐까."

"그래서 다른 일반 학생들에게는 이야기해 줄 수 없다는 거예요?"

"아마."

사실 여부는 전혀 알 수 없는 이야기지만 어쩐지 효진은 수긍할 것 같았다. 무엇보다 그가 꺼낸 말이기에 더욱 그럴지도, 라고 스스로 생각하면서 이야기를 돌렸다.

"그럼 어제 승욱 씨는 왜 그랬어요?"

그가 시선으로 '나?' 라고 물어온다.

"네, 승욱 씨요. 어제 떠나는 버스를 주욱 바라보고 있었잖아요. 설마 승욱 씨도 유키에 씨가 떠나서 아쉬워한 건 아닐 테고."

단언해 버리는 효진. 그동안 승욱과 지내온 시간을 증명하는 말투였다. 승욱은 무언으로 대꾸하고 눈을 돌렸다. 그런 그의 옆구리를 콕콕 찌르며 효진은 대답을 재촉했다. 결국 그녀의 끈질긴 작업에 넘어가 승욱은 입을 열었다.

“별거 아냐.”

“…그런 대답은 20점 미만.”

“점수 매기냐……. 정말 별거 아냐. 잠깐 이상한 기분이 들어서 서 있었을 뿐.”

“이상한 기분이라니, 설마 정말로 서운함을 느꼈다거나?!”

“아냐.”

단칼에 부정하고 그는 신중하게 말을 골랐다. 조금 뜸을 들이더니,

“나쁜 예감이 들었어.”

“나쁜 예감이요?”

“그 남자의 말이 맞을지도 몰라. 우리 둘에게 큰 사건이 닥쳐올 거라는 그 말.”

그는 농담을 던질 성격이 안 되고, 게다가 그의 말투는 너무 진지했다. 효진인 괜히 오싹한 기분이 들어 입을 다물었다가, 말했다.

“…히로시 씨가 예언자?”

“농담은 그만둬.”

가볍게 핀잔을 당한 효진은 시무룩하게 고개를 숙였다가 다시 들었다. 남자는 변함없이 앞을 보고 있었다. 표정이 없는 얼굴. 그러나 처음 만났을 때보다는 많이 풀려 있는 느낌이다. 그녀에게는 이제 완전히 익숙해진 것일까.

그러한 생각을 실없이 전개해 나가다 보니 그녀는 어쩐지 희망적인 기분이 들었다.

“괜찮을 거예요, 우리들은. 지금까지도 숱한 난관을 극복해 왔잖아요? 게다가, 우리를 누가 그렇게 쉽게 위협할 수 있겠어요?”

당당한 자신감이 들어찬 목소리였다. 승욱은 밑도 끝도 없는 낙관론

에 어떻게 대답해 줄까 고심하다가 그냥 아무런 대꾸도 해주지 않았다. 왠지 자신조차도 그녀와 똑같이 생각하고 싶었으니까.

그래서 둘은 아무런 대화도 나누지 않고, 그저 옆에 서 있는 서로의 감각만을 느끼며 학교로 향했다.

평화로운 하루가 흘러갔다. 효진은 아직 학생이 돌아오지 않아 빈자리인, 한 달 동안 유키에의 자리였던 의자를 하염없이 바라보고 있다가 선생에게 꾸중을 들었다. 대회가 괜찮냐고 다정하게 물어줘서 괜찮다고 거뜬히 끄덕였다. 그렇지만 역시 가슴 한 켠은 무료함에 젖어 있었다.

그렇다고 해도 큰 소란 없는 하루가 흘러가고 있었다. 학생회 간부 내에서는 비밀스럽게 총인원이 바쁘게 움직이고 있었으나 일반 학생들은 그것을 모른다. 하지만 소득은 없음. 학생회는 초조함에 빠져 있었다.

어쨌든 점심 시간은 오고, 식당으로 향하던 효진과 승욱, 대회는 식당 앞에서 정인과 소희를 만났다.

"언니, 학생회에서 무슨 일이 생긴 건가요?"

"어, 엉?"

"그렇죠? 그런 거죠?"

갑작스런 기습에 정인은 곧바로 대답을 꺼내지 못했다. 효진은 틈을 주지 않고 몰아붙이기로 했다.

"혹시 학생회 내의 일이라서 차마 말할 수 없는 거라면 그렇게 말해주세요. 어제부터 무슨 일인 걸까 생각하다가 밤새 잠도 잘 못 잤다구요."

　물론 거짓말. 그러나 순진한 소희를 패닉에 빠뜨리기에는 충분했다. 소희는 커다란 눈망울을 이리저리 굴리며 필사적으로 변명의 말을 찾아 나섰다.

　그러나 구원은 다른 곳에서 튀어나왔다.

　식당에서 그들이 그렇게 티격태격대고 있을 때 교문 쪽에서 갑자기 한 여학생이 커다란 비명을 질렀다. 그 비명을 듣고 깜짝 놀란 친구가 무슨 일이냐고 달려왔다가 친구와 같이 비명을 내질렀다. 덕분에 사방에서 사람들이 무슨 일이냐며 모여들어 사태는 순식간에 긴박하게 돌아갔다.

　교문에서 십 미터가량 떨어진 곳에는 학교에서 배출되는 쓰레기들이 모여 있는 곳이 있었다. 위생상 철문으로 막아두어 학생들이 쉽게 출입할 수 없게 만들어놓은 곳인데, 오늘은 그 철문이 활짝 열려 있었다.

　그리고 그 안, 쓰레기 더미들 사이에서 보인 것은 누구라도 낯설 한 남자의 모습이었다.

　“주, 죽었나?!”

　한 남학생이 용감하게 코를 쥐어 잡고 다가가 쓰러진 남자를 확인했다. 목에 손가락을 갖다 대 맥을 확인하니 아직 살아 있었다.

　“살아 있어! 구급차! 양호 선생님을 불러와!”

　그의 친구들이 곧바로 움직여 한 명은 양호 선생인 미령을, 한 명은 구급차를 신속하게 호출했다.

　사람들 사이로 이 일은 금방 퍼져 나가 최초의 발견에서 40초도 채 지나지 않았을 때는 이미 식당 앞의 일행에게까지 도달했다.

"…남자가 쓰러져 있어?"

정인과 소희는 즉시 시선을 맞추었다. 아주 잠깐의 시선에 서로의 감정이 오가고, 즉시 뒤돌아 달리기 시작했다.

"어라, 언니!"

"인이 누나?!"

두 사람의 갑작스런 행동에 효진과 대희는 허겁지겁 그 뒤를 따라 뛰었다. 정인과 소희는 무시무시한 속도로 달려가고 있었지만 따라잡는 것은 어렵지 않았다. 얼마 가지 않아 그녀들이 멈춰 섰기 때문이다.

건물에서 두 사람이 달려나왔다. 승건과 혜란이었다. 언제나 여유만만이던 승건이 뛰는 모습을 처음 본 효진이 눈을 휘둥그레 뜨는 사이 그는 정인에게 물음을 던졌다.

"어느 쪽이지?"

"저기 교문 쪽."

그녀가 손으로 가리킨 방향을 향해 승건은 지체없이 움직였다. 몇 초 후에 도착한 쓰레기 더미 앞에서 승건은 쓰러진 남자를 확인했다.

"봉사부장인가. 정보부장 나와."

승건의 부름에 그의 옆에 진아가 나타났다. 신출귀몰한 그녀의 등장은 다른 학생들의 반향을 불러일으켰으나 승건은 그쪽은 신경 쓰지도 않고,

"눈치 채지 못했나."

"…죄송합니다."

"됐다. 그러면 그럴 수도 있지."

승건은 그녀에게 몇 가지 지시를 내리고 직접 봉사부장 마준한에게 다가갔다. 쓰레기 더미를 밟고 지나가 마준한의 늘어진 몸을 들고 나

와 땅바닥에 눕힌다. 혜란은 급히 다가가 그의 행동을 말렸다.

"회장님, 이런 것은 체육부에—"

"내가 하겠어."

승건은 흐트러진 준한의 교복을 우악스럽게 뜯어냈다. 단추가 떨어져 나가고 준한의 다져진 신체가 드러났다.

신체 이곳저곳에는 주먹 크기의 열상이 도장처럼 찍혀 있었다. 한순간 피부에 가해진 정도 이상의 열 때문에 일그러진 피부의 흔적. 복부에 둘, 오른쪽 가슴 부위에 하나. 하나씩 손으로 매만지면서 확인한 후 앞머리로 가려진 준한의 얼굴을 들추었다. 오른쪽 볼에도 똑같은 열상이 나, 얼굴 피부가 문드러져 있었다.

상처로도 느껴진다. 공격 하나하나에 전혀 사정을 두지 않았다.

때마침 미령이 달려왔다. 승건은 그녀에게 자리를 양보하고 치료를 하는 그녀의 곁에서 준한을 살폈다.

"어떻습니까?"

"전신의 혈맥이 흐트러져 있어. 이렇게 심하게 당하다니…… 대체 누가 한 짓이니?"

맥을 짚으며 준한의 상태를 진단한 미령이 물었지만 승건은 대답하지 않았다.

"병원까지 부탁드립니다."

"알았어."

혜란이 현재 무림 종합 병원에서 구급차가 출발했다는 소식을 전했다. 승건은 한 차례 고개를 끄덕였고 다시 학생회 전 간부를 모으라고 지시했다. 그때 미령이 뒤에서 그를 불렀다.

"회장, 얘 주머니에 이런 게 들어 있는데?"

　그녀가 내민 것은 꾸깃꾸깃 아무렇게나 접은 종이 쪼가리였다. 혜란이 그것을 받아 승건에게 전했다. 그것을 펴본 직후 승건의 표정이 극도로 구겨졌다. 여유있게 미소 짓는 모습과는 정반대인, 마치 귀신과도 같은 형상에 가까이 있던 혜란마저 숨을 삼켰다.
　그러나 승건은 곧 미소를 지었다. 결코 호의적이지 않은 미소로.
　"그래…… 이제 본격적으로 나오는군."
　종이에는 아마도 준한의 피라고 짐작되는 붉은 액체로 쓰여진 혈문자(血文字)가 휘갈겨져 있었다. 단 네 자.

기다려라.

　그것이 선도부장 정건우의 정식 선전 포고였다.

　이 사건은 곧바로 학교 전체에 알려졌다. 소문이란 녀석의 속도는 굉장하다. 게다가 학교라는 좁은 사회 속이라면 그 속도는 상상을 불허하는 경지로 들어선다. 덕분에 무림 종합 병원에서 구급차가 도착했을 때는 이미 교내의 모든 이가 이 일을 알게 되었다.
　점심 시간 동안 직원 회의와 학생회 간부 회의가 열리고, 그것이 모두 끝났을 때 효진은 정인에게 말했다.
　"어제 숨겼던 게 이 일이었군요?"
　정인은 할 수 없이 고개를 끄덕였다. 골치 아프다는 듯 인상을 찡그리고 그녀는 어제부터의 일을 차근차근 설명했다. 이야기를 전부 다 들었을 때 효진의 눈은 두 배로 커져 있었다.
　"그, 그럼 소희 언니가 가장 큰일이잖아요!"

정인의 고민을 아주 간단하게 토해내 버리는 효진. 이번엔 소희가 놀랄 차례였다.

"내, 내가 왜?"

"당연하죠! 학생회에서 가장 약한 게 언니잖아요?"

아픈 부분을 너무나 당연하게 찌르는 효진의 말에 소희는 울상을 지었다. 금방 자신의 실수를 알아챈 효진이 어떻게든 수습을 해보려고 애쓴다.

"아, 아뇨. 그게 그러니까, 제 말뜻은 그게 아니라……."

"아냐…… 나도 알고 있어…… 그러니까 괜찮아."

시무룩한 가운데에서도 소희는 열심히 미소를 그렸다. 아니, 오히려 눈물을 삼키고 소리쳤다.

"그래도 난 절대 지지 않을 거야. 절대, 절대 그런 녀석한테 겁먹거나 하지 않을 테니까!"

그 의지 굳은 모습이 얼마나 귀여웠던지 효진은 무의식적으로 그녀를 끌어안고 볼을 비벼대고 말았다. 한참 후에야 깨닫고 얼른 그녀에게서 떨어져 나와 헛기침을 터뜨렸지만, 이미 분위기는 어색해져 있었다.

"아, 아무튼 그럼 우리가 힘을 모아야죠!"

"우짤 건데?"

"간단하죠! 그 정건우라는 사람이 잡힐 때까지 매일 소희 언니를 모두 함께 데려다 주는 거예요!"

정인과 소희는 말문이 막혔다. 아니, 정인은 비슷한 방법을 자신이 실행할 생각이었지만, 효진의 반응은 너무나 예상 그대로였다. 정인은 손을 들어 분위기를 타는 효진의 말을 일단 막았다.

"니 맘은 알겠는데… 그렇게 되믄 니하고 승욱이가 또 일에 휘말리게 된다. 대희하고 승욱이는 아직 부상도 안 나았다 아이가."

"괜찮아요, 그 정도는. 근성으로 이겨내야죠. 그게 무도인의 의무 아니에요?"

뭔가 굉장히 어긋난 사고방식을 가진 채, 그것으로 다른 이의 행동까지 단정 지어버리는 효진. 본인은 그것이 당연하다고 굳게 믿고 있는 듯했다. 승욱마저 잠시 할 말을 잃었다가, 뭐라고 입을 열려고 하다가, 그냥 다물어 버렸다.

소희가 심약하게 중얼거렸다.

"나야 그래 주면 고맙지만…… 그래도 그 남자의 말도 있고……."

"괜찮아요, 그 정도는! 우린 지금껏 잘 버텨왔다구요."

그건 오늘 아침 승욱과도 나눈 이야기였다. 둘이 함께 있으면 어떤 고난도 헤쳐 나갈 수 있을 것 같은 묘한 안정감, 믿음. 그것을 효진은 분명히 느꼈다. 그리고 지금 승욱도 효진의 의중을 알아챘다. 그녀는 지금 일말의 불안도 가지지 않은 채 말하고 있었다. 어떤 의미로 정말 대단하다고 할 수 있었다.

"…그래 줄 거야?"

"물론이죠!"

소희의 마지막 확인에 효진이 웃으며 소리친다. 복도가 울릴 정도로 커다란 대답이 터진 순간 이미 그들의 방침은 정해져 버렸다.

이날 방과 후부터 다섯 명은 함께 하교하기로 결정했다.

며칠이 지나고 다시 주말이 다가왔다. 효진은 아침부터 책상에 늘어져서 '지난주에는 유키에 씨와 같이 영화를 봤었는데……' 따위의 말을 중얼거리며 혼자 울적해하고 있었다. 그런 그녀를 뒤쪽에서—놀랍게도 잠들지 않고 있는—승욱이 지그시 내려다보고 있었다.

이런 증상이 없어지려면 대체 얼마나 걸릴까. 그 점을 고민하여 승욱도 문득 눈을 돌렸다. 한 달 동안 유키에의 자리였던 곳은 현재 일본에서 돌아온 학생의 가방이 올려져 있었다. 비어 있는 것으로 보아하니 아마도 교실 어딘가에서 재잘대고 있겠지. 같은 반 학생이라도 얼굴을 거의 구분하지 못하는 승욱은 찾을 생각 같은 건 꿈에도 하지 않고 다시 눈을 돌렸다. 마침 교실로 담임이 들어와 종례를 시작했다.

"요즘 우리 학교에 어떤 일이 있었는지 너희도 잘 알 거다. 지금 학생회에서 전력을 다해 선도부장의 행방을 추적하고 있으니까, 너희들도 조심하기 바란다. 이상!"

몇 가지 전달 사항과 짤막한 마지막 인사. 사정상 학교를 쉬게 된 반장을 대신하여 부반장의 구령 아래 담임에게 인사를 전하고 오늘 일과는 모두 끝이 났다.

"아마 같이 일본으로 돌아간 거겠죠?"

"그렇겠지."

승욱이 일어나며 답한다. 효진도 뒤따라 의자에서 일어난다. 그러다 또 문득 어젯밤 걸려온 유키에의 전화에 침울해진다.

일본으로 돌아가 짐을 정리한 후 여유가 나자 유키에는 가장 먼저 효진에게 전화를 걸어왔다. 이제나저제나 하며 기다리고 있던 효진은 유키에의 전화를 받고 뛸 듯이, 아니, 말 그대로 폴짝폴짝 뛰면서 기뻐했다. 그리고 전화를 끊은 후에는 세상 다 끝난 듯이 허망한 얼굴이 되었다. 그 모습은 승욱마저 참지 못하고 '울지 마'라고 말해 줄 만큼 비참한 몰골이었다.

　그렇기에 승욱은 간단히 효진의 심중을 짐작할 수 있었다. 그래서 오랜만에 그녀의 머리 위에 손을 올려 슥슥 쓰다듬어 주었다.

　화들짝 놀란 것은 효진이 아니라 대희였다.

　"에, 왜, 왜 그래요, 갑자기."

　효진도 한 발 늦게 놀라며 얼른 그에게서 몸을 떨어뜨린다. 주위의 시선을 신경 쓰며 둘러보았으나 이미 늦은 일. 대부분의 반 친구들이 모두 그 모습을 목격해 버린 뒤였다.

　"……."

　그러면서도 승욱은 아무렇지 않게 몸을 돌렸다. 그들의 눈은 일절 신경 쓰지 않는다. 그럴 가치나 필요성은 느끼지 못하듯.

　그만 효진과 대희가 무안해져 조심히 승욱의 뒤를 따라 교실을 나섰다. 남은 학생들은 승욱과 효진, 두 사람의 관계를 괜히 지레짐작하며 떠들썩해졌다.

　복도에서 효진은 성인을 발견했다. 그로 말하자면 수업 태도는 어떤 의미에서 승욱보다 심하다. 승욱처럼 대놓고 잠들지는 않지만 대신 전혀 수업을 듣지 않는다. 학교에 오는 의미는 누나인 미령과 함께 있기 위해서─ 라고 생각될 정도로 교실에서의 그는 거의 존재감이 없다. 쉬는 시간이면 양호실로 가고, 어떨 때는 몇 시간씩 양호실에서 돌아오지 않을 때도 있다. 효진은 혹시 시스터 콤플렉스가 아닐까 하고 진지하게 고민한 적도 있었지만, 정인에게 이야기했을 때 정인은 이런 말을 했다.

　"그 둘의 일은 노코멘트할 끼다."

　뭔가를 알고 있는 게 틀림없다. 조금 의심 가는 부분은 있지만, 덧붙여서 정인은 이런 말도 했다.

"애는 몰라도 되는 기라."

어쩐지 정인이 그런 말을 하자 굉장한 설득력으로 다가와 효진은 다음부터 미령과 성인, 둘에 관해서는 의문을 품지 않기로 했다.

그렇지만 궁금한 건 궁금한 것. 미령과 성인이 미향을 쫓고 있는 이유도 아직 듣지 못했다. 그나마 친하다고 하지만 어쩐지 숨기는 부분이 많달까.

성인이 양호실을 향해 사라지는 것과 엇갈려 계단을 내려가며 효진은 다른 화제를 떠올렸다.

"히로시 씨가 미향을 썼다고 했었죠?"

갑작스런 말이었지만 승욱은 묵묵히 고개만 끄덕였다. 옆에서 대희가 한마디 했다.

"그래도 결국 승욱이한테 졌잖아. 피를 철철 흘리면서 닌자들한테 실려갔는걸."

"그렇지만…… 좀 이상하잖아요? 전에 유키에 씨와 대무했을 때, 그때 분명히 미향이 어떤 건지 알게 됐을 텐데…… 또 그건 어디서 구한 걸까요?"

승욱은 걸음을 멈추고 효진을 돌아보았다.

"미향이 다시 돌고 있다는 건가? 하지만 그 남자가 어떻게 그것을 얻었다는 거지?"

라고 말한 순간 승욱은 깨달았다. 그렇다. 검은 헬멧의 여자. 모든 것은 그녀와 연결되어 있다.

갑자기 말을 잃은 승욱의 앞에 효진이 손을 삭삭 흔들어댔다. 3초 후에 눈치 챈 승욱이 손을 피하며 돌아섰다. 대희를 한 번 마주 본 효진이 그의 뒤를 끈질기게 따라가 캐물었다.

"뭔가 깨달은 거죠? 그렇죠?"

"아냐."

"아니긴 뭐가 아니에요! 불어요, 얼른!"

귀찮다는 듯 성큼성큼 앞서 걸어나가는 그를 효진은 끝까지 따라붙었다. 그래서 정신을 차려보니 어느새 교문에 도착해 있었다.

"후딱 온나!"

"예!"

기다리고 있던 정인의 재촉에 효진은 허겁지겁 뛰었다. 덕분에 그녀에게서 풀려난 승욱은 알게 모르게 살짝 안도의 숨을 내쉬었다.

토요일 방과 후지만 어딘가로 놀러 가는 건 꿈도 꾸지 못한다. 어쨌든 그들의 임무는 소희를 집까지 안전하게 데려다 주는 것. 선도부장 정건우를 잡을 때까지 이 단체 하교는 계속된다.

시간 단축을 위하여 모두 버스를 타기로 결정했다. 정류장에서 버스를 기다리고 있던 사이 소희가 우물쭈물하다가 이야기를 꺼냈다.

"저기, 혹시…… 괜찮다면 모두 우리 집에서 밥 먹고 가지 않을래?"

대희도 마찬가지로 수줍어하면서 누나를 거들었다.

"어머니가 보답을 해야 한다고 해서…… 어때?"

아마 이미 집에는 모든 이야기가 들어간 모양이었다. 사실 다른 학생들도 마찬가지겠지만. 효진과 정인은 서로를 마주 보다가 동시에 소리쳤다.

"잘 먹겠습니다!"

"잘 묵으께!"

사양이 없는 깔끔한 대답에 소희와 대희는 함박웃음을 지었다. 효진과 정인은 참을 수 없는 충동을 느끼고 각각 소희와 대희를 끌어안고 말아, 부상이 낫지 않은 두 사람은 비명을 지를 수밖에 없었다.

그런 모습을 감흥없이 지켜보던 승욱은 천천히 다가오는 차를 발견했다. 차는 승욱의 앞까지 와 멈춰 섰다.

조수석의 창문이 스르륵 내려가고 낯익은 두 얼굴이 보였다. 네 명도 소란을 멈추고 차 안의 두 명에게 시선을 모았다.

"선생님?"

"집에 가니?"

앞을 바라보고 서서 아무 말도 하지 않는 성인. 미령이 운전석에서 다섯에게 인사했다. 얇은 테의 안경을 쓰고 있던 그녀는 안경을 살짝 고쳐 쓰며 말했다.

"효진아, 미안하지만 오늘 잠깐 승욱이를 빌릴 수 있을까?"

"옛?"

효진이 당황하며 말을 더듬었다.

"그, 그거야 승욱 씨에게 물어보셔야지 왜 저보고 그러세요."

"아니, 데리고 가면 네가 슬퍼할 것 같아서."

"에에— 그럴 리가요."

적당히 받아치면서 효진은 세차게 뛰고 있는 심장을 진정시켰다. 슬쩍 쳐다본 승욱의 옆얼굴에서는 여전히 아무런 반응도 얻어낼 수 없었다. 덕분에 그녀는 괜히 분해져 가시 돋친 말투로 말해 버리고 말았다.

"데려가 버리세요. 얼른."

"…니, 뭘 화내고 있는 기고."

"화, 화는 무슨. 누가요?"

정인의 찌르고 들어왔지만 효진은 얼버무리며 그를 차 안으로 밀어 넣었다. 어쩌다 보니 억지로 뒷좌석에 앉게 되어버린 승욱. 문을 쾅 닫고 효진은 손을 탁탁 털었다. 정인이 '역시 화내고 있구마' 라고 중얼거리는 소리도 안 들리는 척했다.

"그럼 조심히 가거라."

미령이 가볍게 인사하고 창문을 닫았다. 차는 미끄러지듯 도로를 타고 달려나갔다. 네 명이 그 차의 뒷모습을 지그시 바라보았다. 그중 효진의 눈빛에는 매우 복잡다단한 감정이 자리 잡고 있었다.

'정말, 무뚝뚝하다니까.'

효진이 승욱의 감정을 제대로 알 리가 없다. 그는 그녀에게 호의, 아니, 더 확연한 감정을 가지고 있지만 스스로 그것을 표현하는 데 서툴 뿐이다. 효진도 승욱이 감정 표현에 서툴다는 것은 알고 있었지만, 그 너머에 있는 그의 감정을 제대로 읽어내지 못하고 있는 것이다. 그래서 그녀는 괜히 심술이 나고 있었다.

'이러면 안 돼. 평상심, 평상심.'

효진답게 얼른 현재의 위치를 깨달았다. 지금은 승욱과의 줄다리기가 아니라 소희의 안전이 우선이다. 그러니 이제 그 일은 잠시 잊어버리자.

곧 버스가 도착했다. 네 명은 버스에 올라 10분여를 달려 대희와 소희의 집 앞에 도착했다. 도장을 지나 집으로 들어가자 남매의 어머니가 정인과 효진을 환영해 주었다. 효진은 이날 점심을 푸짐하게 먹고 도장에서 수련생들과 겨루기도 즐길 수 있었다.

"잘 놀다 갑니데ㅡ"

우렁차게 소리친 정인을 향해 남매의 어머니가 웃으며 손을 흔들었다.

"잘 가세요, 누나."

"조심해서 돌아가."

"안녕히 계세요."

한참 놀다 보니 시간이 꽤 흘러 버렸다. 세 시간 후에야 대희와 소희의 집에서 나온 정인과 효진.

"아아― 역시 몸 움직이는 게 좋다니까."

"언니는 너무 움직여요."

"엉? 뭐라카노? 절권도의 기본은 최소한의 움직임이란 말이다. 움직임이 많은 거는 니지, 니."

"우리 무형류는 그게 기본이라구요."

거짓말이다. 무형류 내에서도 효진의 움직임이 특출나게 화려하면서도 운동량이 많다. 그것을 효과적으로 이용하는 것이 효진의 장점이자 능력이었다.

"자, 그럼 내는 이쪽으로."

한참 걸어가다 갈림길에서 정인이 말했다. 효진이 눈을 크게 떴다.

"에, 설마 걸어가려구요?"

"엉, 너무 마이 묵었다 아이가. 걸어야지 좀."

그녀에게 몇 번의 겨루기는 식후 운동도 되지 않는 모양이었다. 그도 그럴 것이 헤드기어를 착용한 상태의 수련생을 한 번의 펀치로 기절시킨 게 세 번이었다. 운동이 되려 해도 되지 않는다. 걱정스런 말을 건네는 효진에게 정인은 씨익 미소를 지으며 손을 내저었다.

"괘않다 괘않다. 그런 놈한테 내가 슬마 지겠나."

"그래두요……. 그럼 조심히 가세요. 나중에 전화할게요."

"걱정도 많다. 아았다. 잘 들어가라."

뒤돌아서 손을 흔들며 멀어지는 정인의 등을 효진은 걱정스레 바라보았다. 그녀가 강한 것은 알고 있지만 그렇다고 맘을 놓을 수는 없었다. 한참을 그 등을 쳐다보다가 효진은 몸을 돌렸다.

버스를 타고 집으로 돌아와 현관문을 열자 바로 앞에 승욱이 서 있었다.

"어라, 승욱 씨, 들어온 거예요?"

"나갈 참이다."

효진이 신발을 신고 있는 그의 몸을 훑었다. 교복에서 평상복으로 갈아입은 상태였다. 변함없이 등에 매달린 목도가 눈에 띨 뿐, 검은 반팔 티셔츠를 걸친 그는 어디서나 볼 수 있는 평범한 청소년이었다.

그와 엇갈려 거실로 올라서며 효진이 물었다.

"무슨 일이에요?"

신발 끈을 묶고 일어선 승욱은 문을 나서며 지나가는 투로 말했다.

"미향이 다시 나온 것 같아."

"…네?"

효진이 돌아섰을 때 그는 이미 문을 나선 후였다.

길에 나와 5분 정도 기다리자 그의 앞에 승용차 하나가 정지했다. 승욱은 익숙하게 뒷문을 열고 차에 올랐다. 차는 금세 출발했다. 도로를 따라 시내를 향하며 미령은 잠깐 백미러를 쳐다보았다.

"다시 오락실에 가볼 거니?"

승욱은 말없이 고개만 끄덕였다. 효진들과 헤어진 후 시내로 나온 셋은 시내에 돌고 있는 미향의 소문을 찾아서 돌아다녔지만 쉽게 실마리를 잡을 수 없었다. 그래서 본격적으로 오락실에 자리를 잡고 정보를 잡아볼 생각이었다.

시내 바깥에 차를 주차시키고 셋은 시내 중심으로 향했다. 주말이다 보니 사람이 부쩍부쩍 늘어나 똑바로 걸어가기도 힘들었다. 점차 더워지는 날씨에 이 정도의 사람이 모이면 그 열기가 대단하다. 가끔 바람이 불어주지 않는다면 정말로 한여름 같은 날씨였을 것이다.

미령은 손수건으로 이마에 흐르던 땀을 닦으며 두 남자를 돌아보았다. 서로에게 전혀 말을 걸거나 하지 않고 조용히 뒤따르기만 하고 있는 둘, 성인과 승욱. 비슷한 성격을 가진 두 남자 사이에서 미령은 호흡을 다잡았다.

"가보자꾸나."

셋은 오락실로 들어갔다. 시끄러운 기계음들이 귀를 두들기자 미령은 살짝 미간을 찡그렸다. 두 남자는 무반응. 소리 자체를 차단한 듯한 그 움직임에 미령은 진심으로 부러움을 느꼈다.

사람들을 헤치고 들어가던 중 승욱이 입을 열었다.

"흩어지죠."

동의를 구하지 않고 멋대로 다른 쪽으로 사라져 버리는 승욱. 미령은 어깨를 으쓱하고는 성인과 같이 움직였다.

몇 달 전, 성인과 둘이서 미향을 추적하고 있을 때도 이 오락실은 대표적인 미향의 출처지였다. 미향을 손에 넣었던 청소년들의 거의 대부분이 이곳에서 사람을 만나 그들에게서 미향을 샀다고 증언했다. 만약 다시 미향이 돌고 있다면 그 시작은 이곳일 가능성이 극히 높다고 할 수 있었다.

몇 바퀴 오락실을 돌고 있다가 레이싱 게임이 모인 곳에서 승욱과 재회했다.

"수상한 사람 있니?"

"저쪽."

승욱이 망설이지 않고 가리킨 곳에는 두 명의 남자가 담배를 입에 물고 의자에 걸터앉아 있었다. 한 명은 슈팅 게임에 빠져 있었고, 옆에서 남은 한 명이 지켜보고 있었다.

"저들이 왜?"

"조금 전에 어떤 녀석에게 뭔가를 넘겼어."

"돈을 받고?"

승욱이 주억댔다. 미령은 두 명을 더욱 주시했다. 원래 방식은 원하는 사람이 접선해 오면 일단 밖으로 나가 한적한 곳, 예를 들면 오락실 뒤쪽의 공터 같은 곳에서 거래를 하지만, 지금은 아닐지도 모른다.

약 5미터쯤 떨어진 곳에서 셋은 두 남자를 주시했다. 아무렇지 않게 주위의 분위기에 녹아들어, 눈만은 날카롭게 두 명에게서 떼지 않는다.

얼마나 지났을까. 게임 오버를 당한 남자가 구경하고 있던 친구와 투덕대고 있을 때 한 여자가 다가왔다.

'여자?'

미령이 다시 확인했다. 모자를 푹 눌러써서 얼굴은 제대로 보이지 않지만 몸의 굴곡은 여자였다. 셋은 자연스럽게 자리를 이동하며 그들에게 가까이 다가갔다.

최대한 접근할 수 있는 한도까지 가서 이야기를 엿들었다. 시끄러운 기계음들이 판치는 곳이라 이야기 소리가 확실하게 들려오진 않았다. 미령은 대담하게 그들의 바로 옆의 게임기에 앉았다. 성인과 승욱이 그녀의 의도를 즉시 이해하고 그녀의 옆에 앉았다. 동전을 넣고 게임을 하는 척 행동하고 있는 사이 그들의 이야기가 조금씩 들려왔다.

"…얼마나 필요해?"

“…만큼요.”

“뭐…… 사…… 야?”

“상관없잖아요?”

관례라는 듯 질문하는 남자에게 여자는 귀찮은 듯 말을 툭툭 쏘아붙였다. 그사이 미령이 움직이던 비행기가 처절하게 격추당해 추락했다.

“뭐, 좋아. 돈은?”

“여기.”

여자가 잠깐 주위를 둘러보고—셋은 즉시 곁눈질을 그만두었다—품속에서 꾸깃꾸깃 접힌 하얀 봉투를 내밀었다. 남자 중 한 명이 빼앗듯 그것을 받아 들고 속을 확인한다. 동료에게 고개를 끄덕여 보이자, 담배를 피던 동료가 재킷 안주머니에서 무언가를 꺼내 여자에게 던졌다. 승욱이 살짝 눈을 움직여 본 그것은 마치 약국에서 약을 넣어주는 작은 종이 봉지와 흡사했다.

여자는 종이 봉지를 주머니에 쑤셔 넣고 서둘러 그 자리를 벗어났다. 그 뒤 남자들도 자리에서 일어나 다른 쪽으로 이동하려 했다.

미령이 성인과 승욱에게 눈짓했다. 둘은 일어나 남자들을 뒤따르고 미령은 여자를 쫓아가 그녀에게서 봉지를 빼앗았다.

“뭐, 뭐야, 당신!”

예쁘장하게 생긴 여자애는 막 꺼내서 확인하고 있던 봉지를 빼앗기자 다짜고짜 소리를 쳤다. 오락실 바깥. 지나가는 사람들이 두 여자를 힐끔힐끔 쳐다보았지만 미령은 물러서지 않았다.

“이게 뭔지 알고 있니? 마시면 어떤 부작용이 일어나는지 알고 있니?”

“부작용?”

여자애의 표정이 잠깐 흔들렸다. 미령은 붉은 가루가 떨어지는 봉지를 손에 쥐고 말하려 했다. 그때 여자애의 말이 그녀의 입을 가로막았다.

"그런 이야기…… 못 들었는데?"

"…뭐?"

"부작용 얘기 같은 거, 친구에겐 못 들었어. 단지 이걸 마시면 힘이 강해진대. 내가 들은 건 그것뿐이야."

"그 친구는 지금…… 이 미향을 하고 있니?"

"아니. 딱 한 번."

미령은 할 말을 잃었다. 그사이 여자애는 그녀의 손에서 미향을 빼앗아 곧장 튀어버렸다. 미령은 눈 깜짝할 사이에 사라진 여자애를 찾을 생각도 하지 못했다.

이런 사태는 생각도 하지 못했다. 미향은 마약과 같다. 한 번 시작하면 끊을 수가 없는 중독 증상이 있다. 그래서 계속 미향을 찾게 되고, 결국에는 몸이 망가져 죽음에 이르게 되는 치명적인 부작용이 있다.

그런데 중독 증상이 없다? 미향 최대의 단점이 사라졌다는 건가?

미령은 패닉에 빠졌다.

두 남자는 오락실 안에서 아는 사람들을 만나 몇 번 이야기를 나누었다. 모두 비슷비슷한 양아치 부류의 녀석들로 승욱의 눈으로 봐서는 누가 누구인지 분간도 못할 정도로 비슷한 이미지였다. 화장실 쪽으로 향하는 그들의 행로에 주의하며, 승욱과 성인은 신중히 뒤를 따랐다.

5미터쯤 뒤에서 주시하며 따라가던 도중 두 남자가 화장실 문 앞에 섰다. 담배에 불을 붙이며 무언가 이야기를 주고받았으나 이 거리에서는 들릴 리가 만무하다. 입술의 움직임에 승욱은 주의를 기울였으나 그는 독순술을 할 줄 몰랐다.

조금 후 한 남자가 화장실 안으로 들어섰다. 뒤따라서 다른 남자가 주위를 주욱 둘러보며 약간 경계의 눈빛을 던지더니 화장실 안으로 들어갔다.

문이 닫힘과 동시에 승욱과 성인은 얼른 둘을 쫓았다.

벌컥— 문을 열었을 때 이미 두 남자의 모습은 보이지 않았다.

갈 곳은 알고 있다. 이 길은 이미 예전에 파악해 둔 그 길이다. 화장실 한쪽의 너덜너덜한 문—청소용구함이라고 적힌 종이가 반쯤 찢어진—을 열어젖히자 바깥바람과 함께 퀴퀴한 냄새가 확 풍겨왔다. 그리고,

타닥타닥.

발걸음 소리가 들려왔다. 승욱과 성인은 신중히 어두운 계단으로 발을 내디뎠다.

성인이 뒤에서 문을 닫자 계단은 어둠 속으로 떨어졌다. 아무것도 보이지 않았으나 짐작으로 발을 움직여, 앞서 가는 두 남자의 행적을 뒤쫓는다.

눈이 어둠에 익숙해졌을 무렵 승욱의 앞에 검은 철문이 나타났다. 몇 달 전 대희가 통과했던 바로 그 문, 이곳을 나서면 아무것도 없는 창고가 나온다. 게임 센터에 딸린 사용하지 않는 창고.

문 앞에 서서 바깥의 기척을 살폈다. 조금 작게 말소리가 두런두런 들려온다. 특별히 경계하는 눈치는 보이지 않았다. 아주 작게 들려오는 발소리가 차근차근 멀어지는 듯하다. 어디로 가는 걸까. 승욱은 아주 살짝 문을 열어보기로 했다.

벽에 붙어 손잡이를 잡고 가볍게 앞으로 민다. 빛이 새어 들어왔다.

그리고 바깥의 정경이 얇은 종잇장처럼 둘의 눈동자에 비쳤다.

아무도 없었다. 아무도.

순간적으로 갑작스런 침묵에 빠진 듯 바깥은 아무것도 느껴지지 않았다.

쾅!

문을 걷어차고 승욱과 성인은 바깥으로 뛰쳐나왔다. 어두운 창고. 높은 천장에서 뻗어 나오는 희마한 형광등 불빛만이 조명의 전부인 이곳에서는 숨을 만한 장소도 없었다. 굴러다니는 쓰레기, 종이 상자.

몇 달 전에는 미향의 거래 장소로 사용되었던 곳이기도 했지만. 지금은 아무것도 보이지 않았다. 심지어 방금 이곳에 도착했을 두 명의 남자 또한.

"…어디 갔지?"

날카로운 눈으로 면밀히 창고 안을 훑었다. 흔적이 없었다. 높은 천장으로 눈을 돌렸을 때 성인이 창고 한쪽으로 뚜벅뚜벅 걸어나갔다.

승욱이 뒤따랐다. 성인이 눈빛을 보내고 있는 곳에는 녹이 슬다 못해 건드리면 부서질 것 같은 낡은 철문이 있었다. 몇 차례 더 개폐를 반복하면 먼지가 되어 사라질 것 같았다.

그러나 승욱은 눈치 챘다.

"이거…… 새 거군."

둘은 경첩에 눈을 모았다. 문을 낡은 듯하나 경첩은 새것이었다. 윤기마저 나고 있는 새것. 결국 이 문 자체가 어떻게 조작된 물건이라는 말이다.

승욱은 성인을 쳐다보았다. 그는 문을 노려보고 있었다. 아니, 문밖의 무언가를 경계하고 있는 눈빛.

목도를 뽑아 들었다. 동시에 둘은 한 발자국 물러서,

콰—!

성인이 문을 걷어찼다. 비명을 지른 문이 경첩과 함께 뜯어져 펄럭대고 그 사이로 성인이 달려나갔다.

그 순간 양쪽에서 두 명의 남자가 성인을 향해 달려들었다. 어두운 조명 아래에서 흡사 그림자 같은 움직임으로 습격, 곧바로 성인의 양쪽을 틀어막고 공격을 날렸다.

퍽!

오른쪽에서 달려든 남자의 발차기에 복부를 그대로 얻어맞으며 성인이 남자의 어깨를 붙잡았다. 팔꿈치로 남자의 턱을 후려갈기고 동시에 어깨를 붙잡은 손에 힘을 실어 끌어당긴다. 유도처럼 남자의 몸을 휘감아 그대로 바닥으로 쓰러져 남자를 깔아뭉갰다.

그 사이 다른 남자를 향해 승욱이 팔을 뻗어 목도를 찔렀다.

그 순간 남자가 목을 뒤로 뺐다. 승욱이 한 발자국을 더 앞으로 나서며 목도를 양손으로 쥐었다.

힘을 넣고 단숨에 왼쪽으로 베고, 오른쪽 위로 올려친다!

두 번의 연격을 피하며 남자가 뒤로 물러섰을 때 성인이 그의 발을 뒤쪽에서 걸어찼다. 여전히 동료의 팔을 제압한 상태에서.

남자가 비틀거렸다. 그때를 놓치지 않고 승욱이 화살같이 목도를 뿜어내 명치를 깊숙이 찔렀다.

푸욱—!

호흡이 끊어지고 내장이 진동했다. 남자는 명치를 부여잡고 뒤로 두 바퀴를 굴러 쓰러졌다.

"커, 커, 크헉……!"

기침을 뱉고 싶어도 숨이 없어 나오지 않았다. 성인이 한 명의 팔을 더욱 강하게 꺾은 상태로 몸을 일으켰다. 남자가 비명을 질렀다. 가래가 끓는 소리와 함께 터져 나오는 그 절규에 성인은 미약하게 인상을 찌푸렸다.

성인은 남자를 동료의 위에다 집어던졌다. 숨을 쉴 수 없어 캑캑거리던 남자의 위로 포개지자, 둘은 똑같이 비명을 질렀다.

냉정하게 목도를 겨눈 채 승욱은 잠깐 숨을 돌렸다. 이곳은 창고에서 밖으로 이어진 좁은 골목이었다. 이 두 남자가 성인을 양쪽에서 덮칠 만한 공간도 없었으니, 아마 그때는 양쪽의 담 위에서 뛰어내리기라도 한 모양이었다. 그렇다는 건 우리가 쫓아오고 있다는 걸 이미 눈치채고 있었다는 건데,

"너희들은 뭐지?"

"뭐, 뭐냐니, 이 새끼들이……. 장난치냐! 그건 우리들이 물어볼 말이다! 네놈들은 대체 뭐냐!"

승욱은 대꾸하지 않았다. 크르르, 가래 끓는 소리를 내며 숨을 쉬어대던 남자는 반항적인 눈으로 무언가를 생각해 냈다.

"그래…… 알았다. 네놈들, 그놈들이군. 몇 달 전에 미향을 싹쓸이했다던 그것들이지?"

승욱은 여전히 대답하지 않았지만 그는 혼자서 이해해 버렸다.

"이번에도 또 싹 긁어가려고 나타나셨나?"

"넌, 선도부냐."

"엉? 선도부? 그렇다고 하면 그렇겠지?"

남자는 어중간한 대답을 하면서 몸을 일으키려 했다. 그것을 성인이 걷어차 다시 땅바닥을 뒹굴게 만들었다. 소름 끼치는 극도의 저음으로

이른다.

"제대로 대답해라."

용서가 없다, 이 두 남자. 원래 그런 캐릭터였던 두 사람이 모이니 그 정도가 더욱 심해졌다.

승욱은 목도를 들어 어깨에 걸친 채 얼음장 같은 눈으로 내려다보았다.

"똑바로 대답하지 않으면 어떻게 될지 몰라. 우린 미향에 대해서 굉장히 예민해."

"알고 있다, 이 개새끼들아. 너희들이 나타날 줄은 진작에 알고 있었으니까."

역시 선도부였나. 그렇게 승욱이 짐작하고 있을 때,

등 뒤에서 거센 느낌이 전해져 왔다. 본능으로 몸을 돌려 목도를 뿌린다. 목도 끝에 무언가가 부딪치고 유유히 뒤쪽으로 떨어져 내렸다.

쓰러진 두 남자와 승욱의 중간, 승욱은 등을 돌린 채였다.

"지랄하는구나, 여전히."

말을 내뱉고 그대로 승욱의 등을 걷어찼다. 놀라운 힘이었다. 승욱은 4미터가량을 뒹굴고 담 한쪽에 처박히고 말았다.

그와 동시에 성인 쪽에서도 또 다른 한 남자가 떨어져 내렸다. 이미 눈치 챈 성인이 팔을 들고 방어했으나 그 힘 역시 상상을 초월한 것이었다. 십자로 교차한 양팔 위로 처박힌 발차기는 성인의 몸을 공중으로 날려 버렸다.

승욱처럼 땅바닥을 구르고 일어선 성인, 승욱 또한 금세 몸을 일으켰다.

그러나 두 명의 난입자는 남자 둘을 들쳐 업고 있었다. 얼굴이 보이지 않았다. 그림자가 진 그 얼굴에서 보이는 것은 진하게 미소를 그리고 있는 입술.

"곧 찾아갈 거다. 기다리고 있으라고, 이 개자식들."

두 명의 남자는 그대로 그곳에서 뛰어올랐다. 마치 날아오르듯 담 위에 착지하여 담을 달려 창고 위로 사라졌다. 일본에서 온 카게닌자들과 같은 그 움직임에 승욱과 성인은 미처 그들을 제지도 못한 채 보내줘야 했다.

그들이 사라진 창고 지붕 위를 노려보며 승욱은 방금 전의 목소리를 되새겼다. 분명히 어디선가 들었던 목소리였다.

정문 앞에서는 복잡한 얼굴의 미령이 기다리고 있었다. 두 남자가 나오는 것을 보고 돌아선 그녀의 눈이 순간 흔들렸다.

"팔, 다쳤니?!"

성인이 오른쪽 팔을 늘어뜨리고 있었다. 조금 전 난입자의 공격을 막아낼 때 직접 충격을 받은 팔이었다. 부러진 것 같지는 않으나 여전히 고통이 남아 있었다. 미령은 서둘러 팔을 걷어 진찰을 하고 상처 부위에 침을 놓았다.

"누가?! 누가 이런 거니?!"

미령은 동생의 실력을 누구보다 잘 알고 있었다. 그렇기에 조금 전의 두 남자에게 당했다고는 절대 생각하지 않았다.

"어떤 남자 둘이 습격해 와서, 두 명을 데리고 도망쳤습니다."

대신 대답하는 승욱도 왼손으로 오른쪽 어깨를 부여잡고 있었다. 공격을 받고 뒹굴었을 때 부상당한 자리가 다시 도진 모양이었다.

미령은 성인의 처치를 끝내고 승욱의 처치도 마무리했다. 둘 다 깊

은 상처를 입은 것은 아니었기에 안심이지만 미령은 속이 편하지 않았
다.

"오늘은 더 이상 안 되겠다. 돌아가자."

차가 있는 곳으로 향하며 미령은 그들이 모르는 이야기를 해주었다.

"심상치 않은 일이 벌어지고 있어."

미령은 설명했다.

"미향에는 중독 증상이 있어. 그건 때론 마약보다 더 강해. 한 번 시
작하여 완전히 몸속으로 녹아들면 계속해서 미향을 찾게 돼. 하지만
조금 전의 그 여자 아이는 미향에 중독 증상이 없다고 했어."

"…그게 정말입니까?"

"친구가 이미 미향을 한 차례 했지만 중독되지 않았대."

차분하게 말하면서 승욱을 쳐다본다.

"뭔가 위험한 예감이 들지 않니?"

미향에서 중독 증상이 사라졌다. 이것은 좋은 일이었다. 중독되지
않으면 필요할 때만 사용하게 되고 그렇다면 누군가가 죽는다거나 하
는 일도 일어나지 않을 것이다.

그러나 그것은 근시안적인 시야라는 것을 셋은 알고 있었다.

"중독이 없어졌다고 해도, 그 약효가 사라졌다고는 할 수 없어. 한
차례 했으면 언젠가는 또 미향을 하게 될 거야. 그리고 이번엔 미향 자
체의 중독성이 아닌, 스스로가 미향을 찾게 될 거야. 이 거리에 미향을
사용하는 자가 하나둘씩 계속 늘어나고, 결국은 걷잡을 수 없이 혼란이
일어날 것이 분명해."

겉으로 보기에 위험하지 않은, 그러나 사실은 더욱 위험할 수도 있
는, 그것이 지금의 미향이었다.

셋은 차에 올라탔다. 오늘은 더 이상 탐색이 불가능하다는 판단이었지만 이걸로 끝이 아니었다. 지금 다시 무언가가 벌어지려 하고 있다는 것은 명확한 사실. 또다시 미향은 이곳에 나타날 것이다.

"들어가서 쉬렴."

승욱은 고개를 숙여 보였다. 미령은 창문을 올리고 다시 차를 출발시켰다. 차가 떠나가는 것을 끝까지 지켜보지 않고 승욱은 몸을 돌렸다.

초인종을 누르자 기다리고 있었다는 듯이 효진의 목소리가 터져 나왔다.

「승욱 씨?!」

"열어줘."

담담하게 말하자 문이 지잉 소리를 내며 열렸다. 철문을 단단히 닫고 승욱은 집 안으로 들어섰다.

현관을 열고 거실로 올라서자 이미 현관을 보며 기다리고 있던 효진이 궁금함이 가득 찬 얼굴로 물었다.

"어떻게 됐어요?!"

"별일없었어."

"그런 말을 들으려는 게 아니잖아요?! 미향은요?! 미향이 나왔다면서요!"

거실로 걸어가 소파에 주저앉은 그의 얼굴이 살짝 찡그러졌다. 옅은 표정 변화였지만 효진은 다그치는 것을 멈추었다.

"다쳤어요?"

"조금."

효진은 단번에 그의 부상 위치를 간파해 냈다.

"오른쪽 어깨?! 아직 제대로 낫지도 않았잖아요!"

"크게 다친 건 아냐."

그녀의 다급한 어조 때문인지 그는 되도록 부드러운 말투로 일러두었다. 그녀가 조금 안심하는 얼굴을 만들었지만 곧 참을 수 없게 되었는지 안방에서 구급상자를 꺼내서 가지고 왔다.

"붕대 새로 매어줄 게요. 옷 벗어봐요."

"괜찮아."

"얼른요. 또 싸웠을 거 아니에요?"

고집스럽게 재촉하는 효진에 의해 결국 승욱은 순순히 웃옷을 벗었다. 목도를 풀어 다리 위에 올리고 티셔츠를 가볍게 벗어 던졌다. 잘 단련되어 보기 좋게 근육이 잡힌 상체가 드러나며 효진은 조금 심장이 두근거림을 느꼈다. 같이 살고 있다고 해도 이렇게 가까이서 알몸을 보는 것은 흔한 일이 아니다. 또래의 남자의, 그리고 그것이 마음에 두고 있는 남자의 몸이라면 더욱 그렇다.

효진은 어색한 기분에 헛기침을 두어 번 터뜨리고 붕대를 끌렀다.

"이야기해 봐요. 무슨 일이 있었죠?"

코 바로 밑에서 올라오는 효진의 머리 향기. 샴푸 냄새라고는 이해하고 있었지만, 그 모든 것이 어우러진 그녀의 체취였다. 표를 내지는 않지만 어쨌든 혈기 왕성한 현대의 청년인 승욱은 애써 태연을 가장하며 목소리를 억눌렀다.

"시내의 오락실 기억해?"

"기억해요. 거기, 커다란 그곳 말이죠? 전에 대희 씨가 선도부를 유인한."

"맞아. 다시 미향이 나타났다면 분명히 그곳에서 실마리를 잡을 수 있을 거라고 생각했어. 그리고 역시 그곳에서 꼬리를 잡았지. 두 명의 남자가 미향을 팔고 있더군. 오락실 한중간에서 돈을 주고받고 있었어."

"너무 뻔뻔하잖아요?"

붕대를 모두 풀어낸 효진이 눈을 동그랗게 만들었다. 들고 있던 두 팔을 내리며 승욱이 말을 이었다.

"우린 옆으로 접근해서 기회를 엿봤어. 어떤 한 소녀가 미향을 사러 왔더군. 그 여자가 나가는 것을 양호 선생이 쫓아갔고, 성인과 난 두 남자를 쫓아갔다. 화장실을 통해서 전의 그 창고로 내려갔고, 거기서 밖으로 나가는 골목에서 잠깐 싸움이 일어났어. 두 명을 쓰러뜨려서 진상을 확인하려는 찰나에 또다시 두 남자가 나타나 우리를 습격해서, 동료를 데리고 사라졌다. 쫓아가지 못했어."

새 붕대를 준비하고 있던 효진의 손이 멎었다. 뭔가 이해 불가능의 말을 들어버린 탓이었다.

"승욱 씨가 쫓아가지 못했다구요?"

"미향이겠지."

중간 설명을 건너뛰고 대답해 버렸지만 효진은 이해할 수 있었다. 뒤에 나타난 두 사람 또한 미향을 사용했다면 승욱이 칼의 힘을 빌리지 않는 한 추적을 불가능하다. 게다가 지금 그는 부상당한 몸이니까.

붕대를 든 효진의 손이 다가오자 승욱은 자연스럽게 두 팔을 올렸다.

"귀에 익은 목소리를 들었어."

"어떤 목소리요?"

"뒤에 습격한 두 남자. 그중 한 남자가 곧 찾아온다고, 기다리고 있으라고 했어."

"무슨 뜻이죠……?"

그의 겨드랑이 밑으로 붕대를 세 바퀴 정도 돌린 효진. 이제 접촉에 대한 두근거림마저 잊어버린 채 효진은 그에게 물었다.

"곧 찾아온다니, 설마 우리에게 복수라도 할 셈일까요?"

"글쎄, 정확한 것은 알 수 없지만 그 목소리는 분명히 귀에 익었어. 너도 알 거다."

"나두요?"

"그래. 선도부원들 중 한 명이었어."

승욱은 기억을 더듬었다. 그랬다. 그 목소리는 분명히 몇 달 전 자신들의 손으로 무너뜨린 선도부 간부의 목소리였다. 누구였는지는 기억할 리 만무하다. 사실 선도부를 기억해 낸 것만 해도 거의 기적이다시피 한 일이었으니까.

잠깐 침묵이 흘렀다. 효진이 붕대를 깔끔하게 맬 때까지 승욱은 묵묵히 기다렸다. 단단히, 익숙하게 붕대를 맨 효진이 구급상자를 모두 정리한 다음 그를 쳐다보았다.

"그렇다는 건, 결국 선도부장과도 관련이 있는 거겠죠?"

"아마도."

선도부장이 나타나고 그의 부하 격인 선도부원들이 다시 움직이기 시작했다. 미향마저 나타났다. 이들이 관계가 없다고는 생각하기 어려웠다.

"잠깐."

갑자기 효진이 불안한 표정을 만들었다. 줄곧 걱정하고 있었으나 승욱의 등장으로 잠시 잊어먹고 있던 일이 기억난 것이다. 승욱이 눈빛으로 물음을 던졌다. 효진이 소리쳤다.

"정인 언니! 언니, 오늘 혼자 돌아갔단 말이에요!"

다음 순간, 이미 효진은 전화기를 향해 달려들고 있었다.

"엉? 내? 내는 괘않은데, 와 그라노?"

정인은 태평스런 목소리였다. 지금 그녀는 막 샤워를 끝낸 모습이었다. 목에는 수건을 하나 걸치고 끈나시와 짧은 반바지만을 입은 채 다리를 쭉 펴고 앉아 있었다. 말 그대로 태평 그 자체의 모습에, 아마 효진이 눈으로 봤으면 황당해서 10초간 입을 다물지 못할 모습이었다.

"괘않다이까. 뭐가 그리 걱정이고?"

「승욱 씨가 다쳐서 왔단 말이에요! 그 사람들이 본격적으로 우리를 노리기 시작했을지도 몰라요!」

정인은 맥주캔(!)을 든 손을 멈칫했다.

"승욱이가? 와?"

그녀는 승욱이 중간에 빠진 이유를 아직 알지 못했다. 효진은 간단히 설명했다. 설명을 듣고 난 후 정인은 심각한 얼굴이 되어 있었다.

"그렇나……. 다시 미향이 나왔다 이 말이제."

「네. 그래서 어쩌면 정인 언니한테도 무슨 일이 있어났을지 모르겠다고 걱정했어요. 없어서 다행이에요, 정말로.」

"하모. 내한테 무신 일이 있겠노? 맘 푹 뇌라!"

정인은 호쾌하게 웃어젖히면서 맥주를 거나하게 들이켰다. 따끔따끔한 탄산이 목구멍을 타고 넘어가며 시원한 맛을 전해주었다.

"역시 샤워 뒤에는 맥주 한 잔이 최곤기라."

「네? 맥주요? 언니, 또 술 마시고 있는 거예요?!」

"어? 뭐라카노? 잘 안 들린다. 내일 보제—"

일방적으로 전화를 끊어버리고 정인은 맥주캔을 깨끗이 비웠다. '캬아—' 소리를 내며 팔로 입을 훔쳐 낸 그녀의 손이 우악스럽게 맥주캔을 구겼다.

우드득.

그녀의 손에 의해 맥주캔은 더 이상 캔의 형상을 유지할 수 없었다.

방 한쪽의 쓰레기통에 구겨진 캔을 집어던지고 그녀는 자리에서 일어섰다. 서늘한 바람이 창문을 통해서 스며들어 오고 있었다. 6월에 접어들었으나 아직 저녁 날씨는 싸늘하다. 창문을 닫으려 손을 뻗은 정인의 눈에 잠깐 집 밖의 한산한 거리가 들어왔다. 그녀가 사는 곳은 주위가 온통 주택가라 이 시간이면 행적이 뜸해진다. 그녀는 혹시나 하는 마음에 거리 이쪽저쪽을 살폈다.

"…없나."

작게 중얼거리고 창문을 닫는다. 커튼까지 완전히 닫고 그녀는 다시 자리로 돌아왔다.

대자로 뻗어 천장을 올려다보고 있자 술기운이 도는지 조금 머리가 머엉한 게 금방이라도 잠에 빠져들 것 같다. 그런 기분 속에서 정인은 아주 잠깐 생각을 떠올렸다.

'지금 오믄 큰났네……'

그리고 그녀는 금방 잠에 빠져들었다.

건우는 손목시계를 확인했다. 조금 있으면 부하 녀석들한테서 보고가 있을 시간이었다. 그는 다시 한 번 창문으로 시선을 올렸다.

“…….”

정인은 이제 얼굴을 내비치지 않았다. 창문을 닫고 커튼까지 완전히 닫아버렸다. 감시하고 있다는 것을 눈치 챈 건가. 그녀라면 그럴 수도 있지. 건우는 비릿한 미소를 입가에 단 채 전봇대 뒤에서 걸어나왔다. 그림자 속에 숨어 있던 그가 나타나자 행인들이 움칠 놀라며 물러섰다.

그것을 전혀 신경 쓰지 않고 건우는 걷기 시작했다.

몇 발자국 가지 않아 그의 전화가 울렸다. 번호를 확인하고 폴더를 열자 익숙한 목소리가 흘러나왔다.

「부장! 우리 애들 몇 명이 또 당했습니다!」

“누가?”

「시내에서 약 팔던 애들 말입니다. 또 그 녀석들이라는데요?」

“어이, 약이 아냐. 미향이다. 엄연히 약과는 달라. 그 녀석들이라면 몇 달 전에 나타났다는 그놈들 말이냐?”

건우도 그들—승욱과 성인—에 대해서는 들어 알고 있었다. 자신이 없는 사이에 선도부를 완전히 무너뜨려 버린 주역이라는 사실도.

「네, 그놈들 말입니다. 어떻게 또 냄새를 맡고 시내에 나타났어요.」

“그 자식들, 후각이 좋군.”

「그러게 말입니다. 일단 지시대로 싸우지는 않았습니다만, 정말 그 놈들은 건드리지 않는 겁니까?」

“왜, 열받냐?”

수화기 너머의 남자, 아마 지철일 것이다. 부하들의 목소리 구분을 아직도 제대로 하지 못하는 건우이기에 확신할 순 없지만, 아무튼 그는 그렇게 단정했다. 수화기 너머에서 차분히 가라앉은 목소리로 대답했다.

「열받는다면 열받는다고 할 수 있겠습니다만…….」

"정확하게 말해, 자식아."

길거리에 침을 찍 뱉고 나서 재촉했다. 즐거운 듯한 미소가 걸린 입술. 건우는 스쳐 지나가는 행인들에게 습관적으로 사나운 눈빛을 던지며 걸어나갔다. 거칠게 내뱉은 말에 지철이 숨을 삼켰다.

「…열받습니다.」

"그래. 그게 당연한 거다. 너희들을 그런 꼴로 만든 자식들이니까. 감정을 숨길 필요는 없어. 인간은 감정에 치우친 동물이거든."

묘하게 설득력있는 대사를 내뱉으며 건우는 잠시 멈춰 섰다. 뒤를 돌아보며 이제는 멀어진 정인의 집을 눈으로 더듬는다. 그 눈 속에 담긴 것은 단순명료한 감정이었다. 강렬한 단 하나의 명제.

「부장은 어떻게 됐습니까……?」

눈을 거두고 건우는 다시 비릿한 미소를 지었다. 먹이를 눈앞에 눈 맹수에게서나 보일 법한 그 웃음 속에서, 그는 말했다.

"나? 이쪽은 별일없어."

「싸우러 간 것 아니었습니까? 감정을 숨길 필요 없다고 방금 말하시더니. 분명히 싸울 줄 알았는데요.」

"너 임마, 나를 뭐라고 생각하고 있는 거냐?"

맹수요― 라고는 당연히 대답할 수 없다. 그랬다가는 목숨이 위협당할 테니까. 그래서 그는 가만히 입을 다물고 대답을 골랐다. 그러나 그가 대꾸를 하기도 전에 건우가 말을 꺼내 버렸다.

"당연히 깡패에다 싸움꾼이라고 생각하고 있겠지?"

의외로 자신을 잘 알고 있다. 지철은 그렇게 내뱉지 않고 입을 다물었다. 건우의 낮은 웃음소리가 귀에 거슬렸다. 억지로라도 듣기 좋다고는 할 수 없는 웃음소리를 흘리고 그가 이어 말했다.

"오늘은 안 싸워. 날이 아니거든."

「…날이 아니라니요?」

"말 그대로 날이 아니라는 말이다. 귀 나쁘냐?"

「아니, 무슨 의미입니까?」

"말 그대로라니까. 나는 싸울 준비가 됐지만 저쪽은 아니잖냐? 저년 과는 똑같은 환경에서 붙어야 해."

「오호…… 부장답지 않게 신사적…….」

"…뭐라구, 이 개자식아?"

말해 버리고 말았다. 무심결에 본심이 드러나 버렸다. 지철은 수화기 너머에서 땀을 흘렸다. 사냥꾼이 놓은 덫에 걸린 데다 맹수를 만나 버린 짐승이 되어버렸다. 한참 동안 아무 말 없이 길 한중간에 서서 묵묵히 숨을 내뿜고 있던 건우가 다시 입을 열었다. 여전히 분은 삭이지 못한 듯 목소리에 거친 기운이 스며들어 있다.

"됐다, 이 새꺄. 나중에 가서 보자."

「…네.」

지철은 목숨을 포기하기로 했다.

「그럼…… 앞으로 어쩌실 겁니까?」

"물론 다음 녀석을 노려야지. 본격적인 코스 요리를 시식하기 전에 디저트부터 처리하는 게 순서 아니겠냐?"

「…애피타이저입니다.」

"그래, 그거. 애나 해피타이즈라고 했잖아?"

지철은 들리지 않게 한숨을 쉬고 대답했다.

「알겠습니다. 그럼 기다리겠습니다.」

"오냐."

폴더를 탁 소리를 내며 닫는다. 까끌까끌한 머리를 한 번 스윽 훑고서 그가 휴대폰을 집어넣었다.

다시 한 번 뒤를 돌아 정인의 집 방향을 살핀다. 그 모습에서 집념이 느껴졌다. 정학을 당하기 전까지 정인은 건우의 라이벌이라고 불렸다. 학생회 내에서도 실력이 비슷하여 언제나 같이 입에 오르고 대무가 있다면 사람들 사이에서도 화제가 되었다. 그렇기에 지금도 그녀에 대한 집착은 사라지지 않았다.

그러나 건우는 웃었다. 입꼬리가 말려 올라가며 기분 나쁘게 그려진 그 미소에서는 언제나와는 다른 분위기의 여유가 묻어났다.

"조만간 전처럼 한 판 붙자구? 기대하고 있어."

돌아선다. 그리고 덧붙인다.

"물론 내가 이기겠지만."

그것은 절대적인 자신감이었다.

다음날 저녁.

시내에서 멀리 떨어진, 학교에서도 제법 거리가 있는 주택가. 다른 지역의 주택들과는 어쩐지 크기와 넓이면에서부터 차이가 나는 거대 주택들이 늘어서 있는 곳이었다. 승욱과 효진이라면 이곳이 어떤 곳인지 한눈에 알 것이다. 전에 그들은 이곳에 와본 적이 있으니까.

이미 해가 저문 골목길. 자동차 세 대는 나란히 다닐 수 있을 법한 길로 검은 차 두 대가 미끄러지듯 들어왔다. 오르막길을 올라 오른쪽으로 꺾어 나란히 평평한 길로 들어선다. TV에서나 나올 법한 유명한 외국차. 척 보기에도 비싸 보이는 검은 차들은 길 중간쯤에서 천천히 멈춰 섰다.

끼익.

앞의 차가 정지하자 뒷차는 그대로 그 차를 스쳐 지나갔다. 곧 오른쪽에서 거대한 철문이 위로 올라갔다. 차고인 듯, 검은 차는 익숙하게 열린 문을 통해 안으로 들어갔다.

정지한 차의 조수석에서 검은 선글라스의 남자가 뛰어내렸다. 개성 없는 검은 양복까지 껴입고 충직하게 뒷문을 연다. 뒷좌석에서 깔끔하게 정장을 차려입은 장신의 남자가 내렸다. 자칫하면 촌스러워 보일 수도 있는 올백머리가 어울리는 칼로 자른 듯한 냉철함이 돋보이는 외모였다. 타고난 엘리트 스타일이랄까.

남자, 백두고 학생회의 총무 추지훈은 아직 차 안에 남아 있는 이를 에스코트하려는 보디가드의 손을 거절했다. 그리고 돌아서 스스로 손을 내밀었다.

"나오시죠."

예의가 담긴, 그리고 정이 스며든 목소리. 거기에 이끌려 차 안의 이가 땅에 발을 디뎠다. 그 여린 손을 지훈이 잡아 이끈다.

차에서 내린 이는 우아한 자태가 흐르는 여성이었다. 이미 소녀의 티는 벗어난 듯, 여성의 아름다움이 막 피기 시작한 모습이었다. 푸른 색 계열의 원피스가 잘 어울리는 고요한 태의 여성. 그녀도 마찬가지로 백두고 학생회의 소속이며, 관리부장인 성유라였다.

"고마워요."

유라는 기품있게 고개를 숙여 보였다. 서로 교제하는 관계로 공인된 사이였지만 그들은 언제나 서로에 대한 예의를 깍듯하게 지키고 있었다. 둘 다 집안이 집안인지라 그런 생활이 몸에 배어 있는 것이다.

지훈이 눈짓을 하자 운전사를 포함한 보디가드 둘이 차를 끌고 멀찌 감치 떨어졌다. 미리 집안으로 들어간 유라의 보디가드들도 이미 지시를 받은 상태였기 때문에 모습을 보이지 않았다.

보디가드들이 멀리 떨어진 것을 확인하고 지훈이 눈을 돌렸다. 자신의 가슴께에 오는 작은 여성을 내려다보며 그가 부드럽게 미소를 지었다.

"오늘 괜찮았어?"

"응. 정말 좋았어."

그들은 간만에 외식을 즐기고 오는 참이었다. 이 외식은 이미 예전부터 약속된 것이었기 때문에 취소하기가 어려웠다. 집안 어른들은 걱정했지만 지훈은 보디가드를 대동하면서 문제없다고 단언하여 오늘 유라를 외식에 초대했다. 결국 그녀를 집까지 데려다 줄 때까지 아무 일도 일어나지 않았다.

"내가 너무 예민했던 걸까?"

유라가 웃었다. 이 외식을 가장 걱정했던 것은 다름 아닌 그녀였다. 지훈은 그녀의 성격을 알고 있었기 때문에 낮은 목소리로 그녀를 안심시켰다.

"예민했던 거야. 설마 나와 너, 그리고 보디가드들까지 있는데 그들이 덤벼들 리는 없겠지."

아무리 무식한 성격이래도 말야— 라는 말은 입 안으로 삼키고 미소를 지었다. 유라는 살포시 고개를 끄덕였다.

"그렇겠지……. 고마워. 너 아니었으면 당분간 외식 같은 건 생각지도 않았을 거야."

"다음에 또 가자."

“응.”

정말 아름다운 커플의 모습이었다. 지훈은 손목시계로 시간을 확인했다. 장래의 장인어른과 약속한 통금 시간이 다 되어가고 있었다. 아쉽지만 오늘은 여기서 참아야 한다. 지훈은 가볍게 입술을 그녀에게로 가져갔다. 그의 분위기를 눈치 챈 유라도 지그시 눈을 감으며 그의 입술을 받아들일 준비를 하고 있을—

그 찰나에 지훈은 눈치 챘다.

서둘러 고개를 들었다. 유라도 그의 기운이 바뀌었음을 감지하고 눈을 떴다. 그의 눈길이 다른 쪽을 향해 있었다.

“…느껴져?”

“응…….”

느껴진다고 할까, 오히려 아무것도 느껴지지 않았다. 사람이 있어야 할 기척도 없었다. 골목길은 말 그대로 침묵에 빠져 있었다.

지훈은 문을 향해 유라를 세워놓고 감쌌다. 수호하듯 서서 날카로운 눈길로 주변을 살핀다. 멀찌기 서 있는 차에서도 보디가드의 기척은 없었다. 이미 당해 버린 건가.

“온 건가…….”

혼잣말한다. 대범하기 짝이 없군. 이번에는 마음속으로 중얼거린 말이었다.

“…선도부장일까?”

“아마도.”

그렇게 대답한 직후 차 뒤에서 몇 명의 남자가 나타났다. 심상찮은 분위기의 그들은 애초에 적대감을 확연히 드러내며 지훈과 유라를 향해 다가오고 있었다. 천천히 압박해 들어오는 그들을 경계하며 지훈이 대문 너머로 신호를 보냈다. 대기하고 있을 보디가드들을 향해.

그러나 무반응.

지훈은 대문 안쪽으로 황급히 시선을 돌렸다. 아무것도 느껴지지 않았다. 이쪽도 기척이 없다. 설마?!

"도움 청하려 해도 무리야."

냉정한 말이 떨어졌다. 지훈과 유라는 동시에 허공을 올려다보았다. 처마, 대문 위를 덮은 처마에서 들려오는 목소리였다. 억지로 흥분을 삼키고 있는 듯한 음성. 유라는 듣는 순간 소름이 돋았다. 몇 달 전까지 들었던 목소리였으나 지금 그 목소리는 밑바닥부터 성질이 전혀 달랐다.

지훈은 떨고 있는 유라를 왼팔로 감싼 채 소리쳤다.

"누구냐!"

"알면서 뭘 묻고 지랄이야, 이 자식아."

처마 위에서 그림자가 뛰어내렸다. 새까만 옷으로 치장한 남자가 돌아서자, 보이는 것이라고는 형형히 빛나는 눈빛뿐이었다. 지훈조차 그 눈길에는 숨을 들이켰다. 몇 달 전까지도 느끼지 못한 긴장감이었다. 이것이 정말 몇 개월 동안 소년원에서 모범적인 생활을 했다는 자의 눈빛인가?

지훈은 마른침을 삼켰다. 등 뒤로 싸늘한 땀이 흘러내렸다. 이 황당한 상황을 부정하고 싶었다. 눈앞의 이 남자는 자신보다 약하다. 불과 반년까지만 해도 그랬다. 자신보다 강한 자는 백두고에서 학생회장과 부회장뿐이었다.

─지금도 그렇다고 생각해?

남자의 사나운 눈길이 묻고 있었다. 지훈으로서는 대답할 수 없었다.

"오랜만이구만? 반년 만이지? 내 얼굴 기억은 하기나 하냐?"

건우는 얼굴 가득히 흉폭한 육식 동물 같은 미소를 만들어 보였다.

"뭘 노리는 거지?"

"뭐야, 아직도 몰라? 머리 좋은 줄 알았더니 그것도 아닌 모양이군?"

지훈은 냉정함을 잃었다.

"쓸데없는 도발은 하지 마라. 넌 결국 우리 학생회 앞에 무릎 꿇게 되어 있어!"

"좋은 반응이구만."

건우는 물러서지 않고 미소를 지었다. 그 미소에서 흘러나오는 섬뜩함에 유라는 지훈의 등 뒤에서 파들파들 떨어야만 했다. 다르다, 이 남자. 뭔가 근본적인 것에서부터 비틀어진 느낌이었다.

"근데 그거 아냐?"

"……?"

"내가 학생회 앞에 무릎 꿇든 말든, 그건 지금 여기서 중요한 게 아니라고 생각하지 않냐? 어쨌든 너희들은 내 앞에 무릎 꿇을 거거든. 어, 이 표현 좋은데?"

혼자서 무언가 납득하고 고개를 끄덕여 대는 건우. 지훈은 자신을 컨트롤하며 오랜만에 한껏 비웃음을 지을 기회를 맞이했다.

"웃기는군."

"뭐가?"

"네가 나한테 이길 수 있을 거 같나? 비공식이지만 학생회 내에서 너의 서열은 나의 아래야. 고작 반 년 만에 그 차이가 줄어들 거라고 생각하는 건 아니겠지?"

그러나 건우의 반응은 생각만큼 나오지 않았다. 시답잖은 소리라는

듯 귀를 후비적후비적 파대더니 훅 불어낸다. '오, 왕건이었는데' 라고
중얼거리는 목소리가 지훈의 최후 방어선을 끊어냈다.

"깔보는 거냐!"

"어어, 반년 만에 성격이 변하셨나. 고작 이 정도로 그렇게 열받으신
건가? 냉철함을 기본 지침으로 삼고 계시던 분이었잖아, 네놈은?"

존대와 반말이 뒤섞인 말투로 지껄여 대던 건우의 옆으로 그의 부하
들이 둘러쌌다. 그 얼굴은 충분히 알아볼 수 있었다. 지금은 무너진 선
도부의 부원들. 모두 사회봉사 중이라고 들었지만 지금은 의미없는 정
보였다. 그들은 다시 나타난 선도부장 아래에서 하나로 뭉쳤으니까.

지훈은 식은땀을 감추며 다시 말했다.

"여긴 유라의 집 앞이야. 괜한 짓을 하면 네가 더 불리해질 텐데?"

"이거 재미없게 왜 이래?"

건우는 짜증난다는 듯 얼굴을 구겼다. 그 목소리에서 슬슬 분노의
기색이 돌았다. 애초에 그는 참을성이 좋지 못했다.

"시끄러워질 일은 없어. 시끄러워지기 전에 내가 너희들을 때려눕힐
테니까. 이것들은 환경을 만들기 위한 것일 뿐이야."

그가 목을 비틀었다. 우두둑 소리가 난다. 위협적으로 팔 관절을 뚜
둑거리며 한 발자국 다가와 지훈의 눈앞에 섰다. 지훈보다 10센티미터
정도 작은 키였으나, 어쩐지 그의 신체가 더욱 커 보였다.

'내, 내가 겁을 먹고 있는 건가?'

불현듯 지훈은 깨달았다. 반년 만에 눈앞에 나타난 이 남자에게 자
신이 겁을 먹고 있다는 사실을. 결코 인정하고 싶지 않은 현실을 깨닫
고 말았다. 그리고 동시에 그것을 극복해 냈다.

'웃기지 마!'

끓어오르는 혈기를 냉철함으로 숨기고 있던 지훈이다. 그러나 지금은 유라를 지켜야 한다. 그것만을 생각하며 그는 눈앞의 사내를 노려보았다.

"놀아보자구?"

지훈은 즉시 허리춤으로 손을 뻗었다.

"……!"

그리고 눈치 챘다. 지금 그는 칼을 가지고 있지 않았다. 건우의 눈이 웃고 있었다.

"뭐야? 뭔가 잃어버리기라도 했냐?"

재밌어 죽겠다는 듯 키득대며 지껄여 대던 그가 손짓했다. 뒤쪽에 서 있던 부하가 손에 들고 있던 것을 내밀었고, 지훈은 숨을 삼켰다.

"많이 보던 거지?"

장검이었다. 휘어짐이 없는 일자의 직선. 분명 저 안에는 예리하게 날이 선 칼날이 잠들어 있을 것이다. 매일 아침, 지훈이 정성을 아끼지 않으며 다뤄온 소중한 무기이자 친구. 그 칼이 현재 건우의 손에 들려 있었다.

지훈에게 보여주듯 칼을 든 건우의 입이 찢어졌다. 비틀어져 올라간 미소에서 비릿한 냄새가 났다.

"이런 위험한 물건으로 우리를 전부 베어 넘길 생각은 아니겠지?"

"…치사한 자식! 이렇게 이긴다면 좋으냐!"

"착각하지 마, 이 새꺄. 이 칼이 있어봤자 넌 날 못 이겨."

자신감 넘치는 말투였지만 지훈은 믿지 않았다.

"그렇다면 왜 칼을 빼앗았지? 실력에 자신이 없기 때문 아닌가!"

"우리 애들이 보디가드들을 몽땅 쓰러뜨릴 동안 여자에게 정신 팔려 있던 분께서 아주 입은 살아서 지랄을 하시는구만."

지훈은 입을 다물 수밖에 없었다. 건우가 던진 말은 정답이었다. '정신이 팔려 있던' 것은 아니지만 눈치를 채지 못한 것은 틀림없는 사실. 그것에 대해서는 일언반구도 할 수 없었다.

할 말을 잃은 지훈을 쳐다보다 건우가 의미심장한 웃음을 지었다. 가볍게 칼에서 손을 놓는다. 팅, 소리를 내며 칼이 바닥에 부딪쳐 뒹굴었다.

지훈이 눈을 크게 떴다. 유라가 두 남자의 대치에 숨을 죽였다.

"재밌는 게 떠올랐어. 이걸 주워서 나와 싸워."

칼은 지훈의 바로 앞에 떨어졌다. 손만 뻗으면 단숨에 잡을 수 있을 듯한 거리의 칼을 내려다보고, 다시 건우를 노려본다.

"무슨 짓이지?"

"무슨 짓이긴, 말했잖아? 너 몰랐는데 이해가 느리구나, 짜샤."

"장난치지 마라. 이게 무슨 짓이냐고 물었다."

건우는 어깨를 으쓱거렸다. 다른 선도부원들이 키득키득 웃어대고, 그 소리에 지훈이 날카로운 눈매를 찡그렸다.

"달라고 한 거 아니었냐? 그래서 줬을 뿐인데?"

미간이 꿈틀댄다. 신체 저편에서부터 꿈틀대는 선명한 감정이 치솟아올랐다. 가슴을 거쳐 목구멍을 넘어온 그것은 머리끝까지 도달해 폭발했다.

지훈의 얼굴이 완전히 무표정으로 돌변했다. 두 눈만이 강인한 빛을 머금은 채 건우를 죽일 듯 직시했다. 침을 찍 뱉고 그 표정을 대담하게 마주 보는 건우의 표정은 한 차례도 흔들리지 않았다.

지훈은 냉정하게 계산했다.

‘잡을 수 있어.’

잡자마자 칼을 뽑아 베면 저 망할 자식의 몸체를 반 토막도 낼 수 있다. 그러나 한 켠에 남아 있는 냉정한 이성이 그것을 붙들었고, 그는 수위를 낮추기로 결정했다. 부상만 입히면 된다. 치명상까지 다다를 부상만.

곧바로 행동. 지훈의 몸이 사라지듯 아래로 가라앉아 팔을 뻗었다. 몇십 센티 아래에서 칼을 발견, 손이 잡으러 날아갔을 때,

지훈의 감각은 서늘한 살기를 느꼈다. 아래쪽으로 향해 있던 시야에는 보이지 않았다. 그러나 갈고닦아 온 감각이 소리쳤다.

‘위험하다!’

직감한 순간 그의 면상으로 우악스런 손이 덮쳐들었다. 바위같이 단단하게 굳은살이 잡힌 그 손은 예상외로 ‘뜨거웠다’.

지훈은 비명조차 지르지 못했다. 건우는 그의 머리를 우악스럽게 잡아채 그대로 철문에 처박았다.

쿠앙―!

“스트라이크―!”

철문이 움푹 패여 들어가고 지훈의 몸이 무너져 내렸다. 손을 탁탁 털어내며 건우가 히죽 웃었다.

“잡으라고 줘도 못 잡냐, 이 새꺄.”

“…크, 크윽……!”

용케도 정신을 잃지 않았다. 여기서 정신을 잃는다면 학생회의 자격이 없다고 지훈은 무의식 중에 생각하고 있었다. 쓰러지면 안 된다, 무너지면 안 된다!

지훈은 몸을 일으켜 세웠다. 억지로 두 다리를 세워, 핑핑 회전하고

있는 시야를 혼신의 힘을 다해 회복시켰다. 가슴에 매달려 소리치는 유라의 음성조차 메아리처럼 멀게 들렸으나, 지훈은 소리쳤다.

"정건우—!"

깨진 머리에서 피가 튀어 오른다. 지훈이 건우에게로 달려들었다.

승건이 방에서 정보들을 정리하고 있을 때 혜란이 문을 두드렸다.

"들어와."

방으로 들어선 혜란을 향해 의자를 돌린다. 그녀의 얼굴이 조금 굳어 있다는 것을 승건은 쉽게 알 수 있었다.

"무슨 일이야?"

"총무와 관리부장이 당했습니다."

승건의 미려한 눈썹이 꿈틀거렸다. 그러나 여전히 여유를 잃지 않고 되묻는다.

"뭐라구?"

"조금 전 총무 추지훈과 관리부장 성유라가 선도부장 정건우에게 습격당했습니다. 둘 다 중상을 입어 병원으로 옮긴 상태입니다."

"…가자."

승건이 무거운 음성으로 지시했다. 혜란은 곧바로 방을 나가 차를 준비했다. 외출복으로 갈아입은 승건이 굳은 얼굴로 나와서 차에 오르자, 차는 금방 출발했다.

"정보부장으로부터의 보고인가?"

그의 곁에 앉아 혜란은 빠짐없이 보고했다.

"예, 돌연 네트워크에 정건우가 나타났다고 합니다. 추지훈과 성유라를 쓰러뜨린 후 사라지는 것을 곧바로 추적했지만 안타깝게도……"

“안타깝게도?”

그녀답지 않게 말을 흐리자 승건이 지그시 눈을 돌렸다. 그녀는 신중히 말을 고르려 하다 포기한 듯 다시 입을 열었다.

“정보부원들이 모두 당한 듯합니다.”

“모두? 최진아를 뺀 모두가 당했단 거야?”

“네. 그렇습니다.”

냉정하지만 단호하게 사실을 알린다. 혜란의 그런 점을 승건은 신뢰하고 있었다. 그렇기에 아무리 어이없는 보고라고 할지라도 그녀에게서 나오는 말이라면 믿을 수 있었다.

잠시 생각을 정리하듯 입을 다문 채 상념에 빠진 승건의 말을 혜란은 침착하게 기다렸다. 조금 전 보고를 들었을 때 혜란도 믿지 못했다. 정보부원들이라고 하면 이 도시 내에서, 어쩌면 국내에서도 손가락 안에 드는 은신술의 대가들이다. 도시 내의 모든 정보를 조사하며 알고 있는 그들에게 은신술은 필수 불가결한 능력이었다. 그런 그들을 모두 처리했다는 것이다.

“어떻게 그럴 수 있지?”

승건의 의문도 그곳에서 나왔다. 아무리 선도부라고 할지라도 정보부와는 그 행동의 목적이 다르다. 정보부는 그 인원에서부터 행동까지 모든 것이 비밀에 부쳐져 있다. 아는 것은 오로지 그들의 주군인 승건뿐. 혜란조차 그들 사이에서 가끔 전언의 역할을 할 뿐이다. 그 정도로 정보부는 비밀리에 움직이는 부서였다.

“그들이 정말 모두 당했다는 거야?”

“…그렇습니다.”

혜란은 또 하나의 보고를 상기해 냈다. 망설이지 않고 이어 말한다.

“정건우가 미향을 사용하고 있는 듯합니다.”

“미향?”

“네. 입수 경로는 현재 정보부장이 조사 중에 있습니다만 8할의 확률로 맞을 것이라고 봅니다.”

“8할이라, 꽤 높군.”

진상이 확인되지 않은 사실에 대해서 혜란이 이렇게 높은 확률을 점친 것은 처음이었다. 승건은 그녀의 보고를 머리 속 깊이 되새기는 표정으로 몇 번 고개를 끄덕였다.

“미향이라…… 정말 그것이 사용되었을까?”

“네. 그렇지 않으면 선도부장이 총무를 이길 수 있을 리 없으니까요.”

승건의 눈빛이 이채로운 빛을 띠었다.

“꽤, 감정적인 평가 아냐, 그건?”

“아닙니다.”

딱 잘라서 단호하게 대꾸하는 혜란. 승건은 귀여워 죽겠다는 듯이 지긋한 눈빛을 보내다가 어깨를 으쓱했다.

“그렇다면 그런 거겠지?”

“그렇습니다.”

웃음이 터져 나오려는 것을 참으며 승건은 좌석 깊숙이 등을 기댔다. 해가 진, 가로등 불빛이 내리쬐고 있는 도로를 차는 거침없이 달리고 있었다. 무언가를 들었다고 해도 듣지 않은 척을 해야만 하는 운전기사는 앞만 바라본 채 운전을 계속하고 있다. 그 뒷모습에 잠깐 눈길을 둔 승건의 얼굴이 바깥을 살피다, 다시 혜란을 쳐다보았다.

“신경 쓰이지?”

“…네?”

“정건우 말이야. 그 녀석, 란이를 볼 때마다 찝쩍댔으니까.”

“아닙니다. 전 관심이 없으니까요.”

“그래?”

웃음 지은 얼굴로 승건이 물었다. 혜란은 무언으로 대답했다. 즐거운 듯 승건이 미소를 지으며 운전기사에게 지시했다.

“좀 더 속력을 올려줘.”

“예.”

대답한 기사가 엑셀을 강하게 밟기 시작했다.

어두운 도로를 달려 차는 무림병원에 도달했다. 경비원이 지키는 입구를 지나 병원의 정문에 차가 정지했다.

“이쪽입니다.”

혜란이 승건을 이끌었다. 한 시간 전에 실려온 지훈과 유라였지만 집안의 힘으로 응급 처치를 마치고 병실까지 얻은 상태였다. 데스크에서 안내를 받고 둘은 곧바로 병원 최고층까지 엘리베이터를 타고 올라갔다.

최고층은 고요했다. 정말 극히 일부의 사람들만이 이용할 수 있는 병실이기에 입원 환자 수도 많지 않다. 간호사들의 수도 적어 자연스럽게 이 층은 조용한 분위기로 일관될 수밖에 없었다. 혜란은 조용한 복도를 익숙하게 걸어나가 승건을 지훈의 입원실로 안내했다.

똑똑— 두 번의 노크 후,

“실례하겠습니다.”

문을 열고 안으로 들어섰다. 지훈은 눈을 감은 채 침대에 누워 있었다. 자는 것인지 정신을 잃은 것인지는 멀리서 판명하기 어려웠다. 승건은 침대 가까이로 다가갔다.

하얀 붕대가 지훈의 머리를 휘감고 있었다. 오른쪽 눈과 입만이 겉으로 드러나 있다. 마치 미라 같은 형상. 군데군데 물들어 있는 붉은 핏자국을 보며 승건의 미간에 약간의 주름이 졌다. 끔찍하다면 끔찍하다고 할 수 있는 광경이었지만 승건은 결코 눈을 돌리지 않았다.

"진단 결과는?"

물음의 방향은 혜란이었다. 그녀는 '알아보고 오겠습니다' 고 깍듯이 인사하고는 병실을 나갔다. 등 뒤로 들려오는 문닫는 소리에 승건은 잠깐 뒤로 고개를 돌렸다. 특실답게 넓은 병실, 소파와 테이블, 옷장, TV 등 각종 구성품에 눈길을 주다, 다시 눈을 되돌린다.

지훈의 오른쪽 눈이 뜨여 있었다. 공허하게 빛을 잃은 채 천장을 올려다보고 있었다.

승건은 놀라지 않고 물었다.

"정신이 들었나."

"……"

지훈은 대답하지 않았다. 눈동자가 파르르 떨며, 다음 순간 승건은 진심으로 놀랐다.

그의 눈에서 눈물이 한 방울 떨어져 내렸다. 승건은 예상치 못한 광경에 잠시 할 말을 잃었지만 곧 되물었다.

"분한가?"

"……"

"그래, 분하겠지."

들려오지 않는 대꾸를 이해하고 승건이 지훈의 머리 쪽으로 다가갔다. 지훈의 오른쪽에 서서 오른쪽 눈동자를 내려다본다. 공허하던 눈동자에 빛이 돌며 승건의 모습을 올려다보았다.

"어땠지, 그 녀석은? 말하기도 힘들 테니 간단히 말해."

그렇게 질문을 던졌을 때 노크 소리와 함께 혜란이 병실로 들어왔다.

"방금 진단 결과가 나왔ㅡ"

"쉿."

승건이 손을 뻗어 그녀의 말을 제지했다. 혜란은 말을 끊고 침묵했다. 그녀가 옆으로 다가오는 것을 느끼며 승건이 말했다.

"말해 봐."

"…귀신같았다. 아니."

말하기 힘든 듯 숨을 크게 들이쉰다. 눈동자의 빛이 다시 지워졌다.

"그건 귀신이었어."

목소리에 묘한 음색이 깃들어 있었다. 승건은 지훈의 목을 살폈다. 혜란에게 눈짓을 던지자 그녀가 고개를 끄덕여 보였다. 아마 목 부위에도 부상이 있는 모양이었다. 무언가 더 이야기하려고 입을 여는 지훈을 제지했다.

"그만, 됐어. 말하지 마."

심호흡하듯 이번엔 승건이 숨을 크게 내쉬었다.

"하나만 더 물어보지. 그렇다, 아니다로만 대답해."

지훈의 눈동자가 승건을 올려다보았다. 쳐다보는 듯 아닌 듯, 그 초점이 정확하지 않았다.

"정건우는 미향을 사용했나?"

대답에는 오랜 시간이 걸리지 않았다. 몇 초 후, 지훈은 걸걸한 음성으로 '맞아' 라고 중얼거리듯 대답했다. 승건은 편히 쉬라는 말만을 남기고 혜란과 같이 병실에서 나왔다.

"진단 결과는?"

병실에서 나오자마자 승건의 질문은 그랬다. 혜란은 빠짐없이 의사에게서 들은 이야기를 그에게 전했다. 요점만 간단히 정리한 그녀의 보고를 들은 승건의 목소리는 무겁기만 했다.

"3개월은 복귀하기 힘들다는 이야기군."

"예."

비상시에 전력이 자꾸만 줄어들고 있었다. 얼마 전에 당한 봉사부장 마준한도 몇 개월은 일어날 수 없는 부상을 입었다. 그리고 이번에는 자신 둘을 제외한 최대 전력이라 할 수 있는 총무마저 쓰러졌다. 거디가 관리부장마저. 이것은 확실히 학생회 역사상 최대의 위기라고 할 수 있었다.

"정건우, 정말로 강해져서 돌아왔군."

"그렇습니다. 총무마저 꺾었다는 것은 어쩌면……."

혜란이 채 말을 잇지 못했다. 승건은 그런 그녀에게 빙긋이 미소를 지어준 채 화제를 바꾸었다.

"관리부장은?"

"맞은편 방에 있습니다. 들르시겠습니까?"

"깨어 있어?"

"아뇨, 지금은 잠들어 있다고 합니다만."

"그럼 다음에 오지."

승건은 지체없이 발을 돌렸다. 엘리베이터로 발길을 향하면서 그의 시선이 문득 복도 천장으로 향했다.

"나와라, 최진아."

곧바로 그의 곁에 정보부장 최진아의 모습이 나타났다. 익숙한 혜란은 아무런 반응도 보이지 않고 승건의 뒤를 따라 걸을 뿐이었지만, 대신 간호사들 사이에서 작은 비명이 솟았다.

승건이 엘리베이터 앞에 멈춰 서자 혜란이 버튼을 눌렀다. 최고층에서 정지해 있던 엘리베이터 문이 열렸다. 곧장 탑승하며 승건이 물었다.

"정보부원들의 상태는?"

"잠시 기절했을 뿐입니다. 현재 깨어난 부원들이 속속 재합류하고 있습니다."

"모든 정보부원이 돌아오면 곧장 시내를 수색해라. 아니, 도시 전체를 수색해. 정건우와 선도부원들이 있는 곳을 찾아내라."

"네, 주군의 명대로."

엘리베이터 문이 닫힌다. 그전에 정보부장의 모습은 이미 사라져 있었다. 승건은 굳은 얼굴로 혜란에게도 지시했다.

"체육부장에게도 연락해. 부원들을 풀어서 선도부 녀석들이 있는 곳을 찾아내."

"…네."

혜란은 곧바로 휴대폰을 꺼내 들어 체육부장 천영민을 연결했다. 그녀가 지시를 전달하고 있을 때 승건은 천천히 떨어지는 엘리베이터의 층수를 가만히 올려보고만 있었다. 혜란은 그의 옆모습을 슬쩍 훔쳐보았다. 그리고 처음으로 그의 얼굴에서 아무런 감정도 읽어낼 수 없었다.

|셋| 가장 자유로운, 그리고 최악의

Burning fist

가장 자유로운, 그리고 최악의

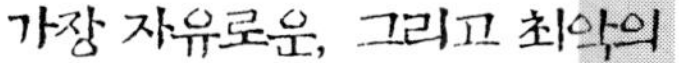

해가 뜨고 다시 한 주가 시작되었다. 승욱은 일요일에도 미령, 성인과 함께 시내로 미향 탐색을 나섰지만 아무것도 건지지 못하고 귀가해야만 했다. 탐색을 끝마치고, 토요일처럼 미령의 차로 집에 도착한 승욱은 집에 들어서자마자 효진의 질문 공세를 받았다.

"어땠어요? 잡았어요? 뭔가 증거라도 찾았어요?"

승욱은 피곤한 얼굴로 소파에 주저앉으며 고개를 저을 뿐이었다. 효진이 눈치 좋게 시원한 물을 가져다 주자 감사히 목을 축이고는 말했다.

"아무도 없어. 어제 그 녀석들도, 다른 녀석들도."

"미향을 파는 사람들이 아무도 없었단 거예요?"

승욱은 다시 주억댔다. 효진의 얼굴에 의문이 떠올랐다. 승욱도 무표정하게 무슨 일인지 의문스러워하면서, 그렇게 그날은 지나 버렸다.

그리고 다음날. 등교를 해 교실에 도착하자 두 사람을 맞이하는 것은 심각하기 그지없는 얼굴의 대희였다.

"왜, 왜 그러세요?"

자리에 앉으며 효진이 걱정스레 묻는다. 변함없이 앉자마자 엎드려 취침 자세를 취하는 승욱을 힐끗 보고 대희가 두 사람 앞으로 다가왔다. 허리를 숙여 비밀스런 분위기를 만들자 효진도 자연스레 몸을 돌려 귀를 기울였다.

"어제, 총무와 관리부장이 정건우한테 당했대."

"…네?"

엎드려 있던 승욱조차 몸을 일으켰다. 대희는 주변에 들리지 않도록 조심하며 이야기했다.

"총무라면 선도부장보다 강하다고 알려져 있는 거 알지? 그런데 그게 뒤바뀌어 버린 거야. 일반 학생들에게 알려지면 혼란이 생길 거라고 비밀로 해두고 있는 건데, 어제 누나가 전화하는 걸 옆에서 듣고 있었거든. 그러니까 비밀이야. 알겠지?"

승욱은 무반응. 그리고 효진은 고개를 끄덕였다. 대희는 낮추고 있던 머리를 들고 히죽 웃었다. 뺨 한쪽에 아직 붙어 있는 반창고가 씰룩거렸지만 이젠 그렇게 아프지는 않은 모양이었다. 심각한 표정을 지우고 본래의 천진난만한 미소를 띤다.

"오늘도 학생회는 아침부터 회의를 하나 봐. 누나도 오늘은 일찍 등교했고, 인이 누나도 30분 전에 도착했을걸?"

"설마, 언니가요?"

"응, 요새 저녁에 샤워하고 나서 그대로 잠드는 데 재미 붙였나 봐. 잠을 깨어보니 아침 일곱 시였다나 봐. 아침부터 소집 명령도 있고 해서 일찍 왔대."

　효진은 믿지 못하겠다는 얼굴이었다. 지각 1분 전 교실 도착을 원칙으로 삼고 있는 정인의 평소 생활을 알기 때문에 도저히 믿을 수 없었던 것이다. 그러나 대회는 역시 히죽 웃고선 자리로 돌아갔다. 그 미소에서는 다시 한 번 비밀을 약속하는 뜻이 담겨 있었다. 효진은 엎드리는 승욱을 살피고는 몸을 되돌렸다.

　아무래도 일이 커지고 있는 듯한 기분이 들었다. 학생회라면 백두고에서 가장 강한 집단이라 할 수 있는데, 그 간부들이 한 명씩 쓰러지고 있다. 그것도 단 한 사람에게.

　효진은 정건우라는 남자의 대해서 이미지해 보았다. 정인의 말로는 머리는 삭발이고 호리호리하게 말라비틀어진 것이 재빠르기는 또 엄청 재빠르고 힘도 제법 세다고 했는데, 사실 그런 걸로는 이미지화시키기가 어렵다. 몇 초 되지 않아 효진은 포기하고 말았다. 이것은 능력 밖의 일이라는 것을 깨달은 것이다.

　그때 스피커가 울렸다.

　[학생회에서 알려 드립니다.]

　언제나 듣던 부학생회장 혜란의 목소리였다. 교실, 아니, 학교 전체가 일순 소리를 지우고 잠잠해졌다.

　[1학년 3반의 이승욱 학생은 지금 즉시 학생회실로 와주시기 바랍니다. 다시 한 번 알립니다—]

　승욱에 대한 호출이었다. 자신의 이름이 들려 고개를 든 그에게로 반 전체의 눈이 모였다. 전혀 상관하지 않고 그가 자리에서 일어섰다. 지금의 상황과 관련지어 수군대는 목소리가 반 여기저기 퍼져 나가고, 그런 분위기에서 그는 뚜벅뚜벅 교실을 나섰다.

어쩔까 하고 고민하고 있던 효진도 참지 못하고 그를 뒤따라 교실을 나섰다.

"승욱 씨!"

이미 앞서서 저 멀리까지 가 있는 승욱을 뛰어서 따라잡는다. 그가 눈으로 왜 따라왔냐고 물었다.

"무슨 일로 부르는 걸까요?"

익숙하게 나란히 걸어가기 시작하며 효진이 되려 물었다. 승욱은 잠 간 생각하는 얼굴이 되었다가 이내 답했다.

"아마, 미향 때문이겠지."

"미향요?"

"미향을 가진 녀석과 직접 싸웠으니까."

정보부의 네트워크라면 그 정도 일은 이미 알고 있을 것이다. 그런 설명은 붙이지 않아도 자연히 이해되었다. 효진은 고개를 끄덕였다.

"과연. 선도부장이 총무를 이기기 위해서 미향을 썼을 것이다. 미향 을 추적하면 선도부장의 위치도 알 수 있을 것이다. 승욱 씨라면 미향 이 퍼지고 있는 곳을 알고 있을지도 모른다. 이런 거군요?"

"맞아."

가볍게 대꾸하며 승욱은 거침없이 걸어나갔다. 좀 전의 방송을 들은 학생들이 두 사람을 알아보고 알아서 길을 비켜주었다. 의도한 바는 아니었지만 걷기가 수월해졌기에 효진은 뭐 괜찮지 않나 하고 긍정적 으로 생각했다.

곧 둘은 학생회실에 도착했다.

노크를 하고 문을 열었다. 십여 개의 눈동자가 동시에 두 사람에게 꽂혔다. 효진은 조금 움츠러들었지만 승욱은 조금도 주춤대지 않고 학생회실로 들어섰다.

"지난 토요일, 미향을 가진 녀석들과 싸웠다지?"

단도직입, 승건이 물음을 던졌다. 효진이 같이 오는 것은 이미 예측이라도 했다는 듯한 태도. 승욱은 별다른 반응 없이 고개만 까딱였다.

"그들이 누구지?"

"아마 선도부원들이라고 생각합니다."

"선도부원? 확신해?"

"확신한다고는 말씀드릴 수 없습니다. 저도 아직 정체를 확인한 것은 아니니까."

승욱은 주저없는 말투로 이야기했다. 승건은 혜란과 낮은 목소리로 몇 마디 나누다가 다시 물었다.

"지금의 미향에 대해서 아는 것을 말해 봐."

"중독 증상이 없어졌습니다. 지금 아는 것은 그뿐입니다."

"중독 증상이 없어졌다? 어떻게 알지?"

"미향을 사간 여자에게서 들었습니다."

미령과 성인에 대한 이야기는 교묘하게 빠져 있지만 거짓말은 아니었다. 그리고 말하지 않아도 이미 알고 있을 것이라고, 승욱은 생각하고 있었다.

승건은 재차 혜란에게 무언가 낮게 속삭이고는 눈을 돌렸다.

"알았다. 그만 가봐도 돼. 어쩌면 그 녀석들이 너희를 노릴 수도 있으니까 조심해."

"저희를요?"

효진의 물음. 승건은 주의 깊게 어투를 다듬었다.

"나도 확신이라고는 못하겠지만 확률이 높긴 해. 너희들은 올해의 선도부를 무너뜨린 1학년들이니까."

효진은 이해했다. 확실히 노려질 확률은 높다. 게다가 상대가 미향까지 가지고 있다면 상대하기 무척 힘들 것이다. 하지만 진다고는 생각지 않는 것이 또 효진다운 부분이다.

"가봐도 좋아."

승건의 말이 떨어지자 승욱과 효진은 살짝 고개를 숙여 보이고 학생회실을 나왔다. 문을 닫기 전 효진은 정인이 앉아 있는 방향을 살폈다.

문이 닫혔다. 조례 시간이 다 되어가는, 학교가 찬찬히 조용해져 가는 시간이었다.

교실로 되돌아가며 효진은 조금 어두운 얼굴을 하고 있었다. 승욱이 그 얼굴을 보고 먼저 입을 열었다.

"왜 그러지?"

"아, 왠지 좀 안 좋은 예감이 들어서요."

"안 좋은 예감?"

"좀 전에 정인 언니 봤어요?"

손가락으로 학생회실 쪽을 가리키며 묻는다. 승욱은 그쪽 방향을 지그시 쳐다봐 주고 고개를 저었다. 학생회실에 들어섰을 때부터 그는 주욱 그의 형, 승건만을 주시했을 뿐이다. 그 외에는 누가 있었는지도 제대로 기억해 낼 수 없었다.

"문 닫을 때 조금 봤는데요."

효진의 음성이 낮빛처럼 어두워졌다.

"어쩐지 표정이 굳어 있었어요. 우리가 들어왔는데 우리는 한 번도 쳐다보지 않고, 팔짱만 낀 채 묵묵히 바닥만 쳐다보고 있었다구요. 저렇게 무서운 얼굴의 언니는 처음 봤어요."

효진의 기억에서 정인이 '정말로' 무서운 얼굴을 하고 있었던 적은 한 번도 없었다. 언제나 웃고 쾌활하고, 어떨 때는 소녀 같기도 한 것이 정인의 이미지였으나 좀 전의 그녀의 모습은 너무나 달랐다.

"뭐랄까…… 마음속 깊이 뭔가를 꾸미고 있는 것 같았어요. 잘은 모르겠지만, 그런 느낌이었어요."

손이 떨리고 있다. 승욱은 효진이 가늘게 손을 떨고 있는 것을 발견했다. 그녀의 작고 다부진 손이 내려다보고, 다시 효진의 얼굴을 살핀다. 어둡고 딱딱하게 굳은 것이 어쩐지 겁을 먹고 있는 듯했다.

어떻게 해야 할까, 생각하다가 승욱은 망설이지 않고 손을 올렸다.

슥슥― 언제나처럼 머리를 쓰다듬는다.

효진은 생각지도 못한 곳에서 감촉이 느껴지자 눈을 들었다. 자신보다 높은 곳에 있는 승욱과 눈을 마주치고, 머리 위의 그의 손을 느꼈다. 어쩐지 가슴이 진정되는 느낌. 너무나 일상적이나 그래서 더욱 소중한 감촉의 쓰다듬이었다.

"걱정 마라. 별일없을 거다."

무뚝뚝한 어조는 여전하지만 그 말속에 담긴 그의 마음은 잘 알 수 있었다. 이것은 함께 지낸 시간의 덕택일까. 아니면 내가 그에게 품은 마음 때문에―

눈을 감았다. 지금은 그런 걸 생각할 때가 아냐. 하지만 가끔 물어보고 싶기도 했다. 같은 지붕 아래에서 살며 같은 공간에 있는 일이 많은 남자. 이 묘한 감정의 정체를 자신에게 묻고, 또 승욱에게도 물어보고 싶다.

날 어떻게 생각해요?

왠지 돌아올 대답이 예상되어 효진은 웃고 싶어졌다. 그렇지만 표정을 관리하며 볼을 한 차례 두들겼다. 아프지 않지만 정신이 깨도록.

"음, 됐어요. 고마워요."

"그래."

승욱이 손을 내렸다. 효진이 그를 올려다보며 씨익 웃어 보였다. 승욱도 미묘한 표정 변화로 그 웃음에 대답하고는 곧바로 다시 걷기 시작했다. 효진이 그를 뒤따랐다.

큰일은 없을 거야. 그녀는 낙관론을 내렸다.

방과 후 하루 종일 반 아이들의 시선들을 받는 데 지쳐 버린 효진이 축 늘어진 채 교실을 빠져나왔다. 뒤따라서 대희가 걸어나오고, 학생들의 시선을 한 몸에 받으며 승욱이 따라 나왔다. 그는 피로한 효진의 얼굴과는 다르게 멀쩡했다.

정인과 소희가 기다리고 있을 교문을 향해 세 명은 비척비척 나아갔다. 계단을 내려가고 현관을 빠져나가려 할 때, 세 사람 앞에 본 적 없는 여성이 가로막고 섰다. 무릎 위로 올라간 짧은 교복 치마에 몸에 쫙 달라붙는 상의, 굉장히 몸매를 과시하고 있는 여성의 얼굴에는 반쯤 복면이 씌워져 있었다. 보이는 것은 두 개의 날카로운 눈뿐.

효진은 금방 여자의 정체를 눈치 챘다.

여성이 발소리도 없이 천천히 걸어와 효진과 대희를 지나쳐, 승욱 앞에 섰다. 표정없는 눈동자가 그를 올려다보고 있었다.

"1학년 이승욱?"

이지적이면서도, 어쩐지 콧소리가 섞인 목소리였다. 물론 승건에게 보고를 할 때와는 억양 자체가 달랐지만 효진으로서는 알 길이 없다. 익숙하게 승욱을 아래위로 훑어보고서는 그녀는 말했다.

“오늘도 시내로 나갈 거지?”

지나다니는 학생들을 신경 쓰지 않고 그렇게 이야기를 꺼낸다. 승욱은 고개만 간단히 끄덕였다.

“좋아. 아마 우리 정보부와 체육부도 같이 움직일 거야. 너희들도 같이 행동해 줘. 회장, 네 형님의 명령이니까 거스를 생각은 하지 말아 줘.”

승욱은 대답하지 않았다. 그러나 그녀는 이미 몸을 돌려 거침없이 현관을 빠져나가더니, 그곳에서 사라졌다. 눈 깜짝할 사이에. 학생들이 우왕좌왕 소란을 피우려고 할 때 효진이 다급히 물었다.

“방금 그거, 정보부장이죠? 어떻게 된 거예요? 정보부와 체육부가 같이 움직인다니?”

“글쎄.”

간단히 대답한 승욱이 먼저 앞서 나가고, 그 뒤를 두 사람이 서둘러 뒤따랐다.

정인, 소희와 합류하여 소희를 집까지 데려다 주었다. 고맙다고 인사를 하고 들어가는 소희, 대희에게 손을 흔들고 나서, 셋은 집 앞에 서서 잠깐 이야기를 주고받았다.

“총무까지 쓰러뜨렸는데 이제 와서 소희 언니를 노릴까요?”

“그건 모르제. 우쨌든 간에 그놈아의 목적은 학생회 전체를 쓰러뜨리는 거니까에.”

대답하는 정인의 말투에 가시가 돋쳐 있었다. 효진은 조금 굳은 얼굴로 그녀를 올려다보았다.

“언니…… 혹시 무서운 생각이라거나, 그런 생각 하고 있는 거 아니죠?”

“무서운 생각? 그게 뭐꼬?”

“아니, 정확하게 뭐라고 할 수는 없지만…….”

결국 스스로도 말을 정리하지 못해 입을 다물고 만다. 정인은 이상한 물건을 쳐다보듯 눈동자를 굴렸다.

“여튼 소희는 아직 안심할 수 음따. 건우 그 새끼 잡을 때까지는 지금까지처럼 계속 같이 움직이자.”

“네…….”

너무나 단호한 어투에 효진은 그만 고개를 끄덕이고 말았다. 정인은 흠 하고 숨을 내쉬더니 승욱에게로 시선을 돌렸다.

“니, 오늘도 시내 나가제?”

작게 주억댄다. 그 고갯짓에 정인은 뭔가 생각하는 눈초리로 이리저리 고개를 움직이더니, 다시 승욱을 보았다.

“내도 나갈 끼다. 정건우, 금마 이제 기다리 갖고는 안 되겠다.”

“어라, 언니도요?”

“엉. 내도 학생회다 아이가? 학생회가 더 피해를 입기 전에 나서야지 안 되겠다.”

이미 결심을 굳힌 듯 말하며 정인이 먼저 몸을 돌렸다.

“그라믄 나중에 보자.”

손을 흔들며 사라지는 그녀의 뒷모습을 지켜보다 효진이 문득 정신을 차렸다. 옆에 있던 승욱마저 이미 반대편으로 걸어가고 있었다. 후다닥 뛰어 그를 따라잡았다.

“미령 선생님도, 성인 씨도 시내로 가는 거죠?”

“그래.”

“그럼 나도—”

"넌 집에 있어."

말을 끊고 들어오는 승욱의 말에 효진이 고개를 돌렸다.

"왜요?"

"위험하니까."

"……"

할 말을 잃어버렸다. 너무나 예상 밖의 말이 튀어나와서였다. 이 남자, 대체 가끔 왜 이렇게 가슴을 두근거리게 만드는 걸까.

"…걱정해 주는 거예요?"

승욱은 효진을 쳐다보지 않았다. 지그시 앞을 본 채 걷고 있는 그의 옆모습에서 효진은 '쑥스러움'이라는 감정을 읽어냈다.

"아무튼 집에 있어."

승욱이 힘들게 말을 잇는다. 무언가 마음속에서 우러나는 따뜻하고 풍부한 감정. 효진은 어떻게 그것을 표현할 수 있을까 고민하다, 결국 포기했다. 그저 살짝 미소를 띤 채 그의 옆을 함께 걸었을 뿐이었다.

조금 후 그들은 큰 도로로 나왔다. 차들이 비교적 느린 속도로 지나가는 광경을 보던 승욱의 눈은 시내 쪽을 향해 있었다.

"시내로 바로 갈 거예요?"

효진의 물음에 승욱이 끄덕인다. 잠깐 효진을 내려다보는 그 눈이 되묻고 있었다. 효진은 싱긋 웃었다.

"알았어요. 집에서 기다릴게요."

그녀는 미소를 띠고 대답했다. 두 사람은 그곳에서 헤어져, 효진은 버스를 타고 집으로 향하고 승욱은 시내를 향했다.

시내에 도착할 즈음 그의 휴대폰이 주머니 속에서 진동했다. 걷고 있던 그는 주머니 속에서 휴대폰을 꺼내 들었다.

「어디니?」

상대는 미령이었다. 고개를 들자 보이는 시내 입구를 지그시 바라보며 대답하자 그녀가 말을 이었다.

「우리도 다음 신호를 통과하면 시내야. 조금만 기다리렴.」

통화는 끊어졌다. 곧 승욱은 시내 입구에 도달했다. 아무리 평일이라고 해도 이 시간쯤이면 시내에는 사람들이 흘러넘친다. 중심가라고는 여기 하나밖에 없는 도시니까. 시내를 채운 수많은 사람의 행렬을 무심하게 쳐다본다. 모두 저마다의 목적으로 시내를 거닐고 있지만 저 사이에 그가 찾는 이들도 있을 것인가.

한참을 입 다물고 중심을 주시하고 있던 승욱이 문득 뱉어냈다.

"시작은?"

다가오던 여자가 멈춰 섰다.

"감이 좋네."

정보부장 최진아였다. 여전히 교복 차림. 얼굴에 뒤집어쓴 복면이 그녀를 이 장소에서 일탈한 기묘한 존재로 보이게 했다.

"감만 따지자면 회장에 필적하겠어."

지금까지 진아의 은신술을 알아챈 사람은 그녀의 주군, 승건뿐이었다. 혜란도 가끔 느끼는 것 같지만 아직 완전하지는 않았다. 그렇기에 승건 이후로는 승욱이 처음이었다. 그녀는 조금 감탄하는 어조를 내비치며 승욱의 옆에 섰다.

"다른 이들은 곧 도착할 거야."

그 '다른 이들'이 어떤 의미인지는 승욱도 알 수 있었다. 이곳을 향하고 있는 미령과 성인을 말하는 것이다. 정보부원들은 이미 이 시내에 도착해 있다. 그런 낌새를 승욱은 이미 읽고 있었다. 진아의 말대로, '감' 만은 그의 형 못지않았다.

"시각은?"

"이미 시작됐어. 그쪽도 도착하면 알아서 시작해."

그러지, 라는 의미로 끄덕인다. 정보부, 체육부와 함께 행동하라는 것이 회장의 지시였지만, 결국 움직임은 각자 따로다. 각자가 각자의 능력대로 선도부를 몰아붙여 잡아내자는 것이었다.

작전인지 아닌지 모호한 요구를 승욱이 받아들이자 진아는 훗 하고 가볍게 눈웃음을 지었다.

"왜 웃지?"

"별 뜻은 없어. 주군과 많이 닮은 거 같아서."

의미 모를 말을 던져 놓고 그녀는 사라졌다. 신기루처럼 없어진 그녀의 자취를 승욱은 쫓지 않았다. 가만히 서서 진아인 듯한 기척을 쫓아 눈동자를 움직인다. 그녀의 주위로 몇 개의 기척이 더 느껴졌다. 이미 시내 이곳저곳에 배치된 정보부원들이 행동을 개시하고 있었다.

'오늘로 끝인가.'

아무리 선도부장이라 하더라도 이런 포위망에서 벗어나기는 힘들 것이다. 아마 오늘로 모든 것이 완전히 끝난다. 승욱은 그렇게 생각하고 돌아섰다.

타이밍도 좋게 낯익은 승용차가 길가 한쪽에 주차를 하고 있었다. 빈자리를 채우며 차를 세우고, 그 안에서 두 명이 내려섰다.

"많이 기다렸니?"

움직이기 쉬운 캐주얼 복장의 미령이 손을 들어 인사했다. 그 뒤를 비슷한 복장의 성인이 따라온다. 커플룩 같은 차림이었지만 어차피 승욱에게는 그쪽의 센서가 없다. 승욱은 인사하듯 고개를 까딱이고 돌아섰다.

"연락은 받았어. 정보부와 체육부도 같이 움직인다며?"

"네. 그들은 이미 시작했습니다."

"그래? 그럼 우리도 서두르자. 그들보다 늦을 순 없어."

왠지 서두르는 말투로 미령이 앞서 나갔다. 그녀의 태도에 의문이 생겼지만 승욱은 일부러 물어보지는 않았다. 그저 잠자코 둘을 따라 다시 미향 탐색에 나섰다.

일단 게임 센터를 들러보았지만 미향을 파는 자는 발견할 수 없었다. 모두가 게임을 즐기고 있는 이들뿐, 수상한 인물은 보이지 않았다.

"이제 이곳은 사용하지 않나 봐."

혹시나 하는 생각에 셋은 화장실을 거쳐 낡은 창고로 내려갔지만 그곳에서도 흔적은 발견할 수 없었다. 이틀 전 성인이 부숴놓은 철문―대충 수리가 되어 있었다―을 통해 밖으로 나가자, 오락실 건물 뒤쪽으로 나왔다.

습하고 어두운 곳을 지나 다시 밝은 곳으로 나왔다. 그곳에서부터 다시 탐색을 시작했다.

일단 알고 있을 법한, 대충 양아치같이 생긴 녀석들을 찾아다녔다. 눈에 뜨이는 녀석들마다 붙잡고 물어보았지만 그들은 모두 고개를 저었다. 모른다, 알 리가 없잖냐, 그 자식들 몇 개월 전에 전부 사라졌다 등등. 애초에 그들은 선도부원들이 다시 활동을 시작했다는 사실조차 모르고 있었다.

"무슨 뜻이지?"

양아치 두 녀석이 짜증을 내고 사라진 후 미령이 망연자실해 혼잣말을 했다. 승욱 또한 생각하는 표정이 되었다. 뭔가 조금 이상한 예감이 들었다.

"…선도부원들이 아닐지도 몰라."

미령의 중얼거림. 승욱이 눈을 들었다.

"우린 미향이 새로 나돌기 시작했다, 거기서부터 이미 선도부의 짓이라고 생각해 버리고 만 거야. 하지만 실제는 선도부와는 전혀 상관없는, 전혀 다른 녀석들이 미향을 팔고 있는 게 아닐까?"

예상치도 않은 함정에 스스로 빠져 버린 것일지도 모른다. 선도부원들이 없는데 그들을 찾아봤자 헛수고다. 그들은 지금도 사회 각지에서 봉사 활동을 벌이고 있을지도 모르는 일이다.

"정보부마저 속았다는 겁니까?"

승욱이 의문스럽게 물었다. 미령은 곧바로 대답했다.

"총무와 관리부장이 습격당했다는 이야기는 들었니?"

본래 일반 학생들에게는 비밀로 부쳐진 이야기였지만 승욱은 알고 있을 것이다. 미령은 그렇게 짐작했고 그것은 사실이었다. 승욱이 주억댐을 보고 미령을 이어 말했다.

"그 당시 정건우는 정보부원들을 가장 먼저 처리했어. 일순 정보가 모두 끊어지게 만들어놓은 거야. 선도부라는 건 학생회가 어떤 일을 할 때 가장 앞서서 일을 실행하는 부서란다. 그렇기에 정보의 움직임 또한 정건우라면 꿰고 있을지도 모르는 일이야."

"그럼…… 오늘 정보부가 움직일 것을 알고 선도부는 미리 모두 숨었다는 겁니까?"

"그게 세 번째 가정."

선도부는 애초에 움직이지 않았다, 아니면 중간에 모두 교체되었다, 혹은 오늘만 미리 알고 피신했다. 세 가지의 가정이 이제야 그들 앞에 튀어나왔다. 미령은 혼란스러운 얼굴을 하고 깊은 생각에 잠겼다. 그 것을 쳐다보며 승욱 또한 고민할 수밖에 없었다. 예기치 못한 상황이 었다. 선도부를 찾아내면 모두 끝날 일이라고 생각했는데 그게 아니었 다. 오늘로 끝날 문제가 아니었던 것이다.

그들이 있는 곳으로 정보부원이 지나갔다. 승욱은 그 기척을 느꼈지 만 아는 척은 하지 않았다. 지금은 이 상황 자체도 받아들이기 힘들었 다.

"어라, 샘하고 여기 있었슴까?"

세 명이 침묵하고 있던 그곳에 정인이 나타났다. 승욱은 그녀가 오 늘 시내로 나온다고 말했던 기억을 떠올렸다. 여느 때처럼 개방적인 옷을 걸친 채 나타난 그녀는 반갑게 세 명에게 다가왔다.

"잘돼갑니까?"

"아니…… 그다지 상황이 좋지 않아."

무겁게 목소리를 낮춘 미령에게 정인이 귀를 기울였다. 현재 나온 세 가지의 가정을 들려주자, 정인의 표정이 급격하게 일그러졌다.

"잠만요, 그라믄 금마들이 여기에 엄딴 말임까?!"

"그럴…… 지도 몰라."

정인의 눈이 위험을 소리치고 있었다. 그 확연한 변화에 미령이 놀 란 눈을 만들었다.

"왜, 왜 그러니?"

"여기 부탁함다!"

그녀는 말릴 새도 없이 사람들 사이로 뛰어 사라졌다. 이미 뒷모습 도 보이지 않는 그녀의 모습을 뒤쫓으려 하다가 미령은 포기하고 말았 다.

"왜 저러지?"

그렇게 물어봤자 두 남자가 알 리 없다. 미령은 아연한 얼굴을 하고 재차 정인이 사라진 방향을 쳐다보았다.

그들은 곧 탐색을 다시 시작했다. 선도부가 없다고 하더라도 미향의 흔적은 발견할 수 있을지도 모른다. 그렇기에 좀 전처럼 눈에 걸리는 사람들을 모두 탐문하고 다니기로 했다.

정보부는 정보부 나름대로 시내를 샅샅이 뒤지며 선도부의 흔적을 찾았지만, 그들의 행적은 묘연했다. 애초에 이곳에 나타난 적이 없다고 하는 편이 옳을 만큼 남은 흔적이 없었다. 부원들에게 새로운 지시를 내린 후 진아는 건물 위에서 시내를 내려다보고 있었다. 그녀가 지금 서 있는 건물은 시내에서 가장 높은 영화관이었다. 모든 시내가 한눈에 내려다보이는 곳. 단 한 장면도 놓치지 않겠다는 결연한 눈으로, 한순간 뒤를 살폈다.

"……"

정적. 고층 건물의 옥상이란 그렇게 아무나 올라올 수 있는 곳이 아니다. 진아야 닌자의 능력으로 올라왔다고는 하지만 이곳의 문은 튼튼하다. 웬만한 실력이 아니라면 침입도 할 수 없는 곳이다.

그렇기에 방금 불현듯 감각을 습격한 기분 나쁜 느낌을 진아는 잊을 수 없었다.

'설마……?'

불쾌한 기분은 아직 뇌리 속에 남아 있었다.

그때 정인은 시내를 이미 빠져나가고 있었다. 그녀는 전속력으로 소희의 집을 향해 달리고 있었다. 가끔 사람들을 어깨로 들이받아 날리면서, 전혀 죄책감없이 '죄송!' 소리치며 돌진했다. 일그러진 얼굴은 그녀가 차라리 고통스러워하고 있는 것처럼 보였다.

정인은 자신의 실수를 후회하고 있었다. 이런 일이 있을 줄은 몰랐다. 아주 만약을 위해서 벌인 일이었는데, 그것이 이렇게 큰 실수가 될 줄은 몰랐다.

그녀는 체육부장 천영민을 소희의 곁에 두고 왔던 것이다. 현재 가장 위험한 것은 소희. 그렇지만 정인은 자기 손으로 정건우를 찾아내기로 결심했다. 그래서 대신 천영민과 위치를 바꾸었다. 그가 소희를 만약 사태에 대비하여 지키고, 자신은 체육부를 통솔하여 선도부를 찾아내기로 합의했다.

영민은 건우보다 약하다. 반 년 전에도 약했고, 지금이라도 강해질 가능성은 전혀라고 할 정도로 없었다. 영민에게는 가슴 아픈 일이었지만 정인은 그렇게 판단하고 있었다.

결국 소희와 영민, 둘이 있어봤자 건우를 당해낼 수는 없었다.

'씨발! 와 이리된 기고?!'

그녀는 필사적으로 달려나갔다.

세 명은 꾸준히 탐색해 나갔다. 자꾸자꾸 늘어가는 사람들 사이에서, 양아치 같은 녀석들이 보일 때마다 물어보고 또 물어보았다. 미령이 다가가서 물어보면 가끔 작업을 거는 녀석들도 있었으나 그때는 성인이 나선다. 흉흉한 분위기에 양아치들을 지레 겁을 먹고 내뺐다. 그 사이 승욱이 다른 쪽에서 탐문을 했다.

그러나 얻은 정보는 아무것도 없었다. 물어보는 사람마다 모른다고 대답할 뿐이었다. 해가 저물려 하고 하나둘 간판이 켜졌다.

그에 비하여 어두운 그늘도 생기는 시간. 그 그늘 속에서 몇 사람이 정보부원들의 눈을 피하여 차츰차츰 셋을 향해 접근하고 있었다. 승욱이 그 이변을 눈치 챈 것은 셋이 한동안 멈춰서 다시 의논을 나누고 있을 때였다.

"……?"

시선을 느끼고 눈을 돌린다. 옅게 내려온 햇빛이 차마 침범하지 못한 그늘 속에서 시선이 날아오고 있었다.

"왜 그러니?"

얘기를 하다 말고 다른 곳을 쳐다보고 있는 승욱의 행동이 이상해 보였다. 미령은 승욱이 보고 있는 방향을 같이 바라보았다. 역시 보이는 것은 어둠뿐. 빛에 익숙해진 눈동자로 아무리 살펴본다 한들 보이는 것은 없다.

그렇지만 승욱은 말했다.

"누군가 있습니다."

정체는 모르지만 누군가 있다. 승욱은 입을 다문 채 완전히 돌아섰다. 미령이 긴장한 얼굴로 그의 등을 바라본다.

유인하는 건가? 승욱은 잠깐 생각하고 곧바로 결정했다. 아무런 단서가 없는 지금, 상대가 누구든 일단 유인에 넘어가 주는 것도 한 방법이겠지. 그래서 그는 한 발자국 내디뎠다.

멋대로 골목 안으로 들어서는 승욱을 말리려는 미령. 그때 성인이 손을 내밀어 그녀를 막았다. 미령이 그를 올려다보고, 초점없는 성인의 눈이 승욱이 가는 방향을 주시하고 있었다. 미령은 말을 잃었다.

사람 두 명이 겨우 지나갈 정도의 좁은 골목. 햇빛이 끊어져 버린 경계선을 밟았다. 승욱은 거기서 지체하지 않고 안으로 들어갔다.

소리가 들려온 것은 그때였다.

픽, 쿵, 털썩.

의성어로 표현하자면 이런 느낌의 소리들. 승욱에게는 익숙한 소리였다. 아주 작지만 확실히 들려온 그 소리의 정체는 누군가가 쓰러뜨리고 쓰러진 소리였다. 물론 그 당사자들은 알 수 없었다. 승욱은 금방이라도 목도를 뽑을 수 있도록 몸을 긴장해 둔 채 어둠 속을 나아갔다.

빛이 끊어진 후 건물의 그늘이 길게 이어졌다. 건물과 건물 사이가 검은 망으로 가려져, 더욱 완벽한 어둠을 그려내고 있었다. 돌아보면 햇빛의 바깥이 보이지만 몇 미터 차이로 이렇게 완벽한 그늘이 형성되다니. 쌓인 박스 같은 것들을 피해 지나가며 승욱은 침을 삼켰다.

그리고 정면에서 두 개의 눈동자가 그를 싸늘히 바라보고 있었다.

숨을 멈추고 발걸음으로 멈춘다.

"이틀 만이지?"

귀에 익은 목소리. 몇 번이고 들었고, 며칠 전에도 들은 목소리였다. 하지만 이름은 생각나지 않아 승욱은 잠자코 있었다.

"우릴 찾고 있었냐?"

또 다른 목소리가 들렸다. 승욱은 목소리가 들려오는 방향으로 조금 안력을 돋우었다. 희미하게 윤곽 정도만 보였다. 다른 골목으로 꺾어지는 모퉁이였다. 뒤쪽에서 성인과 미령이 다가오는 기척을 느끼며 승욱은 입을 열었다.

"방금 그 소리는 뭐지?"

"아, 그거?"

조금 얇은 목소리가 대답한다.

"방해꾼이 있어서 말야. 놔두면 대화하는 데 방해가 될 거 같아서 좀 미리 처리했어."

덩치가 큰 쪽이 바닥에서 무언가를 주워 들었다. 한 손으로 가뿐히 들어 올린 그것을 승욱 쪽으로 휙 집어던진다. 바닥에 철푸덕 엎어지며 먼지를 일으킨 그것은 사람이었다. 눈을 찌푸려 얼굴을 확인했지만 알아볼 길이 없었다. 검은 것으로 얼굴의 반이 가려져 있었기 때문이다.

두말할 것도 없이 정보부원이다. 기절한 듯 미동이 없었다.

"저기 옆에 한 놈 더 있었는데 그놈도 처리했어. 아마 조만간 이쪽이 이상하다는 걸 눈치 채겠지. 그래서 말인데, 자리를 옮기는 게 어때?"

점차 어둠에 눈이 익숙해지자 두 목소리와의 거리감도 느껴졌다. 약 5미터. 세 걸음 안에 뛰어들 수 있는 '간격'이었으나 지금은 싸우는 것이 목적이 아니었다. 승욱은 뒤를 돌아보았다. 눈빛으로 미령과 의사를 나누고, 그사이 저쪽에서 말을 덧붙였다.

"우리가 용건이 있는 건 너희들이야."

"좋아."

미령이 앞으로 나섰다. 좀 굵은 목소리가 휘익 하고 휘파람을 불었다.

"호, 나이는 좀 먹어 보이지만 좋은 여잔데?"

"…꼬맹이에게 그런 소리를 들을 나이는 지났단다, 얘야."

"꼬맹이?! 이렇게 커다란 꼬맹이도 봤냐?!"

"정신은 아직 꼬마인걸."

꽤 노골적인 말투와 표정으로 남자를 비꼬아대자, 단순하게 그는 길길이 날뛰기 시작했다. 커다란 덩치를 흔들어대며 소리를 지르려 하는 것을 옆의 동료가 입을 막고 말린다.

"넌 좀 닥치고 있어라. 도발이란 것도 모르겠냐?"

"그, 그래도 저 어디서 굴러먹었는지도 모를 년이!"

"모르겠냐? 우리 학교 양호 선생이다. 아, 넌 아파본 적이 없으니 모를 수도 있겠군."

"엥, 양호 선생?"

새롭게 여자를 쳐다본다. 미령의 얼굴을 알아볼 리는 없다. 애초에 얼굴을 모르니까. 그는 벙찐 표정으로 가만히 미령을 쳐다보다가 동료를 다시 보았다.

"진짜?"

"암튼 넌 좀 닥치고 있어라."

동료의 입을 막고 나서 남자가 다시 셋을 보았다. 그 즈음, 셋의 눈은 완전히 어둠에 익숙해져 두 남자의 뚜렷한 실루엣이 보이고 있었다.

"미안하군. 이 자식이 바보라서 말야."

"누가 바보냐!"

"그냥 닥치고 있어, 자식아. 아무튼 다른 놈들이 오기 전에 따라와라."

그들 쪽이 먼저 골목 안으로 사라졌다. 셋은 천천히 그들의 뒤를 따랐다. 미령이 성인을 시켜 기절한 정보부원을 한쪽 벽에 기대앉혀 두고 조금 늦게 따라왔다. 몇 미터 앞에 또 쓰러져 있는 정보부원까지 바로 눕혀주었을 때는 이미 승욱은 저 앞으로 앞서 나가 있었다. 미령과 성인은 서둘러 따라붙었다.

두 남자가 그들을 안내한 곳은 건물들 사이에 생겨난 기묘한 공터였다. 복잡하게 골목길을 돌고 돌아 도착한 곳에서 미령이 아연한 얼굴로 주위를 둘러보았다. 뻥 뚫린 하늘에서 햇빛이 쏟아지고 그제야 두 남자의 얼굴이 보였다. 세 달 전, 이들은 한 차례 맞붙어 싸웠었다. 여전히 화려한 색상의 옷을 입은 남자가 정현, 그리고 덩치가 큰 남자가 대국. 두말할 것도 없이 선도부의 간부들이었다.

정현이 두 팔을 펼치고 연극조로 말했다.

"어때? 이곳은 말이야, 몇 년 전부터 급속히 개발이 진행되어서 잘 찾아보면 건물들 사이에 이렇게 쓸모없이 버려진 부지들이 몇 개가 되는 편이라구. 오락실 뒤쪽의 그 창고 비슷한 거기도, 사실은 이런 부지였지. 버려진 땅을 꽤 잘 써주고 있었는데 말야."

그 부분에서 돌연 눈빛이 날카로워졌다.

"네놈들이 그것을 망쳐 놨어. 알고 있나?"

승욱은 뒤늦게 둘의 얼굴을 알아보았다. 낯이 익다고 생각했더니 그때였나.

"그래서?"

그는 낮게 물었다.

"뭐라구?"

"그래서 다시 미향을 가지고 나온 거냐. 이곳으로 우리를 부른 것은 그때의 복수를 하기 위해서?"

"잘 아는구만."

정현이 키득키득 웃어댔다. 그 느낌은 3개월 전과 사뭇 달랐다. 정말로, 마음속 깊이 상대에게 증오를 퍼붓고 있는 듯한 느낌. 어쩐지 묘하게 어긋나 버린 감정의 형태가 직접적으로 나타나고 있었다.

사납게 피부를 찌르는 감정의 화살에도 승욱은 눈 하나 깜짝하지 않왔다.

"하나만 물어보겠다."

"그래, 뭐?"

"미향은 어디서 난 거지? 분명히 그때 모두 회수했다고 들었는데."

"나도 몰라."

그는 어깨를 으쓱했다. 뒤에 서 있던 대국이 심심한 듯 몸을 풀고 있는 모습을 보고 잠시 킥킥 웃더니 말했다.

"부장이 어디선가 가져왔더구만. 네놈들한테 복수할 거라고 했더니 우리들에게도 나눠줬다. 전보다 훨씬 좋던데? 왠지 모르게, 몸이 훨씬 깨어나는 듯한 느낌이야."

그러다 문득 무언가 깨달은 듯 표정을 일그러뜨렸다.

"그러고 보니, 뭐야? 그 꼬마 년 어디로 갔어?"

"꼬마 년?"

"날 쓰러뜨린 계집년 있잖냐. 요 정도 키의, 머리 긴."

머리 옆에서 손을 흔들어대면서 말한다. 승욱은 어렵지 않게 그 대상을 떠올릴 수 있었다.

"오늘은 없어."

"없다니! 내가 그년한테 복수하려고 얼마나 벼르고 벼른 줄 아냐!"

화를 듬뿍 담아 소리치는 정현. 그러나 승욱의 어조는 어디까지나 담담했다.

"미향을 써봤자 이길 수는 없어."

"어쭈. 뭐지, 그 자신감은? 우리 부장이 그, 이름은 까먹었지만 총무 새끼를 밟아버린 거 안 들었냐?"

"넌 선도부장이 아니다."

“어쨌든 이 미향만 있으면 네놈들을 이기는 건 장난이냐!”

소리치며 주머니에서 하얀 종이를 꺼내 들었다. 유리병이 아닌 약봉지같이 접힌 종이.

“그렇다! 누워서 침 뱉기지!”

기다리고 있었다는 듯 대국도 소리쳤다. 미령은 잘못된 속담 인용을 바로잡아 줄 마음도 들지 않아 앞으로 나섰다.

“그걸 마시면 안 돼.”

“뭐야, 아줌마는? 학생들의 일에 끼어들면 안 되지, 선생 주제에?”

나름대로 도발이었으나 미령은 침착했다.

“미향에 대해서만은 달라. 이건…… 우리 남매의 일이기도 하니까.”

그 말을 뱉어내는 미령에게서 커다란 아픔이 전해져 왔다. 금방이라도 울음을 터뜨릴 것 같은 얼굴. 쳐다보는 사람마저 그 슬픔에 잠식될 듯한 얼굴을 보며 승욱마저 잠깐 마음이 흔들렸다. 그 얼굴은, 너무나 고통스러워 보였다. 미령은 그 말을 마지막으로 더 이상 말을 꺼내지 못했다. 그것을 성인이 감싸듯 앞에 선다. 기분 탓일까. 성인의 얼굴이 전보다 훨씬 ‘살아 있는’ 듯 보였다.

“웃기는구만.”

대국이 지껄이는 소리에 승욱은 눈을 돌렸다. 팔을 횡횡 돌리면서 그가 우악스럽게 목을 두두둑 꺾어댔다.

“쇼하지 말고 말이지, 그냥 붙지? 지금 우리에게 필요한 건 네놈들을 피떡이 되도록 짓밟아주는 거라구.”

“그래, 그렇지. 너희들도 우리에게 원하는 게 있겠지? 그럼 우리를 한 번 쳐죽여 봐. 불 수밖에 없게 만들어보라구.”

한껏 눈을 부라리며 두 남자, 정현과 대국이 종이를 풀어 그 안의 붉은 가루를 들이마셨다. 피 같이 붉은 가루가 코를 통해 폐 속에 스며들어, 그리고 온몸으로 퍼져 갔다. 그 기분 좋은 감각. 이번 미향은 그 흡수 속도도 빠르다. 금세 전신의 근육이 깨어나며 오감이 각성됐다. 지나가는 바람 소리마저 음계로 해석할 수 있을 것 같은 상태.

"최고다!"

"우하아아아아악!"

정현이 소리치고 대국이 의미 모를 기합을 내질렀다. 승욱이 목도를 빼 들었다. 미령을 한쪽으로 밀어내며 성인도 약병을 꺼냈다. 코로 소량을 들이마시고 병은 미령에게 넘겼다. 그녀가 굳은 얼굴로 동생을 올려다본다. 그 눈빛에 별다른 답변도 보내지 않고 고개를 돌리는 성인. 주먹을 불끈 쥐자 손등에 굵은 힘줄이 섰다.

승욱이 재빨리 칼의 기운을 흡수했다. 칼 속에서 절규를 내질러 대는 사령들. 그들의 힘을 빼앗아 몸 안에 깊숙이 눌러 담는다. 이질감이 덮쳐 오며 이 세계의 것이 아닌 힘을 승욱의 전신에 불어넣었다. 익숙한 이질감. 그와 함께 오른쪽 뺨에서 아련한 통증이 시작됐다. 굵게 드러나는 상처. 피가 흐른다. 뜨뜻미지근한 액체가 볼을 타고 흘렀다.

양쪽의 준비가 끝났다. 정현과 대국이 환희의 미소를 지었다.

그와 동시에, 양쪽에서 네 명의 남자가 격돌했다.

"크흠."

가볍게 헛기침을 터뜨렸다. 도장으로 통하는 문을 올려다본다. 일단 옷을 좀 단정하게 갖추고 나서 불투명 유리를 기웃거렸다. 그래 봤자 안이 보일 리는 없다. 알면서도 이곳에 도착한 지 몇 분이나 영민은 이 행동을 반복하고 있었다.

백두고 학생회 체육부장 천영민. 3학년이며 유파는 비현봉술이다. 그래서 언제나 자신의 키보다 긴 봉을 들고 다닌다. 학교 내에서도 아주 드문 무술이기 때문에 학교에서 그와 그의 무술을 모르는 이는 없을 것이라고 봐도 좋다.

—여기까지 프로필. 아무튼 그런 그가 현재 소희의 집 앞에서 서성거리고 있는 것은 당연히 정인과 위치를 바꾸었기 때문이다.

회장의 지시대로 시내로 가려던 때, 돌연 정인에게서 전화가 걸려왔다.

"선배, 내가 시내로 갈게예, 선배는 소희를 좀 지켜주소."

라고 다짜고짜 요구해 왔다. 아니, 그래도 그건 좀 곤란하다며 영민은 반항해 보았지만 저쪽은 이미 마음을 멋대로 굳혀 버린 듯 막무가내였다. '책임은 내가 질 테이까 시끄럽게 굴지 말고 내 말대로 하소 좀' 이라며, 최후에는 맘대로 전화를 끊어버렸다. 더 이상 저항의 여지가 없는 태도였다.

그래서 영민은 할 수 없이 소희의 집으로 왔다.

"그래, 할 수 없이 온 거야, 난……. 어쩔 수 없잖아? 정인이가 이미 그쪽으로 가버렸으니 대신 난 여기로 올 수밖에 없잖아……. 응, 맞아. 그래……."

라고 중얼거리는 것도 벌써 다섯 번째. 본인은 자각이 없지만 아까부터 아무도 들어주지 않는 말을 자기 합리화하듯 혼잣말하고 있었던 것이다.

지나다니는 행인들이 서서히 영민을 '괴한' 쯤으로 생각해 보려 할 때, 그는 용기를 내어 손을 들었다. 주먹을 쥐고 강하게 힘을 주어 노크를 한다.

똑, 똑, 똑.

무거운 울림. 저 안까지 전해지기를 바라며 노크를 하고 나자 수많은 망상이 그의 머리 속을 흘러갔다. 이런 걸 뭐라고 하더라. 그, 뭔가 단어가 있었는데. 아. 맞다. 주마등! ……아닌가? 아무럼 어때! —라고 혼자서 패닉에 빠져 허우적대고 있을 때 문이 빼꼼이 열렸다. 불투명 유리문 안에서 나온 얼굴은 도복 차림의 소희였다.

"어, 서, 선배?"

양쪽 모두 굳어버렸다. 둘 다 전혀 예상치 못한 인물이었기 때문이다.

영민의 경우 부모님 쪽이 나올 것이라고, 당연히 그렇게 생각하고 있었다. 그래서 처음 만나면 인사는 어떻게 해야 하지, 장래의 장인 부모가 되실 분… 아니, 내가 무슨 생각이야, 그게 아니라, 난 친구를 지키러, 아니, 친구가 아니지, 후배지, 그래 후배야, 그래 후배를 지키러 왔으니까 솔직하게 따님을 지키러 온 기사… 아니, 그게 아니고! —따위의 망상을 혼자서 하고 있었다. 결국 평범하게 '처음 뵙겠습니다. 전백두 고등학교 3학년에 재학 중인 천영민이라고 합니다' 라는 평범한 인사로 결정을 봤다. 그런데 정작 나온 것은 부모가 아닌 지켜야 하는 대상 그 자체인 소희라니. 영민은 할 말을 모두 잊어먹고 말았다.

소희의 경우 누군가 온다는 연락을 받지는 못했다. 정인도 미리 연락한 것이 아니기 때문에 오늘은 집에서 얌전히 있기로 결정했다. 대희와 함께 모두에게 배웅을 받으며 집에 도착해 반창고들을 새로 갈고 어머님께 '응, 흉터는 많이 안 남겠어. 다행이구나' 라는 말도 들었다. 단지 그것만으로도 한숨을 쉬며 안도했고, 그 후로는 숙제를 하고 TV를 보면서 있었다. 그러다가 연습을 할 시간이 되어서 도장에 나와 개인 연습을 하던 도중이었는데, 누군가 도장 문을 두드리는 것이다. 그래서 나와봤더니, 세상에, 영민 선배라니! 소희의 머리 속은 하얗게 리셋되었다.

서로를 쳐다보며 굳어버린 두 사람. 문을 사이에 두고 안팎에서 돌이 된 그들을 행인들이 수상하게 쳐다보았다. 병이라도 걸렸나? 어쩌지? 라는 분위기가 돌면서 응급차를 부르려는 움직임이 일어날 때,

"아, 안녕하세요!"

먼저 정신을 차린 것은 소희였다. 소희는 딱딱한 얼굴과 딱딱한 어조로 인사를 던졌다. 그 인사와 어투 자체가 어색하여, 영민은 돌연 웃음이 터져 나왔다.

갑자기 웃기 시작한 영민을 소희가 울상이 된 얼굴로 쳐다본다.

"왜, 왜 웃으세요……?"

"으, 응? 아, 아냐. 미안. 아무것도 아냐."

웃으며 허리를 펼 때마다 등에 매단 봉이 흔들렸다. 영민은 몇 번 더 키득대다가 웃음을 완전히 그쳤다.

"응. 미안, 아니, 안녕? 잘 있었어?"

"네……."

"뭐, 뭐 하고 있었어?"

"아…… 조금, 수련을……."

"수련?! 몸도 아직 제대로 낫지 않았잖아?"

작게 고개를 끄덕이면서, 소희는 조금 부끄러움을 실어 말했다.

"그래도 강해지고 싶어서요……. 저…… 얼마 전 싸움에서 누나인데도 대회를 제대로 지켜주지 못했어요. 그게 화가 나서, 그래서……."

소녀의 작은 욕심이자 용기였다. 마음가짐을 새로 가져야 한다는 것

은 알고 있었지만, 그를 위해서는 연습이 더 필요하다, 소희는 그렇게 생각했다. 그래서 상처가 조금 낫기 시작하자 곧 개인 수련을 시작한 것이다.

"대단하네……."

진심으로 감탄한 영민이 자신도 모르게 그렇게 중얼거리고 말았다.

"가, 감사합니다……."

얼떨결에 인사한 소희는 불현듯 깨달았다.

"저, 저희 집에 웬일이세요?"

"응? 아, 그거야 당연히……."

거기까지 말하자 영민도 깨달았다. 이 다음 말을 이 소녀 앞에서 말할 수 있을까. 입이 '어' 모양으로 찢어진 채 그는 차마 다음 말을 잇지 못했다. 좀 전에 혼자서 중얼거렸을 때는 얼마든지 말할 수 있었지만 이 소녀 앞에서는 도저히 말할 수 없었다. 어떻게 '너를 지키러' 따위의 말을 할 수 있단 말인가. 그 말을 하기 위해서는 문을 노크한 용기의 수십 배의 용기는 필요할 것인가.

"…그, 그게 그러니까……."

"네……?"

영민은 할 말을 찾지 못하고 소희는 그를 의아하게 쳐다보고 있다. 다시 요상한 분위기로 흘러가려 할 때,

"…내참, 갑갑해서 못 봐주겠구만."

예의라고는 조금도 찾아볼 수 없는 어투의 목소리가 그들 사이로 끼어들었다. 몇 보 양보하더라도 좋은 목소리는 아닌 그 음성에 소희와 영민의 목이 동시에 돌아갔다.

"……?!"

무언의 비명. 두 눈이 커지고 영민은 어느새 등의 봉을 뽑은 채 그를 향해 겨누었다. 느닷없이 등장한 괴한이 비릿한 미소를 지었다.

"좋은 반응이구만, 자식아."

"…정건우!"

영민의 얼굴이 긴장으로 물들었다. 행인들이 새롭게 시작된 대치에 긴장했다. 도시가 도시고, 장소가 장소다 보니 이런 장면이 드문 것은 아니었다. 그러나 '봉'을 든 참가자는 오늘이 처음이었다. 익숙한 자는 그곳을 밋밋하게 스쳐 지나갔지만 몇몇 사람은 멈춰 서서 그들을 지켜보고 있었다.

"하정인, 그년은 어디 가고 니가 있는 거냐?"

"네, 네가 알아서 뭐 하게!"

세 발자국의 거리를 둔 채 영민이 소리쳤다. 긴장으로 손에 힘이 들어갔다. 손에 차는 땀을 자각하는 동안 영민은 새로운 사실을 깨달았다. 아직 소희가 문 앞에서 굳은 채 서 있었던 것이다.

'위험해!'

본능이 외쳤다. 동시에 영민의 오른발에 굳게 힘이 들어가며 허리가 비틀렸다. 양손으로 잡고 있던 봉을 움직여 똑바로 건우를 향해 찔렀다.

휙―

바람을 찢는 소리뿐, 타격음은 일지 않았다. 이미 건우는 한 발 뒤로 피해 있었다. 언제 피한 거지?! 놀라면서 영민은 행동했다. 소희의 손을 잡아채 자신의 뒤로 끌고 와 세웠다. 작은 손이 뜨거웠다. 긴장한 걸까? 그 손을 꼭 붙잡은 채 봉을 회수해 옆에 세웠다. 소희의 앞에 서 그녀를 지키는 포즈로,

"소희에게는 일절 손대지 못하게 하겠어!"

"…호오."

묘하게 감탄의 소리를 내며 건우가 눈썹을 씰룩였다.

"전부터 생각한 건데 말이지, 너, 저년 좋아하지?"

"……!"

"오? 빨개졌다? 정말이었냐?"

"…이, 이 자식!"

영민은 단순하다. 공부보다는 운동을 좋아하고, 고민 같은 것은 잘 모른다. 그렇기에 영민은 학생회까지 오를 수 있었던 것이다.

소희의 손을 놓고 영민이 봉을 양손으로 쥐었다. 봉을 세 마디로 나눌 때의 지점이 되는 곳. 가슴까지 끌어 올리며 왼손을 자유롭게 푼다. 왼손이 과녁을 노리는 기준이 되고 오른팔에 일순 힘이 집중돼 근육이 폭발했다.

숙!

좀 전보다 더욱 빠른 속도의 찌르기. 건우의 비릿한 미소가 잠깐 굳으며 그가 고개를 움직였다. 그 순간 봉을 잔상만을 남긴 채 뒤로 회수, 그리고 영민이 폭발적으로 쇄도해 들어왔다. 가슴 앞에서 발을 뻗으며 견제, 그것을 건우가 옆으로 피해내며 주먹을 뻗었다. 영민이 몸을 비틀며 피했을 때 뻗은 오른발이 대지를 강하게 디뎠다.

쿵—!

왼손과 오른손이 굳건히 잡은 봉을 등 뒤에서부터 끌어당겨 휘두른다. 공기를 가르며 봉이 휘어져 건우를 노렸다!

그 순간 영민은 발견했다. 건우의 얼굴에 떠오른 미소.

차가운, 아니, 그보다 잔인한 맹수의 미소였다.

봉은 허공을 갈랐다. 그곳에 있어야 할 대상이 환영처럼 그곳에서 사라졌던 것이다. 멋대로 뻗어 나가려는 봉을 제어하며 한 바퀴를 회전하며 제대로 돌린다. 두 눈동자는 사라진 건우의 기척을 쫓았다.

"헷."

비웃음이 들려온 것은 뒤쪽이었다. 그쪽을 쳐다본 영민의 표정이 경직됐다.

"일절 손 못 대게 한다고? 그렇게 큰소리친 거치고는 너무 뒤가 허술한 거 아냐?"

실수였다. 영민은 뼈아프게 그것을 느꼈다. 자신이 지켜야 할 대상, 지키지 않으면 안 되는 대상, 소희는 어느새 건우에게 목을 조이고 있었다. 행인들 사이에서 소란스런 소리가 일어났지만 그쪽으로 건우가 눈빛을 쏘아 보내자 금세 조용해졌다. 흉악한 미소를 지은 채 건우가 눈을 내렸다.

"어차피 이년은 지금의 나한텐 한주먹거리도 안 돼. 지켜본다고 해도 얼마 못 가서 이렇게 잡히고 만다구."

그렇게 지껄이며 건우의 주먹이 소희의 배에 꽂혀 들어갔다. 그녀의 작은 몸이 허공으로 떠올랐다. 방어도 제대로 하지 못한 완벽한 일격. 충격은 배를 통해 내장 전체로 퍼지고 등을 뚫고 나갔다.

뜨거운 주먹. 건우의 '열권(熱拳)'이 적중했다.

"아, 안 돼!"

뒤도 돌아보지 않고 영민은 달려들었다. 그의 봉 공격을 가볍게 피해내고 건우가 귀찮은 듯 팔을 휘둘렀다. 등주먹에 얻어맞고 영민의 작은 몸이 옆으로 뒹굴었다.

"커, 컥……."

소희가 무너졌다. 정신이 새하얗게 변색되어 왔다. 호흡이 막히고 아무런 생각도 이어갈 수 없었다. 흔들리는 시야에 비치는 것은 동경하고 있던, 좋아하고 있던 선배의 모습. 그도 자신처럼 더러운 바닥에 쓰러져 있었다.

아니, 일어나고 있다. 손을 지탱해 몸을 일으키고 있다.

'선배… 일어나요… 일어나요……'

말로 되지 못한 기원. 무언가 뜨거운 액체가 몸속에서부터 목구멍을 통해 밖으로 토해졌다. 그러나 소희에게는 너무나 비현실적인 감각일 뿐이었다. 전신의 감각이 따로 놀고 있었다. 눈이 침침하게 감겨갔다. 그사이 그녀는 몇 번이나 기침을 하며 위액을 토해냈다.

'가슴이 뜨거워……'

열인의 고통을 아련하게 느끼며 최후에 남아 있던 의식의 끈을 잃었다.

완전히 기절한 듯 더 이상 미동도 하지 않는 소희를 내려다보며 건우가 피식 웃었다.

"진짜 약하구만. 이런 실력 가지고 어떻게 학생회가 됐지? 소문이 정말 맞는 거 아냐?"

'아무도 때리지 못해 학생회가 되었다' 라는 소희에 대한 소문을 들먹이며 그가 고소를 터뜨렸다. 정말 즐겁다는 듯 웃는 그의 앞에서 영민이 드디어 몸을 일으켰다.

"약하지 않아!"

정신을 차렸을 땐 이미 소리를 지르고 있었다. 그것은 마치 절규와 같았다.

"소희는 약하지 않아! 자기가 지키지 못한 동생을 위하여 슬퍼하고,

그래서 누군가를 지킬 수 있게 되기 위해 다쳐도 매일 연습을 하고 있었어! 오늘도 연습을 하고 웃는 얼굴로 나왔단 말이야! 그런 곧은 마음을 가진 게 소희야! 소희는 약하지 않아! 절대 약하지 않아!"

가슴속에서 우러나오는 진심, 절규였다. 소리를 치면서 영민은 어느새 눈물을 흘리고 있었다. 절규는 통곡이 되어가고, 그것은 주변에서 지켜보고 있던 사람들의 가슴을 뒤흔들었다.

그러나 정작 중요한 건우에게 영민의 진심은 일절 통하지 않았다.

"그래서 어쩌라구?"

"…뭐?"

"매일 연습했다고? 누군가를 지키기 위해서? 그래서 어쩌라구? 누군가를 지켰냐? 매일 연습한 만큼, 그만큼 강해졌다고 생각하는 거냐? 그래, 약하지 않아서 지금 여기서 나자빠져 뒹굴고 있는 거냐?"

지극히 악의에 들어찬 그 발언에 영민은 아무 말도 할 수 없게 되어버렸다. 건우의 지껄임은 계속됐다.

"다쳐도 연습한다고? 지랄맞을, 그래서 어쩌라구? 내가 감동해서 울어주리? 무릎을 꿇고 바닥이라도 핥으면서 빌까? 엉? 어쩌라구?"

그가 중지를 들어 올렸다.

"뭣같은 일에 이빨까지 말고 엿이나 까먹어, 애새끼들은."

"…으아아앗!"

영민은 아무것도 생각하지 않았다. 아니, 못했다. 지금 그를 지배하고 있는 것은 분노. 태어나서 이렇게 분노해 본 적은 없다. 오로지 순수하게 분노에만 몸을 맡긴 채 그의 비현봉이 철퇴같이 건우를 덮쳤다.

퍽―!

묵직한 소리가 울렸다. 제대로 맞았다면 뼈 몇 대는 가볍게 나갈 용서가 없는 공격이었다.

그러나 영민은 절망적인 표정을 만들었다. 허공에서부터 호를 그리며 내려친 공격은 건우의 오른팔에 간단히 막혀 있었다.

"호, 꽤 묵직한데. 애초에 이렇게 나왔어야지. 시답잖은 소리 같은 거 지껄이지 말고 말이야."

아프지도 않은지 담담한 감상을 내뱉으면서 건우의 입이 좌우로 찢어졌다. 영민의 눈에는 그것이 굶주린 늑대의 미소처럼 보였다.

"잠깐 놀아주셔야지?"

방어했던 손을 뻗어 봉을 붙잡는다. 그리고 붉게 타오른 주먹이 영민의 얼굴로 날아들었다.

대국의 주먹은 살인적이었다. 파공음을 내며 날아든 주먹을 성인은 고개를 숙여 피해냈다. 동시에 머리 뒤쪽으로 지나가는 팔을 붙잡으며 안쪽으로 파고들어 왼쪽 어깨를 대국의 가슴에 부딪쳤다.

허리에 힘을 넣으며, 동시에 업어치기!

그러나 넘어오지 않았다. 힘으로 버틴 대국의 콧김이 목덜미에 느껴졌다.

"흥! 이 정도로 날 제낄 생각이라면 아직 멀었다!"

한 팔을 붙잡힌 채 대국은 무식하게 남은 한 팔을 휘둘렀다. 그 직전 성인이 팔을 놓고 피해 나왔다. 주먹은 성실하게 허공을 가르고, 대국의 커다란 덩치가 휘청댔다.

그때를 노리고 성인이 한순간에 돌진했다. 미향을 마신 힘을 담아 주먹을 뻗었다.

쿵!

묵직한 충격. 대국의 턱에 펀치가 쑤셔 박히고 목이 꺾인다. 그것에서 멈추지 않고 또다시 반대쪽에서 펀치! 무릎차기를 올려 명치에 적중시키고, 리드미컬하게 몸을 반회전하며 같은 발로 면상을 휘어 찬다!

네 번의 공격이 연속으로 이어지고 성인은 지혜롭게 뒤로 물러섰다. 방어 태세를 가다듬자, 역시나 예상대로 곧바로 대국이 부활했다.

"우오오! 끄떡없어어!"

공룡 같은 포효와 함께 대국의 거구가 달려들었다. 힘으로 밀고 들어오는 대국의 어깨치기, 그것은 성인이 오른쪽으로 피했다. 재빨리 로우킥을 무릎 뒤쪽에 차 넣자 대국이 휘청대다 결국 앞으로 나뒹굴었다.

먼지를 일으키며 세 바퀴를 구른 대국이 다시 벌떡 일어섰다.

"이 자식! 죽여 버리겠다!"

기세 좋게 소리치며―전혀 데미지도 없이―성인에게 달려들었다. 온몸으로 밀고 들어오는 대국. 성인은 방금처럼 옆으로 피하려 했지만 돌연 대국의 궤도가 바뀌었다. 팔을 벌리며 예상했다는 듯 콧김을 뻗으며 성인을 덮친다.

"흐응!"

두꺼운 두 팔로 성인을 꽉 안았다. 결코 부드럽지 않게, 과격한 포옹. 소름이라도 돋을 만한 장면이었지만 지금은 그런 감상적인 반응도 힘들었다.

두 팔이 부서질 것 같았다. 숨이 막혀오고 온몸에 족쇄가 조여오는 듯한 힘이었다. 이것이 발전한 미향의 힘. 성인은 강화된 근력으로 전신을 흔들었지만 대국의 힘은 조금도 줄어들지 않았다.

"성인아!"

한쪽에 피해 있던 미령이 소리쳤다. 그 소리가 성인의 귀에 닿아 힘을 실었지만 대국의 두 팔은 점점 더 조여왔다.

"우하하하핫! 빠져나가 보시지?!"

그 상태로 대국의 머리와 성인의 얼굴이 충돌했다. 무차별한 공격. 대국이 목을 당겨 성인의 면상에 세 차례에 걸쳐 박치기를 가했다.

퍽! 퍽! 퍽!

피가 터져 올랐다. 첫 번째 박치기에서 코가 내려앉고, 두 번째 박치기에서 미간이 찢어졌다. 세 번째에는 오른쪽 눈 위가 찢어지며 선혈이 흘렀다. 대국은 콧김을 내뿜으며 피 범벅이 된 성인의 얼굴에 주먹을 휘갈겼다.

둔탁한 타격음과 함께 성인이 땅바닥을 뒹굴었다.

"서, 성인아!"

미령이 더 이상 참지 못하고 달려나왔다. 그것을 대국이 눈치 채 그녀의 머리채를 잡아챘다.

"어딜 가시려구?"

"이, 이거 놓으렴!"

"렘? 렘? 이런 상태에서 무슨 그런 간지러운 말투야!"

머리채를 붙잡고 그대로 힘을 실어 던진다. 그녀의 가벼운 몸이 허공을 날았다. 머리채가 한순간 잡아 뽑히며, 다음 순간 그녀의 몸이 사정없이 바닥에 패대기쳐졌다.

"크흑……!"

끔찍한 고통이 찾아들었다. 그녀는 전투계가 아니다. 그렇기에 몇 년 사이 이만한 고통을 당한 것은 처음이었다. 고통을 참는 방법은 알고 있다. 이를 악물고 그녀가 팔을 버텨 일어났다. 아름다웠던 머리카

락이 엉망이 되어 엉클어져 있었다.

그때 눈이 마주쳤다. 일어서고 있던 성인과 허공에서 시선이 부딪쳤다. 그때, 미령은 몇 년 만에 성인의 눈동자에서 강렬한 감정의 요동을 발견했다. 그날, 그때부터 지워졌던 눈동자의 빛이 돌아오고 있었다.

"…개자시익!"

성인이 돌진했다. 미향의 힘을 뛰어넘어, 오랜만에 피어오른 분노의 힘을 담아 빛이 되어 대국을 공격했다.

돌아서 있던 대국의 등을 걷어찬다. 그가 밸런스를 잃고 앞으로 쓰러질 때, 오히려 한 발자국을 앞으로 나아가 그 뱃전에 무릎차기를 먹였다.

퍽―!

충격이 배를 뚫었다. 팔꿈치를 척추 한중간에 처박자 또다시 가차없는 타격음이 일었다. 연이어 왼 팔꿈치를 끌어 올려 넘어지는 대국의 뒤통수에 갈겼다.

빠각!

대국의 몸이 땅바닥에 처박혔다. 풀썩, 먼지가 일어나고 성인은 넘어진 대국의 등을 잔인하게 짓밟았다.

'빠, 빨라…….'

성인의 공격, 그것은 미령의 눈으로는 보이지도 않았다. 평소의 움직임과는 완전히 달랐다. 어떻게 된 일이지?! 미령은 불길함을 느끼며 좀 전까지 성인이 쓰러져 있는 장소로 급히 눈을 돌렸다.

햇빛을 받아 반짝 빛나는 물건. 투명한 작은 유리병.

"…설마!"

남은 미향을 모두 들이마시다니?! 성인을 쳐다보았다. 멀지 않은 곳에서 마치 '악귀' 처럼 쓰러진 대국을 짓밟고 있었다. 한 발 한 발에 무게와 힘을 실어, 진심으로 '부수기' 위해 밟아대고 있다. 그 움직임에는 일절 용서란 없었다.

'아, 안—!'

비명은 문장조차 이루지 못했다. 말로도 화하지 못했다. 그러나 그녀는 온몸으로 비명을 지르고 있었다. 안 돼! 죽어버리고 말 거야!

그러나 다시 이변은 일어났다. 갑자기 성인의 발이 막혔다. 움칠 놀란 성인이 세차게 발을 흔들었지만 그의 발을 잡은 '손' 은 꿈쩍도 하지 않았다.

"꽤 좋은 공격이었다—"

어느새 돌아누운 대국이 만면에 광기 어린 미소를 지어 올렸다.

"이 새끼야!"

두 손으로 성인의 발을 붙잡자마자 근력을 끌어 모았다. 발목을 끊어버릴 듯 손에 힘을 넣어, 팔을 휘둘렀다. 누운 상태에서 상체를 뒤로 눕히며 순순히 팔 힘만으로 성인을 머리 뒤쪽으로 '던져' 버렸다.

미령을 숨을 삼켰다. 성인이 말 그대로 공중을 날아 약 3미터 옆으로 날아갔다.

그러나 나자빠지진 않는다. 공중에서 균형을 잡아 바닥에 착지했다. 그사이 이미 대국도 몸을 일으키고 있었다.

"아직 멀었어, 아직! 오늘 곱게는 못 돌아간다, 네놈!"

성인은 흘러내려 계속 시야를 가리는 피를 닦아냈다. 붉게 물들었던 시야가 잠시 밝아졌지만 또다시 빨갛게 변색되어 간다. 두 번째로 팔을 들어 피를 닦아내는 그 순간, 대국의 모습이 단숨에 두 배로 시야에서 확장됐다.

“흐앗!”

기합과 함께 무식한 어깨치기가 들어왔다. 좀 전과 똑같은 일직선의 공격, 그러나 이번에 성인은 피하지 않았다.

“…하아아압!”

똑같이 기합을 내지르며 달려들어 오는 대국의 어깨에 똑같이 어깨를 부딪쳤다. 충격을 받은 오른쪽 어깨가 비명을 내질렀다.

“꽤 버티는데 이 자식……!”

모호한 감탄의 소리를 지르며 대국의 얼굴이 우악스럽게 찌그러졌다. 그 순간 성인이 힘을 빼고 옆으로 빠졌다. 어라? 라는 얼굴로 대국의 몸이 한순간 밸런스를 잃었다. 어쨌든 학습 능력이라고는 없는 녀석이었다. 단번에 무너진 대국의 몸 밑으로 성인이 어깨를 집어넣었다. 동시에 가랑이 사이로 오른팔을 집어넣고, 어깨를 왼손으로 고정하여 단숨에 들어 올린다!

“우앗?!”

쌀가마를 들쳐 메듯 대국이 성인의 양어깨에 들렸다. 대국이 버둥버둥거리며 반항했지만 성인의 양팔을 그를 결코 놓아주지 않았다. 성인의 눈빛이 차갑게 가라앉으며, 그 상태로 대국을 면상부터 땅바닥에 내다 꽂았다!

쿵—!

묵직한 소리가 울렸다. 한순간 일어난 먼지, 그리고 끔찍한 장면에 미령이 질끈 눈을 감았다가 떴다. 시야가 다시 회복되었을 때 보인 것은 일어서 숨을 몰아쉬고 있는 성인과 대자로 뻗어 있는 대국의 모습.

미령은 자신의 입이 벌어진 것도 깨닫지 못했다.

성인의 싸움은 극히 단순하고 짧았다. 어떤 형태로든 단 몇 방의 공격으로 적을 제압하는 것이 그의 특기. 그렇기에 이처럼 지독하게 난전인 경우는 처음이었다. 그 격투 스타일도 성인의 스타일이 아니었다.

숨을 몰아쉬던 성인의 눈이 다시 커졌다. 뚜렷이 떠올라 있던 감정의 눈빛이 더욱 진해졌다.

대국이 씨익 미소를 짓고 있었다.

그의 손이 다시 한 번 성인의 다리를 붙잡으려 했다. 그것을 성인이 훌쩍 뛰어 피해낸다. 두 발자국 물러선 후, 따라서 일어서는 대국의 옆구리에 선공을 날렸다. 퍽! 하고 처박힌 발을 빼내 다음 공격으로 이으려 할 때,

"……?!"

발이 빠지지 않는 것을 깨달았다. 대국의 팔이 발을 휘감아 단단히 붙잡고 있었다.

"잡혔구만—!"

일부러 공격을 허용해 발을 잡아낸 것이다. 대국치고는 꽤 머리를 쓴 결과. 대국은 과격하게 다리를 들어 올려 단숨에 비틀어 버리려고 했다. 그 순간 성인의 몸이 허공으로 날아올랐다. 대국이 발을 비트는 방향으로 몸을 휘돌려 남은 발로 대국의 얼굴을 걷어찼다.

퍼억, 하는 타격음이 울려야 했다. 그러나 울리지 않고 타격감조차 느껴지지 않았다. 공중에 떠오른 그 찰나의 시간, 그사이 성인과 대국의 눈빛이 마주쳤다.

찢어진 입에 걸린 미소. 그곳에서 느껴지는 것은 분노와 광기, 그 두 가지뿐이었다.

두 번째 발차기조차 막아낸 팔을 움직여 성인의 두 발을 양쪽 겨드

랑이 사이에 꼈다. 그 상태로 순순히 자신의 힘으로 성인의 몸을 휘돌리기 시작했다.

"자이언트으으으!"

작은 회오리가 되어 성인과 대국이 함께 회전했다. 대국의 외침. 미령의 경악. 그리고 성인은 바깥으로 날아갈 듯한 감각을 이겨내며 무릎을 구부렸다. 팔을 뻗어 대국의 옷가지를 붙잡으려 하는 순간, 대국이 원심력을 개방했다.

"스윙—!"

기본 물리 법칙에 따라 성인의 몸이 원심력에 이끌려 공중을 화살처럼 날아갔다. 무지막지한 파워와 스피드를 싣고, 그의 몸은 6미터를 넘게 가뿐히 날아가, 그대로 건물 벽에 처박혔다.

콰앙—!

폭탄이라도 터진 듯한 굉음. 벽에 부딪치고 땅으로 떨어진 그가 작게 경련을 일으키며 일어나지 못했다. 대국이 손을 탁탁 털며 거창하게 웃음을 터뜨렸다.

"으하하하핫! 이 미향, 최곤데?! 내가 날린 놈들 중에서 네놈이 제일 멀리 날아갔다!"

한두 번 사람을 날린 것이 아닌 모양이다. 미령은 멍청히 성인이 날아간 궤적을 쳐다보고 있다가 정신을 차렸다.

"성인아! 괜찮니?!"

얼마나 강하게 부딪쳤으면 벽이 움푹 휘어져 있었다. 평상시였다면 중상을 넘어 사망에까지 이르렀을 공격이었다. 미약하게 경련을 일으키고 있는 성인의 몸을 흔들며 소리치는 미령은 평소의 침착한 모습을 잃고 있었다.

“정신 차려! 제발! 성인아, 정신 차리렴!”

수차례 어깨를 붙잡고 흔들었지만 성인은 정신을 차릴 기미를 보이지 않았다. 미령은 이를 악물었다. 뒤편에서 대국이 뚜벅뚜벅 걸어오는 기척이 느껴졌다.

“헹, 그렇게 쉽게 일어날 수 있을 줄 알아? 자이언트 스윙은 내가 애용하는 18번 기술이라구!”

학원 폭력 만화에서나 나올 법한 대사를 지껄여 대며 희희낙락 웃어대는 대국. 미령은 처음으로 ‘사혈(邪血)’을 찔러 버리고 싶은 기분이 어떤 것이 알게 되었다. 눈앞의 남자는 정말 양심의 저편까지 썩어 들어가 있었다.

“너, 너……!”

“나? 내가 왜? 불만이면 덤벼보시죠, 누님?”

미령은 그가 원하는 대로 달려들었다. 주머니에서 침을 빼 들어 노련하게 대국의 사혈을 진심으로 찔러 들어갔다. 그러나 침이 닿기도 전에 그 커다란 손에 여린 팔이 붙잡혔다. 그가 손에 힘을 넣자 미령의 손에서 침이 떨어졌다. 미령은 얼굴이 고통으로 붉어졌지만 이를 악물며 결코 비명은 지르지 않았다.

“이런 거 가지고 놀면 다친다고, 누님?”

“나쁜 자식……!”

그것이 미령이 뱉어낼 수 있는 최대한의 욕설이었다. 대국은 즐겁게 웃음을 지었다.

“당연하지, 그럼 착한 놈이라도 되는 줄 알았나?”

대국은 미령의 목을 조르기 시작했다. 한 손으로 목을 잡고 차츰차츰 그녀를 벽 쪽으로 몰아붙였다. 대국의 두터운 팔을 붙잡으며 안간

힘을 다해 떼어내려고 하는 미령의 노력은 헛수고였다. 그의 손은 조금도 움직이지 않았다. 오히려 저항하면 저항할수록 손아귀의 힘이 강해지며 숨이 턱없이 줄어들 뿐이었다.

"커, 커, 크……!"

"우하하하핫, 이거 재밌는데? 표정 죽인다, 누님?! 좀 더, 좀 더 절정에 올라보라구!"

잔인했다. 잔혹했다. 광기가 가득히 스며든 목소리, 눈빛은 이미 미쳐 있었다.

미령은 점점 시야가 흐려져 왔다. 힘을 넣으려고 해도 힘이 나오지 않는다. 전신의 기력이 빠져나가 눈 위에서부터 검은 어둠이 밀려 내려오는 듯한 감각이었다. 숨이 모자라다. 숨을, 산소를, 내게 공기를 줘……!

거품을 문 채 차츰차츰 실신 상태로 들어가는 미령을 내려다보며 대국은 희열을 느꼈다. 이렇게 재미난 짓이 있었다니, 이런 재미난 일을 지금껏 몰랐다니! 조금 더, 조금 더 나를 즐겁게 해달라고, 누님!

그래서 그는 깨닫지 못하고 있었다.

완전히 정신을 잃은 줄 알았던 성인이 어느새 일어나 있었다. 머리에서 피를 흘리며, 그 피는 귀를 타고 바닥으로 떨어지고 있었다. 얼굴은 이미 피와 흙의 범벅으로 차마 눈뜨고 볼 수 없는 끔찍한 모습이었다. 그러나 그는 서 있었다. 피 속에서 뜨인 두 눈에서는 찌를 듯한 강인한 빛이 살아 있었다.

주먹을 쥔다. 한 발을 내딛는다. 끌어당긴 주먹에 힘을 모두 쏟아 붓는다.

미령에게 정신이 팔린 대국은 그를 눈치 채지 못했다. 성인은 다시 한 발자국을 나아갔다.

대국이 눈치를 챘다. 고개를 돌린다. 그 모습이 슬로 모션처럼 보였다. 그의 호흡, 근육의 움직임 하나까지 보이는 듯했다. 성인에게는 생소한 감각, 그러나 지금 이 순간만큼은 그 모든 것을 지배할 수 있었다.

세 발자국째 대국의 옆구리까지 다가왔다. 왼손을 펼쳐 그의 옆구리에 댄다. 대국이 뭐라고 소리를 치기 위해 입을 벌렸다. 그 입이 모두 벌어져 소리가 튀어나오기도 전에—

퍼억—!

성인의 정권이 대국의 면상에 작렬했다!

"넌 나다. 그년이 없어서 아쉽지만 널 쳐 죽이는 걸로 참아주지."

만만하게 지껄여 대는 정현에게 승욱은 별다른 말을 돌려주지는 않았다. 그저 목도를 지그시 붙잡아 그를 향해 겨누었다. 정현은 건우를 닮은 미소를 지으며 화려한 색상의 셔츠를 벗었다. 그 밑에는 패셔너블한 디자인의 민소매를 입고 있었다.

"그때 네놈, 지철이와 싸웠었지? 저기 저 녀석은 대국이가 상대였고."

저쪽 옆에서 이미 싸움을 시작한 대국과 성인을 가리켰다. 승욱은 그쪽을 한 차례 쳐다봐 주고 시선을 돌릴 뿐 다른 반응을 보이지 않았다.

그것이 정현의 신경을 살짝 긁었다.

2대 2로 한 차례 부딪친 후 각각 두 명씩으로 나누어졌다. 대국은 전번의 복수를 위해서 애초에 성인을 붙잡고 나갔기 때문에 정현의 상대는 승욱으로 정해져 버렸다. 맘에 안 들지만, 어쨌든 눈앞의 남자도 복

수할 상대 중 한 명이었기 때문에 불만은 없었지만,

"그래도 말을 하면 좀 받아주지 그래?"

"……."

어쨌든 승욱은 마이페이스. 어디선가 개가 짖나 하는 제스처조차 취하지 않고 목도를 양손으로 쥐었다. 이미 사령의 기운을 흡수한 상태, 시간을 끌어봤자 좋아하는 것은 사령들뿐이다. 승욱의 온몸을 천천히 갉아먹어 가면서 최후에는 몸 자체를 '살해' 하고 말 것이다. 그것이 사령무검 사용자의 비참한 결말. 승욱은 그런 결말을 거부했다.

상대가 진지해지자 정현도 표정을 잡으며 씨익 웃었다.

"그래, 역시 말로는 재미없다 이거지?"

권투 자세 같은 포즈, 정현이 자세를 잡았다. 그 순간 시야에서 사라졌다.

미향의 폭발적인 근력 증폭 효과를 살린 공격. 승욱은 극대화된 오감에서 정현의 기척을 찾았다.

오른쪽 앞 1미터!

발견하자마자 목도를 휘두른다. 대기를 가르며 날아간 목도는 정현의 잔상마저 갈랐다.

정현의 기척이 승욱의 간격 안으로 파고들었다. 목도를 뻗은 오른손을 끌어당기며 목을 왼쪽으로 꺾었다. 어퍼컷처럼 내지른 주먹이 지나며 볼에 미세한 상처를 남겼다. 연속적으로 날아오는 주먹들을 똑같이 목도를 내뻗어 막아냈다.

몇 차례의 공방, 그 후 정현이 일순 뒤로 빠지면서 둘의 대결은 잠깐 휴식을 맞았다.

"역시 강하구만."

이죽거리는 정현에게 승욱이 목도를 뻗었다. 목도의 끝이 정확히 그의 인중을 가리켰다.

"선도부장은 어딨지?"

싸움에 들어와서 첫마디였다. 싸움을 시작하면 일단 말을 하는 성격은 아니기에 잠자코 있었지만 이것 하나만큼은 물어봐야 했다. 이 두 명, 아니, 기억대로라면 세 명의 위에는 선도부장이 있다. 지시를 내리는 것도 그일 것이다. 그러나 그는 지금 보이지 않기에 이곳이 아닌 다른 곳에 있다는 의미가 된다.

정현은 한쪽에 침을 퉤 뱉더니 대답했다.

"알아서 뭐 하려고? 지금부터 쫓아가기라도 하게?"

"그가 미향의 출처를 알고 있다면."

"글쎄…… 그건 호기심은 있는데 말야."

귓구멍을 후비는 불량한 자세로 정현이 이야기했다.

"몇 개월 전에도 어디선가 그 미향이라는 걸 가지고 왔거든. 누가 와서 줬다고밖에 말은 안 했는데 말야. 정말 어디서 얻은 걸까?"

라고 히죽히죽 웃어댄다. 승욱에게 물어봤자 답을 알 리는 없다. 물어본 정현도 답을 원한 것은 아니었다. 그저 승욱의 말에 맞장구를 치고 있을 뿐이었다.

승욱은 가만히 목도를 비틀었다.

"난 장난이 아니다."

"그럼 난 장난이라는 거냐? 명예 훼손으로 고발해 버린다, 이 개애자식아?"

정현의 두 눈이 점점 위험한 빛을 띠고 있었다. 그 의미를 승욱은 미약하게나마 알 수 있을 것 같았다. 미향, 흡입만 하더라도 그 사용자에게 극대화된 힘을 안겨준다. 그리고 얻는 것이 있다면 잃는 것도 있는 법. 부작용이 없을 리는 없다.

"미향을 몇 번 마셨지?"

"…한두 번? 아니지, 방금 것까지 계산하면 세 번이구만."

세 번, 세 번 만에 저런 눈빛을 띤다는 것은 그만큼 이번의 미향이 굉장히 위험해졌다는 것을 뜻한다.

눈동자 안에서 '정현' 이어야 할 것이 무너져 가고 있었다. 본인은 그것을 모른다. 직접 상대하고 있는 사람만이 느낄 수 있는 감각이었다.

'시간이 없군.'

승욱은 오른손에 목도를 들었다. 오른쪽 아래로 목도를 늘어뜨리고 왼발을 앞으로 내민다. 공격형 자세. 자세가 변하자 정현도 진지하게 몸의 중심을 낮추었다. 양 주먹을 가슴께로 들어 올려 손바닥 쪽을 가슴으로 향하게 쥔다. 흡사 팔극권의 자세를 닮았지만 정현의 무술은 팔극권이 아니었다.

"부장에게 요즘 또다시 가르침을 받고 있지. 예전의 나와는 다를 거라구."

라고 말해 봤자 승욱은 그와 싸운 적이 없다. 어떤 무술인지는 알 수 없지만, 그는 간단히 마음을 잡았다. 무슨 무술이든 깨부수면 그만이야.

그 순간 승욱의 모습이 그곳에서 사라졌다. 뒤늦게 먼지가 피어오르며 갈라진 대기의 흐름을 타고 흩날렸다.

정현이 왼발을 뒤로 디디며 왼 주먹을 휘둘렀다.

부웅──

공기를 찢는 소리. 주먹이 허공을 지나쳤다. 그곳에서 승욱이 극도로 낮춘 자세로 목도를 폭발시킬 준비를 하고 있었다.

주먹이 지나간 궤적, 그리고 뒤늦게 알아챈 정현의 눈동자가 커지는 것을 기다려, 어깨와 허리를 비틀어 목도를 위로 베어 올렸다!

정현이 급히 발을 물렀다. 목도가 아슬아슬하게 코끝을 스치고 허공으로 치솟았다. 뒤로 디딘 오른발에 힘을 주고 곧장 앞으로 돌진! 목도를 올린 채 비어버린 승욱의 간격 안으로 쇄도해 들어갔다.

왼발을 디딤과 동시에 오른 주먹으로 펀치!

왼쪽에서 날아오는 정현의 주먹에 승욱이 급히 고개를 들었다. 턱 밑으로 지나가는 주먹, 동시에 등 뒤로 뺀 목도의 궤도를 바꿔 정현의 명치를 향해 찌른다!

그것을 왼쪽으로 몸을 비틀며 정현이 피해냈다. 찌른 목도를 곧바로 회수하고, 동시에 왼발을 앞으로 디딘다.

두 명의 몸이 완전히 붙어버렸다. 초근접, 정현의 왼 주먹이 오른쪽에서부터 승욱을 덮쳤다. 어깨를 노리고 들어오는 공격, 그것에 승욱은 전혀 겁먹지 않고 허리, 양팔에 힘을 넣었다. 초근접 기술―

당학류 해검도, 기암 가르기!

허리를 왼쪽으로 비틀어 목도의 손잡이 끝에서부터 상대의 옆구리에 처박는다! 뻑 소리와 함께 깊게 쑤셔 박힌 손잡이 끝에서 뼈가 부러지는 느낌이 느껴졌다. 그대로 더욱 힘을 올려 허리를 비튼다! 동시에 양팔을 당겨 오른쪽 위로 베어 올린다―!

그 찰나, 승욱은 이변을 감지했다. 목도가 움직이지 않는다. 있는 힘을 다해 비틀어 올렸지만 목도는 꿈쩍도 하지 않았다.

승욱의 눈이 확장된다. 손잡이를 붙잡은 두 개의 손. 그것은 자신의 손이었다. 그리고 그 밑에 또 다른 손 하나가 목도를 붙잡고 있었다. 정현의 오른손이었다. 단 한 손으로 승욱의 기술을 무효로 만들어 버린 것이다.

'제길!'

그것을 깨달은 순간 정현의 왼 주먹이 승욱의 오른쪽 어깨를 강타했다.

퍽!

부상당한 어깨였다. 아직 멀쩡히 움직이지도 않는 곳. 통증이 오른팔의 힘을 모두 빼앗아갔다. 그러나 한순간 어깨를 비틀어 적중만은 피해낸 것은 승욱의 본능이었다. 정현도 그것을 눈치 챘는지 목도를 잡은 손을 놓지 않고 돌격해 들어왔다.

연속해서 왼 주먹이 들어왔다. 움직이지 않는 오른손, 그렇다고 왼손을 놓았다가는 되돌릴 수 없는 일이 일어나고 만다. 세 번의 주먹이 승욱의 얼굴에 명중했다. 턱이 돌아가고 콧뼈가 내려앉을 듯한 충격이었다. 승욱은 이빨이 부러진 것을 느끼며 피를 뱉어냈으나 정현의 공격은 그칠 줄 몰랐다.

목도를 잡은 채로 정현의 왼 주먹이 승욱의 명치에 틀어박혔다.

뻐억—!

명치를 꿰뚫고 척추에서 충격이 폭발한다. 숨이 틀어막혀 일순 호흡이 불가능해졌다. 다리가 풀리는 것을 가까스로 붙잡으며 버티고 서 있을 때 가슴에서 기묘한 불길이 느껴졌다. 주먹을 얻어맞은 부위가 마치 불에 타듯 뜨거웠다.

'이것은……'

이미지로만 이해한다. 정현이 손목을 빙글빙글 돌리며 지껄여 댔다.

"호오— 미향 덕분인가? 흉내 내기가 아니라 정말 열인이 새겨지는
데?"

그도 실감하고 있었다. 주먹이 뜨겁다. 말 그대로 열권을 이룩해 낸
것이었다. 즐겁게 눈을 부라리면서 그의 입이 찢어진다. 비린내가 나
는 웃음, 잔인한 그 미소조차 부장을 닮아가고 있었다.

"좀 더 네놈한테 시험해 보고 싶은데?"

똑같은 자리에 다시 한 번 펀치! 그전에 승욱이 어깨를 비틀어 주먹
을 겨우 빗나가게 만들었다. 그 상태에서 오른발을 깊숙이 내밀며 왼
쪽 어깨를 정현의 가슴에 부딪친다!

정현의 눈썹이 일그러지는 그 위로 승욱의 무식한 박치기가 작렬했
다.

퍽!

승욱으로서는 생각하기 힘든 무식한 공격 방법이었지만 그 효과는
대단했다. 정현의 손아귀 힘이 일순 풀린 틈을 타 승욱은 그의 손에서
벗어났다. 억지로 사령의 기운을 더욱 뽑아 몸에 흡수한다. 오른쪽 어
깨를 각성시켜 고통마저 잊어버린 채 움직이게 만들었다. 검은 기운이
온몸을 슬금슬금 돌아다니며, 몸속 깊숙한 곳에서부터 야금야금 먹어
들어가는 감각이 두뇌를 긁어댔지만 상관하지 않았다.

질 수 없다.

승욱은 앞으로 돌진했다.

왼손으로 붙잡은 목도를 오른쪽 위로 그어 올린다. 그것을 정현이
익숙하게 피해내는 사이 오른손까지 손잡이를 잡았다. 힘을 실어 왼쪽
으로 베자 정현이 허리를 숙였다. 그때 그대로 발을 차올려 정현의 가
슴팍을 걸어찼다. 그리고 다시 목도 손잡이 끝으로 등을 연속으로 두

들기고 발로 땅을 나뒹굴게 만들었다.

몇 바퀴를 굴러서 기세 좋게 벌떡 일어난 정현.

"이 자—"

말이 끝나기가 무섭게 승욱이 이미 그 앞에 도착해 있었다. 목도가 정현의 목덜미를 두들겼다. 아니, 베고 지나갔다. 그 순간 정현의 목에 붉은 혈선이 일자로 그어졌다.

"으헉?!"

아릿한 고통에 정현이 당황하며 뒤로 물러섰다. 손으로 목을 만진다. 그 손가락에 붉은 피가 묻어 나왔다. 상처 자체는 얕았다. 조금만 더 깊게 베였다면 말 그대로 '죽음'이었다.

"이 개새끼가아! 목 잘릴 뻔했잖아!"

그러나 승욱의 목도는 목도인 그대로였다. 안의 칼날을 꺼내지 않았다. 방금 전의 공격은 목도가 만들어낸 기압 차에 의해 피부가 베인 것뿐이었다. 승욱도 상대를 죽이려는 의도는 없었고, 그러고 싶지도 않았다.

침착하게 목도를 머리까지 들어 그 끝을 정현을 향한 채로 다리를 벌린다. 금방이라도 돌진할 것 같은 기백을 목도 속에 담아 정현을 기다렸다. 붉게 맺힌 혈선을 매만지며 정현의 눈동자에 독기가 돌았다.

"개새끼, 넌 오늘 진짜 죽었다."

그 순간 정현의 모습이 없어졌다. 좀 전보다 배로 빨라진 움직임. 승욱은 급히 기척을 쫓아 목도를 날렸으나 쫓지 못했다. 몸을 돌린 순간 뒤쪽에서 기척이 느껴졌다. 목도를 휘둘러 기척을 벤다. 그러나 대기만을 갈랐다. 몇 번이고 똑같이 공격을 날렸으나 목도는 정현의 옷깃조차 베지 못했다.

다시 허리를 무리하게 비틀며 목도를 크게 횡으로 그었다. 양손으로 잡은 목도가 비명을 지르며 대기를 자르고 지나간 그 후,

그 궤적 사이에서 난데없이 정현의 모습이 나타났다.

그의 입가에 걸린 잔인함, 쭉 찢어진 입속에서 기합이 터지며 승욱이 뒤로 나둥그라졌다. 면상에 정현의 정권이 직격한 것이었다.

폭탄 같은 위력이었다. 끝가지 목도만은 놓지 않은 승욱이었지만 강렬한 충격에 뇌가 흔들려 한동안 바닥에서 일어나지 못했다.

주먹에 묻은 피를 헛바닥으로 핥으며 정현이 지껄였다.

"지랄까지 말고 일어나, 새꺄. 이 상처는 그 정도로 돌려받을 수 있는 게 아냐."

피가 섞인 침을 뱉어내고 승욱에게 뚜벅뚜벅 걸어간다. 승욱이 팔로 버티며 몸을 일으키려 했지만, 그전에 정현의 발차기가 옆구리에 처박혔다.

퍽!

"일어나 보라니까, 이 건방진 새꺄!"

퍽—!

"그 건방진 면상으로 또 날 열받게 만들어보란 말이다 개새꺄!"

똑같은 곳에 몇 번이고 발차기를 먹인다. 승욱은 몸을 움직여 발을 피해보려 했지만 역부족이었다. 정현의 발은 계속해서 승욱을 두들기다 한참 만에 떨어져 나갔다.

기분이 불쾌한 듯 침을 카악 뱉어낸 정현이 목에서 흘러내리는 피를 닦아냈다.

"씨발, 피도 안 멎는구만. 아주 지랄같이 만들어놨구나, 나를. 게다가 그거 한 방에 쓰러져? 넌, 그년보다 못해. 너로서는 도저히 기분이

안 찬다. 너를 완전히 피떡을 만든 다음에 그년을 찾아가서 똑같이 만들어줘야겠어."

승욱의 움직임이 멎었다. 몸속에서 듣기 싫은 비명을 질러대는 사령들. 칼 속에서 계속해서 신경을 긁어대는 절규들조차 승욱의 귀에서 사라졌다. 남아 있는 것은 오직 정현이 던진 한마디. 승욱은 말로 형용할 수 없는 분노가 치미는 것을 느꼈다.

기적적으로 승욱은 일어섰다. 정현이 호오— 하고 느긋하게 감탄하는 사이 그는 완전히 두 다리로 섰다. 오른손에 쥔 목도에서 검은 기운이 일렁였다.

"뭐라고 지껄였냐, 방금."

고통조차 잊은 목소리. 낮게 깔린 그 목소리에 대기조차 무겁게 변했다.

"앙? 무슨 말?"

"방금 뭐라고 지껄였냐고 물었다."

"아, 그년을 똑같이 만들어준다는 거? 그걸로 열이라도 받았다는 거냐? 뚜껑 열렸어?"

한바탕 웃어댄 후 이죽댄다.

"너, 그년 좋아하냐? 듣자 하니 같은 집에 산다고? 혹시 밤마다 그 짓이라도 하는 거냐?"

승욱의 눈썹이 꿈틀거렸다. 정현은 상관하지 않고 계속 지껄였다.

"그년 좀 화끈하냐? 요즘에는 고등학생들이라도 애들이 아주 뜨겁단 말이지. 요전번에 내가 만난 그년도 얼굴은 반반하게 모범생같이 생겨 가지고, 큭큭큭, 역시 여자는 얼굴 가지고는 모르는 거라니까? 그년도 그런 쪽이냐? 한 번 만나—"

그 순간 정현의 목이 오른쪽으로 꺾인다. 그리고 몸 자체가 허공을 부웅 떠 오른쪽으로 날아가 벽 구석탱이에 처박혔다. 목부터 거꾸로 처박은 꼴이었다. 정현의 다리가 천천히 땅으로 떨어져 내려 정현은 그곳에 널브러졌다.

일절의 용서도 없이 목도를 휘둘러 정현을 날려 버린 승욱이 숨을 몰아쉬었다. 뭘 어떻게 했는지 자신조차도 기억하지 못했다. 정신을 차렸을 때는 이미 돌진하여 목도를 휘두른 뒤였다. 베는 것이 아니다. '부숴 버릴 듯' 날려 버린 것이다. 마치 두개골을 박살 내려는 힘과 자세. 승욱은 손의 힘을 풀었다.

정현의 몸이 움칠대고 있었다. 기척이 희미하다. 죽은 것인가. 아니면 죽어가고 있는 것인가. 설마, 정말 죽은 것인가.

승욱의 머리 속이 복잡해졌다. 계기는 정현의 말이었다. 효진에 대해서 그렇게 말하는 것을 참을 수 없었다. 한순간 분노에 잠식되어 사령의 기운에 대한 제어를 놓아버렸다. 그리고 이렇게 되었다.

'……'

아무 생각도 들지 않았다. 무엇을 어떻게 해야 할 것인가도 알지 못했다.

─정말 죽어버린 것인가?

세 발자국 뒤에서 정현을 내려다보았다. 희미하게 경련을 하고 있는 신체. 흥분한 그대로 붉어진 얼굴. 두 눈이 멍하게 하늘을 올려다보고 있었다. 그늘도 지지 않은 햇빛 아래에서 시체 같이 누워 있는 정현은 차라리 기묘했다.

굳은 얼굴의 승욱.

그때, 정현의 몸이 발작을 일으켰다. 커다랗게 숨을 터뜨리며 정현이 상체를 벌떡 일으켰다.

"…흐아아악! 죽을 뻔했다!"

잠깐의 쇼크로 호흡이 멎어버린 것이다. 목도를 얻어맞은 왼쪽 귀 위에서 피가 흘러내리고 있었다. 피가 목을 타고 흘러 옷을 적셨다. 그 뜨거운 액체를 손으로 닦아 맛을 보다 정현이 갑자기 웃음을 터뜨렸다.

"우하하핫! 좋은데! 아주 좋아!"

정현이 일어선다. 승욱은 아무것도 하지 못하고 그가 일어나게 하고 말았다.

완전히 일어선 정현의 눈동자에는 빛이 없었다. 그러나 분명히 승욱을 노려보고 있었다. 붉게 떨어지는 핏방울. 검붉게 옷을 적시고 있는 피 냄새가 확장된 오감 속으로 스며들었다.

"살아 있다는 증거지, 이 피는."

황홀한 말투로 말하며 정현이 미소를 지었다. 가장 자유로운, 그리고 최악의 미소를.

"…조금 더 내가 살아 있다는 걸 느끼게 해달라구!"

정현의 웃는 얼굴이 커다랗게 승욱을 덮쳐 들어왔다.

"야, 이 씨발새꺄!"

돌연 들려오는 욕설에 건우는 주먹을 멈추었다. 그의 왼손에는 영민의 목이 잡혀 있었다. 퉁퉁 부어오르고 피칠갑이 되어 있는 얼굴이 눈에 보였다. 때리는 게 너무 재미있어서 그가 이미 기절해 있다는 것조차 알지 못했다. 이제 더 이상 반항은 못하려나— 하고 생각했더니 금세 흥미가 떨어져 버린다. 건우는 손을 놓았다. 힘없이 영민의 몸이 떨어져 내려 바닥에 엎어졌다.

흥미를 잃은 눈으로 몸을 돌린다. 손에 묻은 피를 옷에 대충 닦고 나자 그제야 소리를 지른 장본인이 시야에 들어왔다.

"여, 오랜만이구만."

정인의 표정은 무시무시했다. 더는 일그러질 수 없을 정도로 흉악하게 변해 버린 얼굴. 전속력으로 달려온 탓에 어깨를 들썩이며 숨을 쉬고 있었지만 그녀의 기백은 전혀 사라지지 않았다.

"짐 뭐 하는 짓이고?!"

"너, 사투리는 여전하구나."

"씨답잖은 소리 집어치아 뿌고 묻는 말에 대답이나 해라! 지금 뭐 하는 짓이고?!"

건우는 무슨 소린지 모르겠다는 듯 고개를 갸웃거리다가 손가락으로 가리켰다. 뻗어 있는 두 사람을.

"보면 알잖아?"

"…이 개씨발놈아!"

정인이 무작정 달려들었다. 왼발을 앞으로 내밀고 오른발이 뒤따라 붙어 올라와 사이드킥! 고속의 공격이었지만 건우는 당하지 않았다. 가볍게 옆으로 돌아 피하면서 여유있게 몇 발자국을 통통 뛰어 거리를 벌린다.

"어이어이, 너무 열받지 말라구. 너와는 이런 상태로 싸우고 싶지 않아."

주먹을 쥐었다 폈다 하면서 지껄여 댄다. 정인은 변함없이 오른발을 앞으로 내민 자세를 취하며 경계를 늦추지 않았다.

"시끄럽다. 어차피 언젠가는 내한테 시비 걸러 올 거 아이가? 닥치고 붙어라, 새꺄. 오늘이야말로 반드시 니를 피떡으로 만들어주꾸마."

"…그 말 좀 거슬리는데?"

건우가 양손을 벌렸다. 입술이 웃고 있었으나 눈은 아니었다.

"반년 전과 상황이 똑같은 줄 아냐? 나를 이길 수 있을 거라고 생각해?"

"닥치고 뎀비라 안 카나, 씨발놈아."

"난 추지훈한테도 이겼다구. 너, 그놈보다 약하잖아?"

"어차피 미향인가 뭔가 하는 거 갖고 이긴 거다 아이가? 그 정도 실력이면 니는 내한테 오늘 졸라게 당할 거다. 무섭나 와?"

"말하게 해줬더니만 반년 전보다 더 지랄맞게 구는구만, 네년?"

이 두 사람은 악연이었다. 건우는 입학 당시부터 불량한 학생들의 대장이었고, 정인은 본인은 아니었지만 언제나 그런 소문이 끊이지 않았다. 교내 여깡들의 두목이라느니, 밤에는 조폭들과 논다느니. 1년이 지난 후에야 그런 소문은 거의 없지만, 덕분에 건우와 한꺼번에 입방아에 오른 게 한두 번이 아니었다. 게다가 두 사람의 대무는 전부 다 무승부. 실력이 막상막하라 좀처럼 승부가 나지 않았다. 서로가 서로에게 라이벌, 혹은 원수 같은 존재였다.

그렇기에 건우에게 정인은 특별한 상대였고, 정인에게 건우는 끊고 싶은 악연이었다.

"무서운 기가?"

정인의 입에 미소가 걸렸다. 한껏 도발하는 그녀 특유의 미소.

"내하고 싸워갖고 지는 게 무섭나? 반년 만에 졸라 거창하게 돌아왔는데 내한테 지면 존나 쪽은 팔릴 끼다. 맞제?"

그 건방짐이 건우의 신경을 건드렸다.

"입 다물어라, 개 같은 년. 그렇게 건방지게 굴다가 내 손에 죽어 나간 놈이 몇 놈인지는 알고 있을 텐데?"

"아아, 알고 있지. 한 명도 없다 아이가?"

죽인 놈은 없지만 그 직전까지 간 녀석은 얼마든지 있었다. 그 사실을 알면서도 정인은 도발의 말투를 끊지 않았다.

"총무한테 이긴 게 와? 말해 두는데 나는 총무하고 한 번도 안 싸워 봤다. 총무 밑이 내라는 건 아무것도 모르는 아들이 씨부리대는 거고 내는 용납 몬한다 이 말이다. 알겠나? 그니까 그만 씨부렁거리고 빨랑 뎀비라, 씨발놈아!"

정인은 소리쳤다.

"소희하고 영민 선배한테 손대놓고 그냥 넘어가게 둘 줄 아나?!"

"…아주 죽으려고 발악을 하는구만."

건우가 파랗게 삭발한 머리를 손으로 한 차례 만졌다. 고개를 든 그의 두 눈이 방금 전과 달리 위험하게 빛나고 있었다. 정인의 도발에 확실하게 넘어간 것이다.

"오냐, 이 개년아. 오늘 여기서 끝장을 보자 그냥. 한 가지 말해 두겠는데 난 오늘 미향을 안 마셨다. 나중에 져놓고 딴소리했다가는 죽여 버리겠어!"

"누가 할 소리를 하고 앉았노?! 니야말로 지놓고 미향 어쩌구 하면 돼지는 줄 알아라!"

건우도 자세를 잡았다. 영민을 상대했을 때와 같이 여유있는 자세가 아니다. 건우도 정인의 실력은 인정하고 있었다. 그녀의 절권도는 진짜였다. 조금만 방심했다가는 말 그대로 끝난다. 그렇기에 이것은 진지하게 임해야 했다.

정인 또한 그 마음은 마찬가지였다. 소희와 영민이 쓰러진 것은 물론 열받지만 그렇다고 무턱대고 달려들 수는 없었다. 그러다가는 금방 그에게 당하고 말 것이다. 인정하기 싫지만 건우는 그만한 실력자다. 정인은 호흡을 가다듬고 한 발을 내디뎠다.

차츰차츰 간격이 좁혀들었다. 정인이 오른쪽으로 발을 움직이며 팔을 흔들었다. 아주 약한 움직임이었지만 건우의 팔이 움칠댔다. 충분히 경계를 하고 있다는 증거. 정인은 침을 삼키며 이동을 계속했다.

건우 또한 오른쪽으로 움직이며 천천히 스텝을 밟았다. 가볍게 무릎을 움직이며 정인의 행동 하나하나에 온 신경을 집중한다.

그렇게 계속 이동한 결과 어느새 두 사람의 위치는 반대가 되어 있었다.

그것을 감지한 순간 정인이 한 발을 불쑥 내밀며 손을 뻗어왔다. 내려가 있던 주먹이 최단 직선으로 건우의 얼굴을 노린다.

그것을 건우의 왼손이 쳐냄과 동시에 건우가 간격을 좁혀 들어왔다. 쳐낸 오른손을 회수하면서 왼 주먹을 내지른다. 건우의 왼 주먹이 비스듬히 궤도를 틀어막고 막자마자 그의 오른 주먹이 날아 들어왔다. 그것은 정인이 회수한 오른손을 안에서 바깥으로 휘둘러 궤도를 빗겨나게 만든다.

그리고 왼 주먹이 자동스럽게 회수된 후 건우의 옆구리에 정확하게 일격!

뻐엉!

근접에서의 공격이었지만 정인의 힘은 고스란히 건우의 내장을 뒤흔들었다. 한 방을 먹인 후 정인은 서둘지 않고 뒤로 물러났다. 잠깐 인상을 찌푸린 건우도 물러나면서 욕설을 뱉어냈다.

"제기랄, 당했군."

"후밧은 내 전문이걸랑."

정인이 당당하게 말했다. 건우가 후훗 웃음소리를 내며 끄덕였다.

"그렇겠구만. 역시. 우리 열인권법에서도 이런 걸 배워야 하는데 말야."

후밧이란, 절권도에서 상대의 공격을 제압하고 쳐내고 빗겨내고 공격하는 과정을 말한다. 평소의 수련부터 이런 후밧은 몸에 배도록 하기 때문에 정인에게는 생활이나 마찬가지였다.

"좋아— 그럼 이번에는 나다."

한 방 당한 고통이 사라졌는지 건우 쪽이 먼저 달려 들어왔다. 오른 주먹을 내지르자 왼손으로 쳐낸 정인의 오른 주먹이 대답으로 날아 들어왔다. 그것을 허리를 숙여 피해내면서 왼 주먹을 뻗었다. 다시 한 번 정인의 왼손이 그것을 바깥으로 쳐낸다. 곧바로 회수된 오른 주먹이 건우의 얼굴을 노렸다.

건우는 웃었다. 그것을 목을 꺾어 피해낸다. 귓불을 스친 주먹의 파공음이 귀에 세밀하게 새겨졌다. 그가 머리와 상체를 흔들며 단숨에 정인의 품속으로 쇄도했다. 당황한 정인이 뒤로 물러나며 왼 주먹을 뻗었으나 그것을 피하는 동시에 건우의 오른 주먹이 그녀의 왼쪽 관자놀이에 명중했다.

퍼억—!

화끈한 타격, 정인은 옆으로 비틀대다가 섰다. 시야가 살짝 흔들렸으나 금방 회복이 되었다. 가장 먼저 보인 것은 물론 이죽대는 건우의 얼굴이었다.

"어때? 상쾌하지?"

"…전부터 생각한 건데 있다 아이가."

"뭐?"

"니 무술, 그거 사실은 복싱 아이가?"

"비슷하다는 이야기는 자주 듣지."

느긋하게 되받아치면서 건우는 양 주먹을 툭툭 부딪쳤다. 마치 권투 선수의 행동처럼. 정인은 찌푸린 인상으로 머리를 흔들며 남아 있던 고통을 털어냈다.

"씨바, 우쨌든 상관없지."

혼자 중얼대면서 다시 자세를 잡는다. 양손을 펼쳐 각을 잡는다. 건우를 향해 조금씩 흔들며, 그리고 아주 조금씩 이동하며 간격을 잡다가 돌연 뛰쳐나간다.

오른손을 내질러 견제하고 곧바로 중심을 이동하며 오른발을 차올렸다. 옆으로 피한 건우의 왼 주먹이 뻗어왔다. 왼손으로 빗겨낸 후 오른 주먹을 끌어당겨 곧바로 그의 왼 팔꿈치 부분에 장격(掌擊)을 먹인다. 퍽, 소리와 함께 건우의 팔을 그의 몸속으로 밀고 들어가, 제압! 뒤따라서 왼 주먹이 건우의 턱을 갈겼다.

퍽!

상쾌한 소리와 함께 건우의 턱이 바싹 들렸다. 훗 웃으며 정인이 회심의 미소를 지었을 때,

빠각!

정인의 턱도 그의 주먹에 돌아갔다. 그녀의 주먹을 맞으며 그가 똑같이 펀치를 날려준 것이었다.

"윽!"

예상치 못한 고통에 정인이 신음을 터뜨렸다. 그것은 건우도 마찬가지. 서로 똑같은 부위에 주먹을 주고받은 두 사람은 서로를 한 차례 쳐

다보다가 고통이 가시기도 전에 다시 부딪쳤다.

날아오는 주먹을 옆으로 쳐내고 다시 주먹을 내지르고, 그것 또한 제압하고 똑바로 주먹을 날리자 다시 그 공격을 빗겨낸다.

몇 차례의 공방을 주고받으며 둘 사이에서는 숱한 공격이 오고 갔다. 두 사람의 이해 속도를 뛰어넘어, 그것은 이미 본능의 경지였다. 모여 있는 구경꾼들의 눈에는 확인도 되지 않는 속도였다.

몇십 초 후 두 사람은 다시 서로 똑같은 부위에 공격을 주고받고 튕겨 나왔다.

잠시 암묵적인 휴식을 가지면서 정인이 입을 열었다.

"씨바, 후빗할 줄 모른대매?"

"흥… 내가 몇 개월 동안 소년원에서 괜히 썩은 줄 아냐?"

소년원에서 건우는 계속 정인의 후빗을 연구했다. 혼자서 이미지 트레이닝을 거치면서 그는 자신도 놀랄 정도로 성장을 이룩해 냈다. 그리고 그것은 정인도 놀랄 정도였다. 기질이 어떻든 간에 그의 무술에 대한 소질은 결코 얕잡아볼 수는 없는 수준이었다.

헷, 작은 웃음을 터뜨리면서 건우가 엄지로 코를 슥 훔쳤다.

"나도 한때 이소룡을 동경하던 때가 있었지."

"동경 갖고 이 정도는 안 된다, 짜식아……."

절권도만 파온 내가 저놈아한테 질 수는 없는 거 아이가. 정인은 새롭게 각오를 다졌다. 복수도 중요하지만 눈앞의 사내는 정말 강하다. 그녀는 새삼스럽게 가슴이 두근댐을 느끼면서 온 가드 포지션을 취했다.

'최대한의 실력을!'

곧바로 건우가 짓쳐들어왔다. 오른쪽에서 날아드는 주먹을 오른손으로 쳐내고 곧바로 돌진, 그 뒤 왼손을 뻗었다. 주먹이 아닌 장, 노리고 있던 건우의 머리가 아래쪽으로 피해내고 곧바로 눈 높이에서 다른 쪽 주먹이 날아들었다. 변화무쌍하다. 그것을 알아채면서 이쪽은 허리를 들어 뒤로 물러나며 오른손으로 막아낸다.

곧바로 건우가 어깨를 오른쪽으로 이동하며 왼 주먹을 날렸다.

'잡았다!'

엄청나게 근접해 있는 건우의 삭발 머리. 정인은 오히려 더욱 붙으며 그의 이마에다 화끈한 박치기를 선사했다.

빡—!

눈앞에 별이 돌았지만 그것은 건우도 마찬가지. 짓쳐들어오고 있던 힘과 겹쳐 고통은 두 배였다. 이마가 뻘겋게 부어오르면서 건우가 물러나려 했지만 정인은 그 틈을 놓치지 않았다.

허리를 비틀며 그의 옆구리에 발차기!

그리고 곧바로 뒤로 물러나, 스텝을 밟으며 사이드킥!

그녀의 주특기가 건우의 명치에 작렬했다! 건우의 몸이 곧바로 뒤로 날아가며 그가 꼴사납게 바닥을 뒹굴었다.

우당탕탕—

"호오—!"

구경꾼들 사이에서 환호성이 일었다. 그들의 시각에서는 두 명을 쓰러뜨린 남자를 중간에 나타난 여자가 쓰러뜨린 것처럼 보이는 것이다. 정인은 마음껏 우쭐해하면서도 경계를 늦추지 않았다. 다시 자세를 취하면서 오른손을 올려 까딱거린다.

"온나."

금방 자리를 털고 일어난 건우였지만 역시 데미지는 제법 있었다.

정인의 공격은 모두가 경이다. 아니, 공격이 아닌 쳐내는 방어 자체에도 경이 실려 있다. 그렇기에 그 공방 하나하나에 적잖은 파괴력이 실려 있는 것이다.

팔뚝이 욱신거렸지만 건우는 개의치 않았다. 이렇기에 정인과의 승부는 의미가 있는 것이다. 마지막을 장식하기 전의 싸움에는 안성맞춤이다!

건우는 곧바로 달려들어 주먹을 휘둘렀다. 막무가내로 휘두르는 듯한 모습에 정인이 침착하게 뒤로 물러서며 주먹을 쳐내고 왼 주먹을 건우의 얼굴에 쳐박았다. 코피가 튀어 올랐지만 그 순간 건우의 몸이 한 발자국 앞으로 대시했다.

정인의 밸런스가 한순간 무너졌다.

그것을 포착한 건우의 주먹이 정인의 뱃전에 쳐박혔다.

퍽! 하는 묵직한 타격음. 그러나 정인은 참아냈다. 이 정도에 쓰러질 수는 없지!

주먹을 휘두르며 간격을 벌리는 즉시 이번에는 이쪽에서 쇄도한다!

발을 뻗어 견제하며, 뻗은 오른발을 땅에 디딘다. 동시에 그 발을 축으로 회전하며 왼발이 휘어져 들어갔다.

쿵!

왼발 후려차기를 두 팔로 막아낸 건우가 다음 공격을 나서기 전 발을 회수하며 그의 가슴에 오른손 장격을 때려 넣었다. 경이 제대로 실리지 않은 견제 의도의 공격에 건우가 오히려 어깨로 그것을 튕겨냈다.

"……?!"

경악하는 순간 건우의 오른 주먹이 붉게 타올랐다. 열인의 기운을 실어 정인의 안면에 정권을 선사한다.

퍼억—!

가장 묵직한 공격이 틀어박히고 정인의 몸은 사정없이 바닥에 쓰러졌다. 이번에는 그녀도 견딜 수 없는 파괴력이었다.

"크흑……!"

그녀는 이를 악물고 몸을 일으켰다. 그녀의 왼쪽 볼에는 건우의 열권에 당한 상처가 새겨졌다. 빨갛게 화상을 입은 듯한 자국. 원래 검은 피부였기 때문에 그다지 눈에 띄지는 않았지만 그 아픔만은 생생했다.

욱신대는 볼의 아픔을 참고 입을 연다.

"씨바, 제법이네."

"이제 알았냐, 이 몸의 실력을."

거만하게 히죽 웃으면서 건우는 손을 까딱였다. 당한 만큼 돌려주자는 생각에서였다. 물론 그 이상 되갚아줄 거지만.

정인은 그 도발에 응했다. 곧바로 달려들어 주먹을 날려 건우의 턱을 두들기자마자 건우의 주먹이 보답으로 날아왔다. 턱이 돌아가는 것을 느끼며 본능적으로 주먹을 날리자 드디어 건우의 얼굴에서 선혈이 튀어 올랐다.

찢어진 입술에 미소를 띠며 건우가 소리쳤다.

"하정인! 넌 최고다!"

방어는 신경 쓰지 않는다. 곧바로 날아온 주먹의 세례에 정인은 똑같이 주먹으로 되돌려주었다. 두 사람의 사이에서 몇십 초간 수십 번의 공격이 오고 갔다. 두들겨 맞아도 신경 쓰지 않는다. 오로지 상대에게 한 방이라도 더 공격을 먹인다는 마음만이 일치해 있었다.

"와다앗!"

정인의 오른손이 펴친 채로 파리채처럼 건우의 면상에 상처 내고 곧바로 발차기가 허벅지를 갈겼다. 그사이 건우는 눈을 감은 채로 정인의 옆구리에 주먹을 꽂아 넣었다. 그리고 정인의 발차기가 다시 똑같이 허벅지에 처박히고 팔꿈치가 날아오던 오른팔의 팔뚝을 후려갈겼다.

서로의 얼굴에 피가 흘렀다. 부어오른 눈두덩이, 턱. 상처 내며 상처 입으며 공격을 주고받고 있었다.

두 사람은 더 이상 누구도 말릴 수 없는 경지로 치달아갔다.

효진은 그때 지루한 표정으로 TV 채널을 돌리고 있었다. 뭔가 재밌는 거라도 안 하나라는 명목이었지만 채널 변화가 세 개를 넘어가자 어느새 기계적으로 버튼을 누르고 있을 뿐이었다.

'괜찮으려나, 승욱 씨……'

걱정해 주는 호의를 받아들여 집에 있기로 했지만 걱정은 당연히 됐다. 듣자 하니 오늘은 학생회가 총출동하는—거기까진 아니지만—작전인 모양인데, 거기에 승욱이 휘말려든 듯한 기분도 들었다. 애초에 승욱의 일은 몇 달 전에 끝났을 텐데.

'어쩐지 불길한 기분이 들어……'

채널은 돌리던 행동을 멈추고 TV를 끈다. 서서히 해가 저물고 있는 베란다 밖을 멍청히 내다보다가 그녀는 창문을 열고 밖으로 나왔다.

조금 서늘한 바람이 그녀를 스치고 거실 안으로 스며들었다. 마당이 보이는 곳에 서서 그녀는 깊이 한숨을 내쉬었다.

"하아…… 아무것도 할 수 없다는 건 정말 슬프구나."

우울한 대사를 내뱉으며 표정 또한 침울함에 빠져든다.

그래서 효진은 모르고 있었다. 지금 시내에서 일어나고 있는 일을.
승욱만이 아닌, 다른 이들 또한 심각한 사태에 빠져 있다는 것을 전혀
알지 못했다.

|넷| 절박하게 기도하는 눈동자로

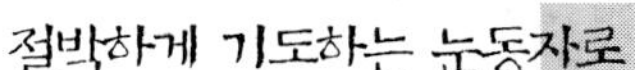

대국의 거대한 덩치가 떨어져 나갔다. 그로서는 상상도 못한 충격이었다. 미령을 잡고 있던 손을 놓치면서 그녀가 쓰러져 내렸다. 90킬로그램이 넘는 거구가 맨바닥을 뒹굴며 소음을 일으켰다. 성인은 흘러내리는 피 속에서 시뻘겋게 충혈된 눈을 바로 떴다. 쓰러진 대국을 사납게 노려본다.

"커, 커헉, 콜록, 콜록!"

기침을 터뜨리며 미령이 필사적으로 숨을 들이쉬었다. 억지로 가슴을 움직이며 산소를 들이키자 그제야 잠들어가던 근육들이 깨어났다. 혼미하던 정신도 차츰차츰 제자리로 돌아온다. 회복된 시야로 눈을 떴을 때 보인 것은 성인이 대국을 내려찍기 위해 발을 든 모습이었다.

콰직—!

미령도 그 파괴력을 느꼈다. 쓰러진 대국의 머리를 잔인하게 짓밟았다. 두개골이 부서져 그가 절명한다고 해도 상관치 않을 힘이었다.

몇 번이고 계속 내려찍는다. 밟고 또 밟아 대국의 정신이 제대로 돌아올 시간을 주지 않았다.

"성인아……."

다리가 풀려 움직일 수도 없는 상황에서 작게 목소리만 새어 나왔다. 물론 성인의 귀에는 닿지 않았다. 성인은 묵묵히, 혹은 처절하게 침묵으로 절규하며 공격을 계속했다.

한참 후 발을 내렸다. 대국이 꿈쩍도 하지 않는다. 이 정도로 공격당했는데 기절하지 않는다면 그 편이 이상하다. 성인도 그런 생각을 품었는지 발을 내리고 몇 발자국 물러섰다. 대국에게서 아무런 반응도 나오지 않자 몸을 돌려 미령에게로 다가왔다.

"괜찮아?"

목에 충격이라도 받았는지 낮은 그 목소리가 허스키하게 변해 있다. 미령은 간신히 고개를 끄덕였지만 그는 안심하지 않았다. 가까이 다가와 자신보다 작은 누나의 몸을 그대로 안아 들었다. 미령은 저항하지 않고 그의 탄탄한 목에 팔을 감고 편하게 자세를 잡았다.

방심한 것이 실수였다.

미령의 눈이 커졌다. 그의 어깨 너머로 보인 것은 도저히 믿을 수 없는 광경이었다.

대국의 얼굴은 거의 뭉개져 있었다. 코뼈가 부러졌는지 흉측하게 부어올라 있었다. 얼굴 군데군데가 찢어져 피가 흐르고, 본래의 인상은 완전히 사라져 있었다. 그러나 그 두 눈동자의 독기만은 그대로였다. 위험하게 희번뜩대는 두 눈. 피가 흘러내리는 입술 위를 스윽 핥더니 파충류 같은 미소를 가득히 지어 보인다.

"…성인아!"

그녀의 외침과 동시에 성인의 등에 대국의 발길질이 강타했다.

미령은 성인의 팔에서 떨어졌다. 성인은 균형을 잃고 그녀를 넘어 벽에 부딪치며 침몰했다. 대국이 광소를 터뜨렸다.

"크하하하핫! 후후후핫! 웃기지 마, 웃기지 마! 난 아직 끝나지 않았어! 누구 맘대로 싸움을 끝내고 돌아가려고 폼 잡는 거냐?!"

광기에 사로잡힌 외침과 함께 성인을 또다시 덮쳐드는 대국.

대국의 발길질을 성인이 양팔을 교차하며 막아냈다. 팔뚝으로 파고 들어 오는 충격. 그 힘을 이겨내지 못하고 성인의 몸이 뒤쪽 벽에 부딪혔다. 뒤통수를 박은 고통을 애써 무시하며 옆으로 데굴 굴러 공격을 피한다. 대국의 주먹이 벽에 틀어박혔다. 그 부위의 시멘트 벽이 함몰 되어 먼지를 일으켰다.

쾅!

재차 성인의 머리가 있던 자리에 발길질이 꽂혔다. 성인이 피해내자 이번에도 피해는 시벤트 벽이 입었다.

탄력을 받아 두 바퀴를 더 구르고 일어서자 대국의 주먹이 곧장 확대됐다.

퍽 소리가 나며 성인의 턱에 주먹이 꽂힌다!

"원!"

거기서 그치지 않고 연속으로 대국의 주먹, 발길질이 성인의 전신을 공격했다.

"투, 쓰리, 포, 파이브!"

숫자를 외치며 기합을 넣어 공격을 때려 박는다. 공격 하나하나에 일반인을 한 방에 식물인간으로 만들 파괴력이 내재해 있었다. 희열에 차 오른 미소를 지으며 대국의 주먹이 쏟아졌다.

"식스! 세븐! 에잇! 아싸, 좋구나!"

최후의 킥이 성인의 뱃전에 틀어박히고 성인이 뒤로 날아갔다. 뼈 몇 개는 이미 부러진 듯한 고통을 느끼며 그는 땅바닥을 뒹굴었다. 대국이 그치지 않고 성인을 쫓아갔다. 쓰러진 그의 어깨에 발차기를 꽂아 넣고 소리친다.

"일어서, 이 개새꺄! 일어서! 여기서 끝냈다가는 너의 청춘이 운다! 일어서란 말이다, 이 빌어 처먹을 개자식아!"

기뻐하는 건지 분노하는 건지 알 수 없는 외침에 성인의 온몸이 경련했다. 그의 몸은 이미 한계에 다다라 있었다. 남은 미향을 모두 흡수한 탓에 부작용이 극단의 상태에 이른 것이다. 멀리서 보고 있던 미령도 그것을 깨달았다. 안타까움에 동생의 이름을 부르려 했지만 이름은 음성이 되어 나오지 못했다.

가까스로 몸을 일으킨 성인이 다시 대국의 발차기에 얻어맞고 쓰러졌다. 그 위로 다시 대국의 발길질이 쏟아지고 성인은 몸을 뒹굴려 피하려 했지만 역부족이었다.

"크하하하핫!"

소나기처럼 공격을 퍼부으며 대국이 소리 높여 웃었다.

그런 그의 목덜미를 향해 무언가가 날아오고 있었다.

승욱이 목도를 휘두르는 찰나 정현의 모습이 밑으로 꺼졌다. 시선을 내리깔며 목도의 궤도를 무리하게 비틀어 바꾼다. 오른쪽 밑으로 쳐 내려간 목도의 끝이 땅에 부딪치고 그 반동과 함께 오른쪽 어깨를 잡아 내렸다.

어깨가 비명을 질렀으나 승욱은 느끼지 못했다. 근육을 한계까지 잡아당겨 목도를 뒤쪽으로 휘둘렀다.

슉!

그곳에 서 있어야 할 정현이 없었다.

횡— 목도가 허공을 베고 지나자 정현의 잔상이 일렁이다 없어졌다. 그리고 그 다음 순간 등 뒤에서 느껴지는 기척, 살기.

오싹 하는 등골을 무시하며 목도를 끌어당긴다. 오른쪽 어깨가 다시 절규했지만 손목을 거꾸로 뒤집어 겨드랑이 사이로 목도를 빼 뒤쪽으로 찔렀다.

푹— 소리가 나지 않았다. 급히 뒤로 시선을 던진다. 그때 정현이 승욱의 뒤통수에 정권을 날렸다.

빠각—!

무언가 내려앉는 소리. 충격은 예상만큼 크지 않았으나 그 대신 뒤통수가 뜨거워졌다. 끓는 물을 덮어씌우는 듯한 열기. 그것을 견뎌내지 못하고 승욱이 목도를 휘두르며 정현의 간격에서 도망쳐 나왔다.

정현이 씨익 미소를 지으며,

"화끈하지? 앙? 네놈도 살아 있다는 걸 느낄 수 있지?"

그는 소리 내어 웃었다.

"고통이란 건 말야! 살아 있다는 거라구! 살아 있으니까 고통도 느껴지는 거란 말이다! 어때, 황홀하지 않아?! 살아 있다는 건 이렇게 멋진 거라구!"

미쳤다.

승욱은 그렇게 단정했다. 미향의 영향이라고는 확신할 수 없지만—아마 그럴 거라고 생각하지만—정신이 무너지고 있었다. 좀 전에 그의 눈동자에서 느낀 감각, 그것은 거짓이 아니다. 점차 정신이 무너져 결국 최후에는 정신 붕괴로 이어져 폐인이 될 것이다.

힘을 사용하되 그것에 먹히면 안 된다. 승욱의 할아버지는 언제나 그 점을 승욱에게 상기시켜 주었다. 그리고 그것은 지금도 승욱의 철칙이다. 아무리 사령의 기운을 흡수해도 그것을 끝까지 제어해 낸다.

그러나 정현은 틀렸다. 이미 틀려먹었다. 미향에 잠식되어 자신을 잃고 정신이 무너져 가고 있다.

'질 수야 없지.'

저런 서투른 녀석에게 질 수는 없다. 승욱은 목도를 붙잡은 손에 새로이 힘을 불어넣었다.

그러나 승욱은 잘못 생각하고 있었다. 정신을 잃었다고는 하더라도 정현은 '강했다'.

5분 후. 실제로 그 정도의 시간이 흘렀다고는 생각지 못했지만 시간은 잔혹했다. 승욱의 모습은 처절했다.

"쿨럭!"

거친 기침과 함께 그의 입에서 한 덩어리의 각혈이 터져 나왔다. 목도를 땅에 꽂은 채 쓰러지려는 것을 간신히 버티고 있다. 2차 기침과 함께 다시 각혈을 뱉어냈다. 팔을 들어 입가의 피를 닦아낸다. 내상을 입은 건가. 눈앞이 조금 흐릿해져 오는 것이 아무래도 피가 모자라는 모양이다. 그렇지 않아도 사령의 기운의 부작용으로 전신에서 출혈을 하고 있었다. 거기에 이런 대량의 각혈까지.

무릎 꿇은 승욱의 앞에는 정현이 서 있다.

"크키키힛, 꼴 좋구만. 건방지게 굴더니. 어디서 그런 많은 피가 쏟아진대?"

정현은 자신의 주먹에 묻은 피를 한 차례 핥고 나서 다시 미소를 지었다. 완전히 정신이 나가 있었다.

승욱은 비틀거리면서도 다시 일어서려 했다. 힘이 들어가지 않는 두 다리, 자꾸만 꺾어지려는 무릎을 채찍질하며 결국은 두 다리로 섰다.

"호오, 일어섰는데, 일어섰어. 좋아좋아, 아주 좋은 근성이야. 이 형은 기쁘다."

누가 형이냐. 마음속에서 기세 좋게 받아쳤지만 승욱은 절망했다. 얻어맞은 명치에서 화끈한 불길이 타오르고 있었다. 이것이 열인권법. 멋대로 떠들어대는 정현의 말속에서 얻은 정보지만 아무튼 그는 선도부장에게서 이 권법을 배운 모양이다. 두 주먹이 뜨겁게 달아올라 상대에게 직접적으로 열상을 입힌다. 더 이상 상대했다가는 뼈마디 몇 개는 가볍게 부러져 나가고 심각한 내상을 입을지도 몰랐다.

사령의 기운을 더욱 흡수할 것인가.

마치 오른손에게 묻듯 내려다본다. 그 손에 잡혀 있는 목도에서는 승욱의 망설임에 반응한 검은 기운이 일렁이고 있었다. 나의 힘을 가져가라, 필요하면 주겠다, 너에게 힘을 주고 너의 몸을 남김없이 갉아먹어 주겠다— 그렇게 유혹하듯.

흡수는 불가능하다. 몸이 버텨내지 못한다. 그전에 정신이 붕괴해 제어를 하지 못한다. 결국 결과는 똑같다.

그것만은 거절한다.

승욱은 침을 삼켰다. 피 맛이 느껴졌다. 칼칼한 목구멍으로 비릿한 것이 넘어갔다.

피로 인해 제대로 떠지지 않는 시야의 왼쪽에서 돌연 세 사람이 뛰어들었다. 정현의 뒤쪽, 건물의 벽에서 성인과 미령, 대국이 뒤엉켜 있었다. 지금껏 왜 눈치 채지 못했을까라고 자신에게 물어도 이미 답은 알고 있었다. 눈앞의 남자와 싸우는 동안 다른 곳에 신경을 쓸 사이가 없었다.

'그런가.'

문득 한 가지 방법이 생각났다. 질 수 없다는 고집에 떠올리지 않았던 방법.

그리 오래 고민하지는 않았다. 마음을 결정한다. 다시 한 번 침을 삼켰다. 이번엔 마른침이 느껴졌다.

숨을 들이쉬고, 화살같이 달려나간다!

정현의 눈이 기쁨으로 커지면서 똑같이 승욱을 향해 달려들었다. 그를 향해 목도를 휘두르는—

척하며 승욱은 그를 지나쳤다.

정현이 자세를 무너뜨리며 뒤로 돌아섰다. 그러나 이미 그때 승욱은 눈앞에 보이는 뒤통수를 후려갈기고 있었다.

빠각—!

목도가 대국의 머리를 치고 그를 쓰러뜨렸다.

"이 개새끼?! 나를 무시했냐, 지금?!"

정현이 고래고래 소리를 지르며 똑바로 쫓아와 주먹을 날렸다. 승욱은 옆으로 뒹굴며 성인에게 접근, 그사이 정현의 주먹은 벽에 처박히며 작은 크레이터를 만들었다.

"도망친다."

성인, 미령이 놀란 얼굴로 그를 쳐다보았다.

"도망친다니?"

"이길 가능성이 없어. 더 다치기 전에 도망쳐야 해."

다시 날아오는 대국, 정현 두 사람의 공격. 막고 피하며 뒤로 도망친다.

"이 새끼들이 어딜 도망치려고!"

"이리 와!"

성인이 대국의 주먹을 흘리며 그의 가슴에 발차기를 차 넣지만 신통찮은 효력이었다. 그러나 움직임 정도는 막을 수 있었다. 그동안 승욱도 세 차례 목도를 휘둘러 정현의 접근을 막으며 소리쳤다.

"도망친다! 이대로 도망치겠어! 내가 쓰러지면 부탁한다!"

무엇을 하려는 것인지 미령은 물어볼 수도 없었다. 이미 승욱은 실행하고 있었다.

목도를 떠돌던 검은 기운이 단숨에 승욱의 팔로 흡수되어 전신으로 퍼졌다. 사령들이 귀를 간질이는 목소리가 들렸지만 무시했다. 한계의 한계까지 몰아붙여 힘을 흡수하여 목도를 비틀어 든다.

힘의 개방, 그가 검은 빛이 되어 돌진했다.

정현의 오른쪽 목덜미에 목도가 터졌다. 연속으로 대국의 왼쪽 목덜미, 그 뒤 정현의 오른쪽 어깨부터 왼쪽 옆구리까지, 곧바로 대국의 왼쪽 아래부터 오른쪽 어깨까지 목도로 베어 넘겼다.

부딪치는 곳마다 사정없는 필살의 공격이었다. 분명히 그런 감각이 있었지만 그들은 계속해서 움직였다. 달려들었다.

"크하아악!"

"우아악!"

그러나 아주 잠깐의 딜레이, 승욱은 뒤도 돌아보지 않고 미령과 성인을 양옆에 끼었다. 두 사람의 무게 정도는 일도 아니다. 그는 두 사람을 들쳐 매고 날아올랐다. 그가 건물을 뛰어올라 가 한 점의 빛이 되기까지 그리 오랜 시간이 걸리지는 않았다.

"이 개자시이이익!"

대국, 정현은 도망쳐 버린 셋의 궤적을 쫓아 금방 추격하려 했다. 그러나 몸이 말을 듣지 않는다는 사실을 깨달았다. 좀 전의 승욱의 일격으로 각종 뼈들이 산산조각이 나버린 것이다.

두 사람의 입에서 약속이나 한 듯 피가 흘러나왔다. 목구멍을 타고 올라오는 피는 멈출 줄을 몰랐다.

"…어라?"

대국이 멍하게 피를 닦아냈다. 그리고 다시 뱉어냈다. 정현이 그의 얼굴을 올려다보다 손가락질하며 키득 웃음을 터뜨렸다.

"네놈 얼굴, 장관이다."

"넌 안 그런 줄 아냐."

두 사람은 몰골이 아닌 서로의 얼굴을 흉보다가, 곧 그 자리에 쓰러져 내렸다.

"헉… 헉……."

정인은 숨을 들이쉬며 땀인지 피인지 모를 액체를 턱에서 털어냈다. 한순간도 건우에게서 눈을 떼지 않는다. 많이 지친 기색을 보였지만 눈빛 하나만큼은 아직도 죽지 않은 채 건우를 직시하고 있었다.

"헷… 흥……!"

건우도 사정은 마찬가지였다. 총무의 실력에 조금도 뒤지지 않는다는 정인 스스로의 장담은 과연 진실인 모양이었다. 기습이었다지만 추지훈을 단번에 꺾어버린 자신이 이 정도로 지쳤는데도 아직 승부를 가리지 못했다니.

건우는 정인처럼 피와 땀이 섞인 액체를 입가에서 닦아내며 말했다.

"끈질기구만."

"헹, 누가 할 소리를 하고 앉았노."

"누가 할 소리라니, 내가 할 소리다."

"시답잖은 말장난 고마 하고 체력이나 채우지 그라나?"

"옳은 소리군."

건우와 정인이 동시에 숨을 깊게 들이쉬었다. 내뱉고, 다시 들이쉬고. 그것을 몇 차례나 반복하면서 전신에 산소를 불어넣는다. 이미 이렇게 맞붙은 지 10분은 넘어선 것 같지만 두 사람의 승부는 아직 갈리지 않았다.

정인이 허리를 펴고 일어섰다.

"이제 고마 끝내자 좀. 안 지겹나?"

"누가 할 소리냐."

"내가 할 소리…… 아니, 집어치우고 온나 그냥."

건우가 씩 미소를 짓더니 그녀의 말대로 곧바로 덤벼들었다. 단숨에 네 발자국의 거리를 좁히고 들어와 주먹을 날린다. 그 순간 정인이 오른손을 쳐들어 주먹을 쳐내고 왼손의 장으로 손목 부분을 붙잡는다. 그리고 끌어당긴 오른 팔꿈치로 쳐들어온 팔뚝에 일격! 연속으로 몸을 돌려 그에게 접근하며 오른 팔꿈치로 겨드랑이 아래의 갈비뼈를 강타! 손목을 잡은 왼손을 놓아 주먹을 만들어 경을 실어,

뻐억—!

건우의 턱이 화끈하게 돌아갔다.

바로 밸런스가 무너지며 건우가 바닥을 뒹굴었다. 두 발자국 뒤로 피해 천천히 스텝을 밟으며 정인이 손을 까딱인다.

"아직이다. 온나."

"…흥!"

건우가 벌떡 일어섰다. 데미지를 잊어버린 채 정인에게 달려들어 그녀의 품속으로 침입했다. 바람 같은 빠르기로 들어와 정인이 훌쩍 뒤로 물러서며 뻗은 주먹을 붙잡았다.

"……?!"

손목이 붙잡혀 바동거리는 정인의 팔뚝을 똑같이 주먹으로 두들겨주었다. 팔뚝에서 경련이 일어나며 정인의 표정이 일그러졌다. 놓치지 않고 부어오른 오른쪽 눈 위에 박치기! 넘어지는 그녀의 멱살을 붙잡은 후 뱃전에 통쾌한 펀치를 처박았다.

정인의 공격 하나하나에 경이 실렸다면 건우에게는 열권이 있다. 적에게 타격되는 순간 피부 그 자체에 손상을 남기는 권. 그 이상의 파괴력 또한 가지고 있다.

정인의 눈이 한순간 흰자를 보였다.

흩어지려는 정신의 파편을 가까스로 긁어모아 정인은 기절하지 않았다. 이미 한계였다. 그러나 여기서 당할 수는 없다. 한계인 것은 건우도 마찬가지니까!

버틴 다리에 힘을 넣어 머리를 휘둘렀다.

"윽?!"

등에 힘을 주어 허리를 쭉 폈다. 정인의 뒤통수가 건우의 턱을 아래쪽에서부터 치고 올라갔다. 곧장 도로 허리를 굽혀 건우의 콧대에 박치기를 재차 선사!

퍽!

뒤로 비틀거리는 건우의 몸이 채 넘어가기도 전에 정인의 몸이 회전했다. 왼발을 기점으로 온몸을 휘돌려, 오른발 돌려차기!

그러나 몸에 쌓인 데미지로 인해 정인의 발뒤꿈치는 노리던 곳을 정확하게 타격하지 못했다. 턱 끝을 살짝 스치고 지나가며 정인의 몸이 휘청댄다.

그사이 건우가 억지로 몸을 붙들어 넘어지지 않게 만든다.

"크아앗!"

정인을 몸으로 덮쳐들어 두 사람은 함께 땅바닥으로 쓰러졌다. 대자로 뻗은 정인의 얼굴에 주먹을 날렸다.

퍽!

정인이 목을 비틀어 피해, 주먹이 땅바닥에 처박혔다. 뼈가 상한 것인가. 욱신, 고통이 느껴졌지만 건우는 다시 주먹을 들어 올려 정인의 안면을 가격했다.

퍽!

제대로 공격이 먹혀 들어갔을 때 건우의 뒤통수에 그 배의 충격이 터졌다. 누운 상태로 발을 뻗어 올려 정인이 건우의 머리통을 걷어찬 것이다.

건우가 앞으로 뒹굴어 나자빠졌다. 정인이 곧장 몸을 일으켜 그 위로 달려들어 뒤통수에 팔꿈치를 박아 넣었다.

"큭!"

당하는 순간 몸을 돌리며 똑같이 팔을 휘두르는 건우. 그의 등주먹이 정인의 옆구리에 처박혔다. 그곳은 좀 전에 당해 부상을 입은 곳. 한순간 정신을 잃기 충분한 고통이 밀려들었으나 정인은 입을 다물었다.

그 팔에 자신의 팔을 휘감아 붙들어 맨다.

그대로 팔 반대편으로 굴러 건우의 어깨를 압박했다. 잡아 꺾을 기세로 팔을 옭아맸을 때, 이번엔 건우가 뒷구르기로 정인의 팔조르기를 빠져나갔다. 오히려 정인의 등을 덮쳐 그녀의 옆구리에 펀치 세례가 쏟아졌다.

퍽퍽퍽!

목을 조른 채 계속해서 정인의 옆구리를 두들긴다. 정인이 악을 쓰며 고통을 참다가 건우의 팔뚝을 콱 물어버렸다.

"으아아악!"

건우가 처절한 비명을 질렀다.

그 순간 힘이 빠지며 정인이 잽싸게 건우의 팔 안에서 빠져나왔다. 욱신거리는 옆구리. 뼈가 부러진 것 같지는 않지만 최소한 금 정도는 갔을지도 모르겠다. 그러나 곧 허리를 펴고 서자 건우도 잔뜩 얼굴을 찌푸린 채로 일어섰다.

"씨발, 팔뚝을 물다니. 네가 개냐?"

"유효라면 그게 기술인 게 절권도의 기본 정신이다."

당당하게 소리치고 곧장 건우에게 주먹을 날렸다. 경을 실어 얼굴을 노렸지만 건우는 피하지도 않았다. 그대로 이마로 받아치면서 안으로 돌진해 와 정인의 오른쪽 옆구리에 주먹을 꽂아 넣었다.

최후의 최후까지 기력을 짜내어 두 명은 맞부딪쳤다. 아무것도 상관하지 않는다. 지금 중요한 것은 날아오는 주먹을 막고 쳐내고 공격을 하는 것. 지금은 그것만이 다였다.

"와챠아아앗!"

근접한 상태에서 정인의 허리가 돌았다. 어깨가 돌고 오른 주먹이 아래에서부터 따라붙어 건우의 왼쪽 옆구리에 촌경!

그 순간 건우의 왼주먹이 똑같이 정인의 오른쪽 옆구리를 가격했다.

뻐엉! 퍽!

초근접에서의 다툼. 정인은 악착같이 달라붙어 왼쪽 주먹으로 촌경을 날렸다. 파괴력이 완벽하게 실리지 못했다. 다시 건우의 주먹이 정인의 턱을 노렸다. 돌아가는 턱, 희미해지는 시야. 악착같이 시야를 되살리며 정인이 피가 섞인 침을 뱉어냈다. 건우의 얼굴에 침이 달라붙자 건우의 한쪽 눈이 일그러지고 그 위에 정인의 주먹이 충돌했다.

퍽!

건우가 머리를 비틀대며 왼손을 펼쳐 정인의 얼굴을 붙잡았다. 안면을 가득 채운 손에 힘이 들어간다. 정인은 고통의 신음을 흘렸으나 결코 비명을 지르지 않았다. 건우의 귀신같은 얼굴이 가려진 시야 사이에서 떠올랐다.

"질까 보냐아—!"

건우가 고함을 치며 주먹을 날렸다. 그것이 정인의 얼굴을 날리기 1초 전, 정인의 허리가 비틀리며 다시 오른 주먹이 솟구쳐 올랐다. 건우의 열권과 정인의 촌경이 동시에 서로의 몸을 꿰뚫었다.

퍼억—!

아름답기까지 한 이중주. 그리고 두 사람은 한꺼번에 다리를 휘청대며 바닥에 넘어졌다.

"허억, 허억……."

"헉… 헉……."

서로의 얼굴이 극히 가까웠다. 뜨거운 숨결을 뱉어내면서도 두 사람의 눈빛은 죽지 않았다. 끝없이 서로를 노려보며 몸은 움직이지 않지만 그들은 아직도 싸우고 있었다.

“씨발…… 강하기는 더럽게 강하구만…….”

“흥…… 요걸로…… 여섯 번째 무승부가……?”

“나도 몰라, 이 개년아…….”

숨을 허덕이면서도 욕지거리는 결코 끊이지 않았다. 상대방에게 계속해서 욕설을 던지며 두 사람은 숨을 몰아쉬었다. 전신이 무거웠다. 100킬로그램짜리 역기로 전신을 누르고 있는 듯이, 정인은 꼼짝도 할 수 없었다. 시야 저편에 쓰러져 있는 영민과 소희의 모습이 보였지만 그곳까지 기어갈 힘조차 지금으로서는 내기 어려웠다.

이렇게 지치다니. 또 이길 수 없었다니.

“…그래도…….”

거친 목소리로 건우가 말했다.

“최고였다, 하정인.”

정인은 대꾸하지 않고 가만히 그를 올려다보았다. 피범벅이 된 얼굴, 두 눈동자만이 아직도 생기를 잃지 않고 있었다.

“넌 내 최고의 상대다.”

“…씨발놈.”

정인은 긍정적인 답을 들려주지 않았다. 성질이 더럽고 상대하고 싶지 않은 놈이라고 할지라도, 이만한 라이벌도 또 없다. 그 점 하나만은 인정해야 했다.

몇 분을 그렇게 휴식을 취하다가 돌연 건우가 몸을 일으키기 시작했다. 안간힘을 써가면서 몸을 일으키지만 그대로 털썩 머리를 바닥에 부딪히고 만다.

“지랄한다.”

비웃음을 담아 정인이 내뱉어주었다. 건우는 뻗은 상태로 헥헥대며 숨을 몰아쉬다가 또 한 차례 발악을 했다. 그리고 이번에는 상체를 들어올리는 것에 그치지 않고 두 다리로 일어서고야 말았다.

"무서운 새끼……."

조소와 경탄을 담아 중얼거리자 건우가 정중하게 중지를 들어 올려 답했다. 정인이 빙글 몸을 돌려 하늘을 보고 드러누웠다. 그것만으로도 다시 지쳐 버렸다.

"…그라 갖고, 이젠 또 어디로 가노?"

"당연한 것을 묻고 있군……."

지친 기색이 완연한 어투로 대답하면서 건우가 돌아섰다. 금방이라도 쓰러질 듯이 비틀거리는 걸음걸이로 걸어가며, 그는 오른손을 흔들어 보였다. 잘 있으라구. 머리 위로 하얀 담배연기를 천천히 피워 올리며, 그는 행인들이 만들어놓은 길을 따라 사라졌다.

"어디 잘되나 보자……."

정인은 끝까지 가시 돋친 말투로 중얼거린다. 그 말 직후 눈꺼풀을 짓누르는 피로와 고통의 압박에 패배했다.

너무나 할 짓이 없어 다시 TV를 켰을 때 효진의 귀에 초인종 소리가 울렸다. 그리고 아득하게 누군가가 그녀를 부르는 소리도 들려왔다. 익숙한 목소리. 그녀는 금방 목소리의 주인을 기억해 냈다.

"선생님!"

현관문을 걷어차듯 열고 뛰어나간다. 문밖에서 미령이 소리치고 있었다.

"빨리 문을! 빨리!"

그녀의 목소리가 가늘게 떨리고 있었다. 효진은 불길함을 느끼며 달려가 문을 열었다. 그리고 비명을 질렀다.

"스, 승욱 씨! 성인 씨!"

두 남자는 완전히 피떡이 되어 있었다. 성인은 그나마 그럭저럭 정신을 차리고 있었지만 승욱은 완전히 실신한 듯 성인이 그를 부축하고 있었다. 그러면서도 목도를 놓지 않고 있는 것이 승욱답다면 승욱답다고 할까. 언제나 우아함을 잃지 않고 있던 미령도 오늘만은 초췌했다.

'대체 무슨 일이?!'

효진은 당황했지만 침착하게 셋을 안으로 안내했다. 먼저 뛰어올라가 승욱의 방문을 열었다. 적당히 이불을 깔자 성인이 그 위에 승욱을 눕혔다.

"따뜻한 물과 물수건을 가져오렴!"

"네, 네!"

효진이 얼른 방에서 뛰어나갔다. 대야에 따뜻한 물을 담아 수건과 함께 방으로 가지고 오자 미령은 승욱의 옷을 찢고 있었다. 승욱은 또다시 전신 출혈로 인해 온몸이 피로 뒤덮여 있었다. 확 풍겨오는 피비린내에 효진은 인상을 찌푸렸지만 결코 눈을 돌리지는 않았다. 미령은 물수건으로 승욱의 전신의 피를 닦아내기 시작했다. 멍청히 있던 효진도 수건을 하나 더 들고 와서 피를 깨끗이 닦아냈다.

"성인아, 넌 밖에서 쉬고 있으려무나."

뒤쪽에 서 있던 미령에게 성인이 걱정스럽게 일렀다. 그는 묵묵히 거실로 나가 소파에 주저앉았다.

그사이 승욱의 피를 모두 닦아낸 효진.

"또… 상처가 하나도 없어요."

출혈량에 비해서 상처는 많지 않다. 대출혈을 일으킨, 칼의 부작용으로 생기는 상처는 이미 모두 사라져 있다. 오직 한곳. 오른쪽 볼에 난 커다란 자상은 아직 다 없어지지 않고 희미하게 자국을 남기고 있었다. 그러나 이것도 곧 없어질 것이다.

승욱에게서 이 상처의 연유를 들은 효진은 차마 할 말이 생각나지 않아 '수건 치울게요' 라 말하고 방을 도망치듯 나왔다.

효진이 피로 붉어진 물을 비우고 수건을 빨고 있는 사이 미령은 승욱의 치료를 시작했다. 전에 치료했을 때보다 기혈이 더욱 심하게 뒤틀려 있었지만 그녀는 최선을 다했다. 할 수 있는 한, 모든 실력을 살려 그의 혈맥을 본래대로 되돌려놓았다. 혈맥이 본래의 형태대로 돌아올수록 오른쪽 볼의 자상도 점점 더 희미해졌다.

걱정되어 뒤에서 지켜보던 효진의 표정이 조금 밝아졌다.

"끝났나요?"

"그래… 앞으로는 승욱이 자신의 회복력을 믿는 수밖에 없겠구나. 출혈이 너무 심했고, 내상까지 입었어. 외상도 상당하니까 정신을 차리면 병원에 가보는 게 좋겠구나."

효진은 조심스럽게 고개를 끄덕이며 그녀에게 구급상자를 건넸다. 그녀를 도와 승욱의 전신에 난 상처에 약을 바르고, 반창고를 붙이고, 붕대를 두르고 나자 몇십 분은 훌쩍 지나가 버리고 말았다. 어느 정도 치료가 끝나고 나자 미령이 피로한 얼굴로 웃어 보였다.

"다행이구나. 숨이 많이 진정됐어. 그래도… 이 목도만큼 절대 손에서 놓지 않는구나. 대단한 애야."

"…네, 맞아요."

미령의 솔직한 칭찬에 효진이 긍정했다. 미령이 일어서자 효진도 따라서 방을 나왔다. 문을 닫기 전 안쓰럽게 승욱을 쳐다봐 주고 그녀는 그의 방문을 닫았다.

거실 소파에는 성인이 우두커니 앉아 있었다. 소파에 푸욱 몸을 묻은 채 꿈쩍도 하지 않는다. 미령은 조심스럽게 다가가서 그의 어깨를 살짝 밀었다. 성인은 그대로 옆으로 넘어가 소파 위에 풀썩 쓰러지고 말았다. 미령과 효진은 눈을 마주치곤 한숨을 푸욱 쉬었다.

두 여성은 낑낑대며 성인을 안방에 옮겨 눕히고 치료했다. 피를 닦아내고 다친 부분에 침과 약, 반창고 등 할 수 있는 모든 치료를 하는 동안 성인은 꼼짝도 하지 않았다. 성인은 내상은 심하지 않았지만 외상이 심했다. 치료하는 내내 미령은 금방이라도 울 것 같은 얼굴이었다. 효진은 덩달아 가슴이 아파졌지만 울지 않으려고 아랫입술을 꾹 깨문 채 그의 치료를 거들었다.

두 남자의 치료가 모두 끝나자 시간은 어느새 한 시간이 훌쩍 지나 있었다. 거실 소파에서 쓰러지듯 앉으며 효진이 한숨을 터뜨렸다.

"후우… 수고하셨어요, 선생님."

"아냐……."

효진은 그제야 미령의 얼굴 이곳저곳에도 상처가 나 있는 것을 발견했다.

"약 발라 드릴게요."

"괜찮아. 내가 할게."

"아니에요. 피곤하실 텐데."

빼앗듯 약을 가져와서 효진은 미령의 얼굴에 난 상처들을 하나씩 치료했다. 누군가에게 얻어맞은 듯 찢어진 입술과 부어오른 볼. 목에는 시퍼렇게 멍이 들어 있고 옷도 여기저기 찢어져 평소의 미령과는 너무나 다른 모습이었다.

입술의 상처를 소독하며 효진이 조심스레 물었다.

"선도부와… 싸운 건가요?"

"그래… 맞아."

미령은 그녀를 위해 상황을 간단히 설명해 주었다. 몇 시간 동안 있었던 일. 자신들에게 닥쳐온 적, 전투, 도망까지. 효진은 그녀의 이야기를 들으며 그들이 얼마나 처절한 싸움을 했는가, 그리고 승욱이 얼마나 위험한 선택을 했는가를 알 수 있었다.

미령의 치료가 끝났을 무렵 이야기도 끝났다.

구급상자를 정리하는 동안 효진은 뭐라고 말을 꺼내야 할지 망설였다.

"그럼 결국… 진 거네요, 우리가."

"이겼다고는 할 수 없겠지……. 미향만 없었다면 이렇게 되는 일도 없었을 텐데……."

승욱의 판단은 옳았다고 할 수 있었다. 그 이상 싸웠다면 아마 성인은 말 그대로 죽을 때까지 계속해서 싸웠을지도 몰랐다. 미령은 알 수 있었다.

"선생님. 그동안 주욱 여쭈고 싶었던 게 있는데요."

"뭐니?"

말을 꺼낸 효진은 몇 초간 망설이는 듯하더니 결국 물었다.

"선생님과 성인 씨는…… 왜 미향을 쫓고 있는 거죠?"

"……."

"승욱 씨는 예전에 하던 아르바이트의 연장이라고 해요. 일을 마무리 짓지 않은 것과 같다고, 그래서 미향을 찾는 거래요. 원래는 세 달 전에 끝난 일이지만 이렇게 다시 미향이 나타났다면 또 전처럼 찾아

나서는 게 승욱 씨에게는 당연해요. 그렇다면, 선생님과 성인 씨는 왜 미향을 쫓고 있는 거죠? 무슨 일이 있으셨던 거예요?"

미령은 쉽게 대답하지 못했다. 대답을 해야 할 것인가, 말아야 할 것인가를 두고 그녀의 머리 속에서 갈팡질팡 수많은 판단이 오고 갔다. 그녀의 시선이 한 차례 안방의 문을 향했다. 그 너머에서 지금 수면에 빠져 있는 그녀의 동생, 성인. 마치 그 시선에 물음을 담아 보내듯 지그시 문만 바라보고 있던 그녀가 이윽고 고개를 돌렸다.

"성인이가 합기도를 했다고 전에 얘기한 적이 있지?"

미령은 이야기했다.

"우리 가문은 활침술 가문이지만 그건 이미 내가 잇기로 어릴 적부터 정해져 있었단다. 그래서 성인이는 굳이 활침술을 배우지 않아도 되었어. 게다가 성인이는 활침술이 아닌 합기도를 하고 싶어했던 거야. 어려서부터 성인이는 집 근처의 유명한 합기도 도장에 나가서 합기도를 연마했어. 그러다 거기서 그 남자와 만나게 되었단다."

"그 남자… 요?"

"성인이는 그 남자를 몹시 따랐어. 마치 친형처럼. 우리 집에는 성인이와 나밖에 없거든. 성인이는 어릴 때부터 형을 가지고 싶어했단다. 그 남자는 의지가 굳고 올바른 생활밖에 할 줄 모르는 사람이었어. 불의를 보면 참지 못하고, 얻어맞는 한이 있어도 자신의 신념을 굽히지 않는 그런 남자."

그녀의 목소리에 아련한 추억이 깃들어 있는 것을 효진은 눈치 챘다.

"나의 약혼자였단다."

"…약혼자요?!"

"그래. 고등학교를 들어갈 무렵 우린 양가 부모의 허락을 받아 약혼을 했었어. 어른이 되면 이 남자와 결혼을 한다는 사실에 아무런 의심도 품지 않았어. 그는 내가 꿈꾸고 있던 남성상이었고, 그 또한 나를 사랑한다고 말해 주었으니까. 성인이도 그가 내 남편이 되는 것이라면 얼마든지 환영이라며 크게 기뻐해 주었어. 오히려 나보다 기뻐한다고 생각이 들 정도였으니까."

미령은 살짝 미소를 지은 얼굴이었다. 기쁜 추억이었을까. 분명 그럴 것이다. 사랑하는 사람과의 약혼, 그리고 그것을 악의없이 축하해 주는 가족. 행복한 추억임에 분명하다.

그러나 그 직후 그녀의 표정이 굳었다.

"그는 백두 고등학교에 진학했어. 난 다른 학교였구. 멀리 떨어져 살았지만 우린 계속 연락을 주고받았단다. 서로의 마음을 의심하는 일도 없었어. 그렇게 계속 시간은 흘러 내가 대학에 들어가 양호 교사의 자격증을 따고, 그 또한 백두대학교로 진학해 합기도 사범 자격증을 따는 데 여념이 없었던, 그런 어느 날."

"……."

"그가 죽었다는 통보를 일방적으로 받았어."

효진의 표정마저 경직됐다. 충격적인 과거. 미령은 괴로운 어조를 차마 숨기지 못했다.

"그게 2년 전이야. 사인은 뇌내출혈과 내장 파손… 미향을 과다 복용한 부작용 탓이었지. 그는 어느샌가 미향에 손을 대고 거기에 중독되어 결국 죽어버리고 만 거란다."

"그럴 수가……."

"우린 처음엔 그 일을 받아들이지 못했어. 난 사랑하는 사람을 잃었고, 성인이는 형이나 다름없는 사람을 잃은 거니까. 한참을 슬퍼하던 중 성인이 이런 말을 했단다. 미향을 퍼뜨린 장본인을 잡아내자고. 그 장본인이 그 남자를 죽인 거라고."

"……."

"난 거절할 수 없었단다. 성인이의 그때의 표정은 정말……. 그때부터 성인이는 아무런 표정도 지을 수 없게 되어버린 거야. 성인이는 그 남자가 남긴 미향 몇 병을 사용하여 미향을 추적하기 시작했어. 난 그걸 조금씩 돕는 정도였지만, 그러는 중 성인이는 계속 미향을 사용하게 됐고, 또 그처럼 몸이 망가져 가고 있는 거야."

미령의 눈에서 눈물이 한 방울 떨어져 내렸다. 효진은 숨이 막힘을 느꼈지만 어떤 반응도 할 수 없었다.

"난…… 난 무섭단다. 요즘에는 가끔 악몽을 꿔. 성인이가 이러다…… 그 사람처럼 죽어버리는 게 아닌지."

눈물이 방울져 떨어져 내린다. 소리를 내어 우는 게 아니다. 숨을 죽여 고요하게 눈물을 흘린다. 너무나 미령다운 슬픔의 표현 방법. 효진은 그녀의 슬픔이 전해져 덩달아 눈물을 지으며 그녀가 모든 눈물을 흘리길 기다렸다.

조금 뒤 그녀가 눈물지은 얼굴로 살짝 웃었다.

"몹쓸 장면을 보였구나. 선생님이 학생에게 이런 약한 모습을 보이다니."

"아, 아니에요. 괜한 걸 물어본 제가 잘못이죠……. 죄송합니다."

"사과하지 않아도 괜찮단다."

눈물을 닦아낸 얼굴로 미령이 웃어 보였다. 조금 피로해 보인다는 점을 빼고는 전과 다를 바 없는 우아한 미소였다.

효진은 묘하게 안심하여 말했다.

"그런 이유 때문이었군요……."

"그렇단다…… 아무에게도 말하지 말려무나. 양호 선생을 하고 있는 마음에는 사심이 없으니까."

"네……."

"그래, 고맙다."

미령의 웃음을 보며 효진도 마주 웃어 보였다.

피곤해 보이는 미령에게 쉬라고 자신의 방을 내어주었지만 그녀는 한사코 거부했다. 성인이 걱정되어 그 옆에 있겠다는 것이었다. 효진은 할 수 없이 고개를 끄덕였다.

미령이 안방으로 들어가자 집 안이 다시 조용해졌다. 소파에 앉은 채 효진은 곰곰이 생각에 빠졌다.

결국 모든 일의 원흉은 선도부장 정건우였다. 그가 들고 나타난 미향이 없었다면 미령과 성인이 이렇게 가슴 아픈 고생을 할 리도 없었고, 승욱도 저런 꼴이 되지 않았어도 되었다. 새삼 그것을 깨닫자 효진은 스스로도 놀라울 정도로 굉장한 분노를 느꼈다.

가슴속이 뜨거웠다. 이렇게 한 사람에 대해 분노하며 증오를 퍼부을 수 있을 줄이야. 그것도 이렇게 뒤늦게.

'아냐.'

효진은 깨달았다. 뒤늦게가 아니다. 그녀는 줄곧 분노하고 있었다. 셋이 저런 피떡이 된 모습으로 이 집에 도착했을 때부터.

너무나 강한 분노여서 오히려 눈치 채지 못하고 있었던 것이다. 미령의 이야기를 들으며 슬퍼하다 그 분노가 전신을 장악해 간다는 것을 깨닫지 못했을 뿐이다.

'…정건우……'

그녀는 놀랐다. 자신의 안에 이렇게 강대한 분노가 잠자고 있을 줄은 전혀 몰랐다. 효진은 소파에서 일어나 승욱의 방문을 열었다. 이불을 덮고 곤히 잠들어 있는 승욱에게 가까이 다가가 그의 곁에 다소곳이 앉는다.

지극히 미약한 숨결이었다. 내일 죽어도 이상하지 않을 듯한 너무나 약한 숨.

우득—

기묘한 소리가 났다. 무언가 부러지는 소리? 아냐. 효진은 한참 뒤에야 깨달았다. 그것은 자신이 어금니를 깨무는 소리였다. 강한 힘을 주어 깨문 탓에 그렇게 괴상한 소리가 나고 만 것이다.

주체할 수 없는 분노가 타올랐다. 그녀의 두 눈이 부릅떠지고 손이 부들부들 떨렸다. 금방이라도 분노의 불길이 그녀를 태우고 몸 밖으로 터져 나올 것만 같았다.

그녀는 참았다. 간신히 그 불길을 잠재웠다. 오늘은 아니다. 오늘이 아니다. 지금은, 지금만큼은 승욱 씨를 옆에서 지켜보고 싶어. 미약한 숨이지만 그는 곧 본래대로 회복될 거야. 그런 그에게 웃는 얼굴로 인사해 주고 싶어. 그러니까 지금은 아냐. 지금은 참자.

계속해서 자신에게 이야기를 들려주면서 가슴속에 분노를 잠재웠다. 필요할 때 그것을 남김없이 터뜨릴 수 있도록.

한 시간 후 효진의 집으로 전화가 걸려왔다. 정인에게서였다. 정인은 소희의 집 앞에서 일어난 일을 알렸다. 그때도 효진은 평소대로 전화를 받았다. 얼른 나으라고, 회복하라고 격려해 주었다. 오히려 정인이 이쪽 이야기를 전해 듣고 전화기 저편에서 길길이 화를 내고 뛰었다. 그러나 효진은 화를 내지 않았다.

정인에게 만약 수화기 너머 상대의 상태를 알 수 있는 능력이 있었다면 겁을 집어먹고 수화기를 떨어뜨렸을지도 모른다.

가만히 전화를 받고 있는 효진의 기백, 기척은 말로 형용하기조차 무서울 정도였다.

"그럼 발견하지 못했다는 거군."

"…네."

"선도부 한 명도."

"…죄송합니다."

"그만 가봐."

진아는 지극히 정중히 고개를 숙이고 사라졌다. 뒤편에 서 있던 혜란은 뭐라고 말을 꺼내야 좋을까 생각했다. 그러나,

"란아, 홍차를."

"…네."

한 발 앞선 승건에게 혜란은 충직하게 대답하고 홍차잔을 채웠다. 달콤한 향이 감도는 홍차를 음미하고 그는 한 모금을 입에 담았다.

"예상외야. 한 명 정도는 걸려들 줄 알았는데."

"……."

"우리 학생회가 이렇게 무력했던가?"

"…그렇지 않습니다."

"그럼 상대가 그만큼 유능하다는 거야?"

혜란은 대답하지 못했다. 딱히 힐문하는 어조는 아니었지만 그것이

더욱 무서웠다. 승건은 담담한 어조로 이야기했다.

"격투가 생겼던 흔적이 있다고 했어. 사방에 피가 흩날린 걸로 봐서 상당히 대단한 격전이었겠지. 그런데도 선도부원은 한 명도 발견하지 못했다……."

끝말의 어감은 조금 씁쓸했다. 다시 홍차를 한 모금 마신 후 승건은 의자에서 일어섰다.

"마음을 다시 잡아야 할지도 모르겠네."

"마음… 말입니까?"

"그래. 마음. 그래도 쉽게 해결될 줄 알았어. 하지만 여기까지 왔으니 정말 위험하다는 거잖아?"

승건은 옷을 갈아입었다. 혜란이 보고 있는 곳에서. 그녀는 급히 고개를 돌렸다. 평상복에서 수련복으로 갈아입은 승건이 혜란에게 다가와 그녀의 볼에 입을 맞추었다. 그녀가 급히 고개를 돌린다.

"먼저 자도 돼. 난 좀 더 수련을 하다 잘 테니까."

"하, 하지만 오늘은 벌써—"

"늦었다고?"

승건은 슬쩍 웃음을 띠웠다. 적당히 시간을 투자하듯 말을 끌다 방문을 열고 나가면서 그는 한마디 던졌다.

"마지막 버들잎을 칠 수 없으면 난 지는 거야."

누구에게……라고 물을 새도 없이 승건은 방문을 닫고 나갔다. 승건의 방에 홀로 남은 혜란은 복잡한 얼굴을 만들었다.

요즘의 승건은 점점 더 알 수가 없었다. 원래 종잡을 수 없는 인물이기는 했다. 그러나 자신에게만큼은 본래의 모습을 보여주었기에 그녀는 그를 믿고 따랐다. 또 그것이 기쁘기도 했다. 그녀의 천류술 가문은 대대로 당학류 해검도 가문을 섬겨야 했다. 이번 대에는 그녀였고, 그녀는 그를 선택했다. 그 선택에는 한 점의 후회도 없었다. 지금도 그는 진심으로 그녀를 대해주고 있었으니까.

아니, 얼마 전까지만 해도.

정건우가 나타나면서부터 승건이 조금 이상해진 기분이 들었다. 어쩐지 그녀에게조차 본심을 말해 주지 않고, 최근에는 진한 키스도 해오지 않는다. 아쉽지 않다…… 고 하면 조금은 거짓말이지만, 그렇다고 해도 지금까지 이런 적은 없었다.

"회장님……."

깊은 심려를 담은 채 혜란은 차마 그의 앞에서는 불러볼 수 없는 이름을 조그맣게 뇌까렸다.

"승건…… 님."

아직은 서늘한 밤바람이 스쳐 지나가고 있었다.

학교에서는 이미 모든 사실이 알려져 있었다. 본래는 소문이라는 형태였지만, 아침이 되어 학생회 간부들이 아무도 등교하지 않았다는 사실이 퍼지면서 그 소문은 진실로써 모두에게 받아들여졌다.

"네, 쉬세요, 그럼."

「응, 미안타. 이럴 때 같이 있어줘야 하는 긴데.」

"아니에요. 전 괜찮으니까."

정인은 몇 마디 더 배려 섞인 말을 던져 주고 전화를 끊었다. 통화 종료음이 울리고 효진이 휴대폰을 주머니 속에 집어넣었다. 그녀가 크게 한숨을 쉬었다.

학생회뿐만이 아니었다. 지금 효진의 집에는 승욱과 성인이 아직 정신을 차리지 못한 채 수면에 빠져 있었다. 미령은 오늘 결근계를 내고 둘을 보살피기로 했다. 결국 어제 싸움에 휘말려 들지 않은 두 사람만이 오늘 등교를 할 수 있었다.

승욱은 어제 밤새 헛소리와 고열에 시달렸다. 걱정하는 효진에게 미령은 기혈이 바로잡히면서 생기는 자연스런 증상이라며 다독여 주었지만 그렇다고 걱정이 되지 않을 리가 없었다.

'모두가 그 남자 때문인데.'

울컥.

무언가 가슴을 쳤다. 그녀가 여태껏 살아오면서 한 번도 가지지 않았던 강렬한 감정의 덩어리. 효진은 교실을 등진 채 교복의 가슴 부위를 부여잡았다. 마른침을 삼킨다. 지금은 아냐. 지금은 참자. 목구멍을 넘어올려는 추악한 무언가를 필사적으로 삼키며 숨긴다. 심호흡을 깊게 하자 그 이질감은 스멀스멀 몸 저편으로 잠들었다.

정상으로 돌아온 후 교실로 들어선다. 아직 등교 시간의 교실. 떠들썩한 시선들이 효진에게 모였다.

"……."

어색하게 웃으며 자리에 앉자 수군대는 소리가 사방에서 들려왔다. 효진은 애써 무시하고 있다가 그녀에게 말을 거는 소년의 음성마저 흘려 넘길 뻔했다.

"아, 네, 네?"

"인이 누나에게서 전화왔어?"

앞자리에서 대희가 친절하게 다시 물어주었다.

"네, 방금요. 오늘 학교는 쉰다나 봐요."

"응, 그렇겠지……. 어제 그렇게 당했으니까."

대희는 어제 있었던 싸움에 휘말리진 않았다. 그러나 건우에게 당해 쓰러진 정인, 소희, 영민의 첫 발견자였다.

대희는 그때를 잊을 수 없다. 좀처럼 소희가 도장에서 돌아오지 않자 걱정이 되어 도장으로 나와보니 도장 밖이 시끄러웠다. 밖으로 나와 행인들 사이를 비집고 들어가자 그곳에는 쓰러져 실신한 정인이 있었다.

급히 집으로 옮겨 어머니와 함께 치료하는 사이 아버지가 행인들에게 사정을 물어 사건의 전모를 알려주었다.

대희는 절망했다.

정인을 비롯해 소희, 영민 세 명의 상태는 말이 아니었다. 워낙에 튼튼한 정인은 새벽녘에 깨어났지만 소희와 영민은 아직이었다. 대희의 어머니는 곧 깨어날 거라고 대희를 안심시켰지만 그는 그저 고개를 끄덕이며 그렇게 되길 바랄 수밖에 없었다.

"괜찮아요."

문득 효진이 말했다. 우울한 얼굴이 되어 있던 대희가 '응?' 하고 눈을 크게 떴지만, 효진은 사람 좋은 얼굴로 싱긋 웃어만 보였다.

그리고 시간은 지나 방과 후.

효진은 행동에 나섰다.

대희와 헤어져 평범하게 집으로 돌아온다. 집에서 맞이해 주는 미령에게 두 사람의 상태를 물었지만 미령은 고개를 저었다. 여전해. 그렇게 대답하는 미령에게 슬픈 얼굴로 고개를 끄덕여 준 후 다시 활기차게 분위기를 바꾼다.

"장 봐올게요. 뭐 드시고 싶으세요?"

"아무거나 괜찮단다."

"음~ 그럼 정말 아무거나 사올게요. 좀 늦을지도 모르니까 맘 편히 기다리고 계세요!"

효진은 타이트하지 않은 청바지와 소매 없는 청재킷을 걸치고 집을 나섰다. 미령의 배웅에 효진은 웃음으로 보답하며 집을 뛰어나갔다.

"밝은 애야."

조금 감탄한 어투로 미령이 말했다. 후에 미령은 이때 어째서 그것을 보지 못했는지 의아하게 생각하게 된다.

현관문을 열고 달려나가는 효진의 양손에는 그녀의 오빠에게서 물려받은 검은 장갑이 단단히 채워져 있었다.

"부장."

지철은 걱정스럽게 부장을 내려다보고 있었다. 이곳은 시내에서 조금 떨어진 폐건물. 곧 철거 예정의 건물에 그들은 멋대로 아지트를 틀어놓고 있었다. 그곳의 지하. 깜빡이는 형광등 불빛이 비치는 습한 지하실엔 무질서하게 녹슨 의자들이 널려 있고 허름한 소파가 굴러다녔다.

그 소파 중 하나에 건우가 앉아 있었다. 차게 적신 수건을 안면에 올려놓고 최대한 편한 자세로 앉아 있다.

많이 지친 모습이었다. 당연하다면 당연하다. 그 정인이 지칠 만큼 싸워댔다. 간단히 회복될 피로가 아니었다.

"괜찮으십니까."

"안 괜찮으면 어쩔 건데."

"그건……."

"쫄지 마, 새꺄. 어쩌려는 게 아니니까."

말과는 달리 퉁명스러운 어조가 풀풀 풍겨 지철은 바짝 얼었다. 그의 반응에 재밌다는 듯이 키득키득 웃어댄 건우가 수건을 슬쩍 들어 올리며 물었다.

"애들은?"

"입원시켰습니다. 지금쯤이면 퍼질러 자고 있겠죠. 쉽게 일어날 부상이 아니었으니까."

"그래, 잘했다."

승욱, 성인과 싸우고 난 후 쓰러진 정현과 대국을 발견한 것은 지철이었다. 피범벅이 된 동료의 모습만 봐도 얼마나 처절한 싸움이 있었는지 충분히 알 수 있었다. 그들을 병원에 입원시키고 아지트로 돌아오자, 이번엔 지하실에 뻗어 있는 건우를 발견했다.

이대로 괜찮을까. 부장의 상태는 지철이 보기에는 너무나 부정적이었다. 싸움은커녕 앞으로 일주일은 푹 쉬어야 되지 않을까 할 정도로.

"어이, 지철아."

"네."

상념을 접고 대답한다.

"피로회복제 좀 사와라."

"피로회복제요?"

"그래, 박카스든 뭐든 아무거나 좀 사와."

지철은 묻지 않을 수가 없었다.

"부장, 계속 하실 참입니까?"

"…엉? 뭐라고? 너 지금 뭐라고 지껄였냐?"

건우의 말투에 악의가 스며들었다. 좀 전처럼 장난스런 말투가 아닌 순수한 악의 그 자체. 지철은 침을 삼켰다.

“아뇨… 너무 지쳐 보여서 그만.”

“잘 들어라, 새꺄.”

건우가 얼굴에서 수건을 내렸다. 조금 피로한 기색이었지만 두 눈은 여전히 살아 있었다. 아니, 오히려 더욱 생생해져 있었다.

“내가 뭐 때문에 그 개같은 소년원에서 범생이 흉내를 내면서 일찍 나왔다고 생각하는 거냐. 모든 것은 오늘을 위해서다. 작년부터 질질 끌어오던 일을 마무리 짓기 위해서란 말이다. 그런데 쉬라구? 엉? 네놈이 할 말이라고 생각하냐?”

그는 소년원에서 나와 곧장 지철들을 찾아왔다. 미향을 주며 복수할 기회를 주었다. 자신은 그 복수의 선봉에 섰다. 그의 계획대로라면 오늘 모든 것이 끝난다. 모든 복수가 종료된다.

지철은 할 말을 잃었다. 할 수 있는 말은 단 한 마디뿐이었다.

“…다녀오겠습니다.”

꾸벅 허리를 숙이고 그는 지하실을 나갔다.

지철이 닫은 철문을 뚫어져라 쳐다보고 있던 건우는 굳었던 표정을 풀고 소파에 재차 몸을 묻었다. 곰팡이 냄새가 나는 공기가 지하실을 떠돌고 있다. 그 공기가 자신에게 너무나 어울린다고 건우는 생각했다.

“큭, 큭큭…….”

가늘게 웃음을 터뜨린다. 소름 끼치는, 덫에 걸린 사냥감을 노리며 다가가는 맹수의 숨소리처럼.

그는 품속에서 작은 종이를 꺼냈다. 약봉지 비슷한 그것. 그 안에 마지막 미향이 들어 있었다.

건우는 씹어뱉듯 말했다.

"기다려라, 이승건……! 네놈의 재수없는 면상에 열인을 처박아주
겠다!"

효진은 시내를 헤매고 있었다. 아니, 헤매고 있다는 것과는 다르다.
그녀는 분명히 어떤 사람을 찾아다니고 있었다.

미향을 파는 자들. 그들을 찾아본 경험은 없다. 탐색은 언제나 승욱
의 몫이었기에 아무런 정보도 없었다. 그러나 우선 미령이 이야기해
준 어제의 일을 따라 오락실을 들러보았다. 수상한 사람은 보이지 않
았지만 그녀는 끈질기게 그곳에서 기다렸다. 할 줄 아는 게임도 없으
면서 아무것도 하지 않고 그녀는 가만히 의자에 앉아 그들을 기다렸다.

한 시간이 넘는 시간 동안 효진에게는 숱한 남자들이 접근했다. 가
만히 앉아 있었을 때 그녀는 어딜 내놔도 그다지 밀리지 않는 외모라
고 할 수 있다. 검은 흑발과 단정한 얼굴, 귀엽게도 보이는 인상을 좋
아하는 남자는 많다. 그런 이유로 효진은 여섯 번이나 헌팅을 당했다.

그때마다 그녀는 차가운 눈동자로 되물었다.

"미향 파는 사람 알아요? 모르면 그냥 가요."

빙하 위에 서 있는 듯한 말투에 남자들을 무안해하며 그녀에게서 떨
어져 나갔다.

결국 한 시간 반쯤 시간이 지나자 그녀 스스로도 지겨워져서 다시
시내로 나왔다.

어제 승욱이 했던 방식을 그대로 답습하기로 결정했다. 지나가는 사
람들 사이에서 알 것 같은 사람에게 무작정 다가가서 물어보았다. 내
용은 조금 다르다.

"정건우라는 사람 알아요?"

평소의 그녀와는 달리 예의가 전혀 담겨 있지 않은 어조에 양아치들도 기분이 나쁜지 인상을 찌푸렸다.

"뭐라고?"

"정건우라는 남자를 아냐고 물었어요."

"이봐, 아가씨. 남한테 질문할 때는 고개를 숙이며 정중하게 하라고 엄마가 안 가르쳐 주디?"

"안 가르쳐 주던데요."

"가정교육이 개판이구만—"

양아치 한 놈의 한마디에 친구들이 폭소를 터뜨렸다. 그들에게는 매우 재미있는 개그였나 보지만 효진은 약간의 감흥도 없었다. 이들은 모른다라는 결론을 내리며 더 이상 흥미를 가지지 않고 돌아섰다.

그때 그 남자가 효진의 어깨를 붙잡았다.

"그 딴 놈 찾지 말고 우리랑 같지 놀지 않을래?"

흔한 헌팅이었다. 방식이나 대사조차 촌발이 날린다. 효진은 차갑게 대꾸했다.

"어깨, 놔요."

"그러지 말고 말야, 우리랑 놀—"

그 순간 그 남자의 턱뼈가 우지끈 소리를 내며 빠졌다.

닫히지 않은 입. 당한 남자는커녕 주위의 친구들조차 무슨 일이 일어났는지 알 수 없었다. 단지 깨달은 것은 일이 일어나고 난 후의 결과. 턱이 빠졌다는 것.

"으, 으허어어어!"

"야, 야, 임마! 괜찮냐?!"

패닉을 일으키며 주저앉는 남자와 친구들. 휘둘러 찬 발을 도로 땅에 디디며 효진이 냉정히 내뱉었다.

"접골원이나 병원으로 가보세요. 턱은 한 번 빠지면 계속 빠지니까 치료 잘해야 할 거예요."

그리고 돌아서서 사라지는 효진의 뒷모습을 그들은 허망하게 바라볼 뿐이었다.

행인들의 흐름에 스며들면서 효진은 자신의 상태가 이상하다는 것을 깨달았다. 좀 전의 그 공격조차 본래라면 턱이 빠지는 것이 아니라 부서져야 했다. 그러나 너무나 깨끗하게 파괴력을 상대에게 전해 턱 관절이 일시에 풀려 버린 것이다.

마음이 너무나 냉정하다. 옆을 지나는 행인의 자세를 하나하나 분석하고 허점을 찾고 그의 세세한 근육의 움직임까지 계산할 수 있을 정도로 냉철하고 조용했다.

전에도 이런 일이 있었던 거 같은데.

문득 오른쪽을 지나는 남자의 뒤쪽에서 공격 가능한 빈틈을 통계 내고 있는 자신을 발견하고 효진은 놀랐다.

시내로 나오자마자 봉인시켜 두었던 분노가 치솟아올라 온 모양이었다. 응축된 마그마가 터져 올라 흘러넘치며 용암으로 땅을 뒤덮어가는 듯한 기분. 차갑게 식혀둔 전신이 분노로써 점점 뜨겁게 장악되어 갈수록 머리 속은 얼음장처럼 차가웠다.

그 상태에서 효진은 계속해서 탐색해 나갔다. 이미 좀 전에 걷어찬 양아치의 일은 머리 속에서 사라져 있었다.

그렇게 또다시 한 시간이 소요되었다. 지치진 않았지만 지루한 기분이 들어 패스트푸드점 앞에 마련된 벤치에 앉아서 잠깐 생각을 정리했다.

어쩌면 어제의 일로 정말 모든 사람이 숨어버린 걸지도 모른다. 그렇다면 오늘 선도부장을 찾아내는 일은 불가능하다.

'차라리… 회장에게 부탁해 볼까.'

그러면 힌트라도 가지고 있을지도. 효진은 급히 머리를 흔들었다. 무슨 소리야. 남의 손을 빌릴 수는 없어. 이 일은 혼자서 하기로 했잖아.

그렇다. 혼자서 승욱의 복수를, 성인과 미령의 복수를 되돌려 준다. 그것이 그녀의 다짐이었다.

"후우… 다시, 다시."

지극히 이성적인 정신으로 벤치에서 일어선다. 앞으로 얼마나 더 탐색 가능한지 초 단위까지 계산하며 행인들 사이로 섞여 들어갈 때, 효진은 발견했다.

행인의 저 끝. 미터법으로 치자면 가히 100미터 이상 떨어진 지점.

눈에 익은 자의 모습이 보였다. 행인들의 걸음걸이가 만들어낸 아주 찰나의 틈, 0.3초도 되지 않을 순간에 효진은 발견해 냈다.

'그 남자다.'

저쯤이면 이 길이 끝나는 곳이었다. 그리고 더 이상 시내라고 불리지 않는 동네가 나온다. 저 남자가 왜 저기에?

그는 지철이었다. 건우의 심부름으로 피로회복제를 사러 시내 쪽으로 나왔다가 돌아가는 길이었다. 그것을 효진에게 목격당하고 만 것이다.

도저히 목격이 불가능한 거리에서 발견했지만 효진 스스로는 아무런 의문도 가지지 않았다. 숨을 쉬는 것과 같이, 눈을 깜빡이는 것과 같이, 당연하게 그것을 받아들이고 그녀는 뛰기 시작했다.

복잡하게 얽힌 행인들의 사이를 효진은 능숙하게 빠져나갔다. 그 움직임은 평범한 그녀를 뛰어넘고 있었다. 그러나 이 또한 의문의 의 자도 가지지 않았다.

채 10초도 되지 않는 시간에 지철의 뒤를 따라잡았다.

지철은 효진이 발견한 그 지점에서 채 30미터도 걸어가지 못하고 있었다. 효진은 그의 뒤를 조심스럽게 따라가기 시작했다. 세간에서는 이런 행위를 미행이라고 한다.

지철은 폐건물에 들어가기 전에 잠깐 멈춰 서서 시간을 확인했다. 여섯 시 반을 지나고 있는 시간. 이미 해는 져서 하늘은 어둑어둑했다.

"흠."

숨을 깊게 들이마시고 폐건물 안으로 들어섰다.

끼익, 꺼림칙한 비명을 지르는 철문을 열고 안으로 들어가서 불도 켜져 있지 않은 어둑한 복도를 익숙하게 걸어간다. 이곳은 작은 사무실이었던 모양이다. 여기저기 낡아 빠진 사무용 책상과 의자들이 찌그러지고 부서진 채 널브러져 있었다. 1층은 사무실, 그리고 지하실은 아마도 휴게실. 건우는 그 휴게실에 있었다.

계단 끝에서 희미한 불빛이 새어 나왔다. 천천히 계단을 내려가 문을 연다.

"부장, 사왔습니다."

"어—"

노인이 목욕탕에서나 낼 법한 소리를 내며 건우가 수건을 내려놓고 소파에 바로 앉았다. 지철은 손에 들고 있던 봉지에서 유명한 피로회복제와 박카스를 내밀었다.

“쭉 들이키시죠.”

“오냐.”

지철이 손수 약을 까 알약을 그에게 건넸다. 알약을 입에 넣고 박카스를 뜯어 한 번에 꿀꺽 삼켜 버린다.

“꺼억— 좋구만.”

즉시 약효가 오르는 건 아니지만 기분 탓인지 몸이 훨씬 좋아진 듯한 느낌이 들었다. 건우는 소파에서 일어나 근육을 풀 듯 몸을 이리저리 움직이다가 입을 열었다.

“근데 넌 누구냐?”

지철은 그제야 눈치 챘다. 건우의 눈이 자신이 아닌 등 뒤를 향하고 있었다. 황급히 돌아보자 그곳에는 낯익은 소녀가 서 있었다. 문 앞에서 두 남자를 앞에 두고도 전혀 꿀리지 않는 자세로 당당히 서 있었다. 지철은 금방 그녀가 누구인지 알아챘다.

“서효진?! 네년이 여길 어떻게?!”

“따라왔어요.”

“그렇겠지.”

효진과 건우가 이어서 말했다. 지철은 절망했다. 미행하고 있다는 것조차 눈치 채지 못하다니.

“니가 서효진이냐? 이야기는 많이 들었다. 우리 선도부를 아주 개박살을 내놨다고 하더만.”

“별거 아니었어요.”

효진은 어깨를 으쓱해 보였다. 건우가 ‘호오—’ 하고 감탄하듯 소리를 내더니 문득 지철에게로 눈을 돌렸다.

“바보 같은 새끼. 여기까지 저년을 데려오면 어쩌자는 거냐.”

"제가 처리하겠습니다!"

지철은 봉지를 집어던지고 효진에게 돌진했다. 곧장 허리를 비틀며 다리를 뻗어차는 순간,

효진의 모습이 가볍게 앞으로 다가왔다. 한 발자국, 그러나 이미 발을 뻗고 있는 지철의 가슴팍까지 다가와 그의 목덜미에 손을 펼쳐 장격을 처넣었다.

퍽!

지철의 몸이 공중에서 한 바퀴를 돌아 가슴부터 땅바닥에 떨어졌다. 듣기에도 끔찍한 소리를 울리며 널브러진 그는 다시 눈을 뜨지 못했다.

"느려요."

간단히 지철을 쓰러뜨려 버린 후 효진은 눈을 들었다.

"내가 볼일이 있는 건 당신이에요. 정건우 씨죠?"

정중한 어투라고 할 수도 있었지만 효진의 표정은 서늘했다. 건우는 서서히 피로회복제의 약발을 받으면서 고개를 끄덕였다.

"내가 그런 이름이긴 한데 내게 볼일이 뭐지? 돌아온 선도부장이니까 쓰러뜨려 놓겠다는 건가?"

"그런 허접한 이유가 아니에요."

오른발을 뒤로 빼며 몸을 돌린다. 주먹을 쥐어 올려 공격적인 자세를 만들었다. 그녀의 눈이 강하게 불타올랐다.

"모든 일의 원흉인 당신을 쓰러뜨리겠어요."

주먹을 내지르며 돌진하려던 효진의 움직임을 건우의 한마디가 가로막았다.

"잠깐. 기다려 봐라."

"뭐죠? 할 말이 아직 남았나요?"

“내가 모든 일의 원흉이라니, 무슨 개소리야 그건?”

건우의 얼굴이 흉악하게 일그러졌다. 효진은 경계를 풀지 않으며 대꾸했다.

“모르는 소리 하지 말아요. 당신이 나타나지 않았다면 누구도 다치지 않았고, 누구도 상처받지 않았어요. 모두 당신 잘못이라구요. 그걸 부정하겠다는 건가요?”

“이 아가씨가 큰일 날 소리 하는군.”

손을 흔들면서 건우가 자신의 삭발 머리를 탁탁 두들겼다.

“모든 일― 네가 말한 그 모든 일이라는 게 지난주에 내가 소년원에서 나와 학생회를 습격한 일을 말하는 거냐? 그거 때문에 내가 처음 얼굴 본 여자한테 두들겨 맞아야 한다는 거냐?”

“그게 아니에요.”

“그럼?”

“당신은 끔찍한 것을 사람들에게 뿌렸어요.”

건우의 얼굴이 재차 구겨졌다. 무언가 알아챈 게 있었는지 품을 뒤져 작은 종이를 꺼내 든다.

“이거 말이냐?”

“그래요. 미향. 더는 말할 수 없을 만큼 끔찍한 그것의 주인이 당신이잖아요? 더 이상 발뺌하려 하지 말라구요! 당신은 최악이에요!”

그녀의 전신에서 기백이 피어올랐다. 남아 있던 모든 분노를 터뜨리며 소리친다.

“절대 용서하지 않겠어요!”

“…어이어이.”

그러나 건우는 여전히 뻔뻔한 얼굴로 손을 저었다.

"너무 뜨거워지지 마. 이 미향의 주인을 찾는 거라면 번지수를 잘못 짚었다구."

"…뭐라구요?"

너무나 당연스럽게 이야기하는 건우. 효진의 기백이 살짝 흔들렸지만 그녀는 속지 않았다.

"웃기지 말아요! 그럼 대체 누구라는 거죠? 당신밖에 없잖아요!"

"그다지 머리가 좋지는 않군?"

"당신에게 들을 말은 아니에요."

"내 말을 잘 들어봐. 넌 지금 가장 중요한 한 사람을 놓쳤어."

호언장담하는 말투에 효진의 기백이 사그라졌다. 마음속에 한 가지 의문이 피어올랐다. 이 남자가 아니라면 대체 누구라는 거야?

건우는 미향을 도로 집어넣고 나서 효진에게 다가왔다. 효진이 움칠 놀라며 경계의 시선을 던졌지만 그는 '으싸' 소리를 내며 쓰러진 지철을 소파 위에 집어던졌다. 소파가 뒤로 쓰러지며 절묘하게 지철은 반쯤 누운 포즈로 소파에 기대는 자세가 되었다.

지철을 처리하고 효진의 주먹이 충분히 닿을 거리에서 건우는 대담하게 맹수처럼 웃어 보였다.

"진실을 보여주지. 따라가겠냐?"

그의 엄지가 지하실의 밖을 가리키고 있었다.

효진은 고개를 들었다. 닫혀진 철문. 어두운 하늘 아래, 철문 뒤로 그녀에게 너무나 익숙한 광경이 펼쳐져 있었다.

간간이 켜진 가로등만이 불빛의 전부였다. 효진은 주위를 둘러보았다. 역시 이곳은 거기다.

백두고. 그녀의 학교.

"진실을 보여준다더니 왜 여기로 데리고 왔죠?"

"가보면 알아."

건우가 먼저 철문을 넘었다. 이상하게 경비원도 보이지 않았다. 원래라면 철문 한쪽의 경비소에서 지키고 있어야 할 텐데. 효진은 조금 불안한 기분을 느끼며 건우처럼 가볍게 철문을 뛰어넘었다.

어두운 길이 눈앞에 나타났다. 밤에 학교를 와본 것은 처음이었다. 생소한 느낌. 익숙한 환경이었지만 시간에 따라 이렇게 다를 줄이야.

그러나 건우는 이 어두운 길이 오히려 익숙하다는 듯 거침없이 앞으로 걸어나갔다. 효진은 적당히 간격을 유지하며 그를 뒤따랐다.

가로등 불빛만을 의지하여 한참을, 아니, 등교를 하던 시간과 똑같이 걸어가자 교실 건물이 눈에 들어왔다. 불빛이라고는 새어 나오지 않는 교실들— 원래는 그래야 할 터였다. 그러나 효진은 불이 켜진 교실 하나를 발견했다.

낮의 교실 건물과 비교하여 불이 켜진 교실의 위치를 추측했다.

'…학생회실?'

그렇게 생각했을 때,

"보이냐?"

멈춰 선 건우가 효진과 똑같은 시선을 하고 있었다. 하얀 형광등의 불빛이 새어 나오는 교실. 효진에게는 보이지 않았지만 건우는 기쁨의 미소를 짓고 있었다.

"내가 왔다!"

돌연 건우가 교실을 올려다보며 소리를 지르기 시작했다.

"보이냐! 들리냐! 이 개 같은 자식아! 너를 쳐 죽이기 위해서 이 정건우가 이곳으로 다시 돌아왔다 이 말이다!"

효진은 말릴 수 없었다. 건우는 미향을 꺼내 그것을 한 번에 들이마셨다. 효진이 눈치 챘을 때 이미 그의 손에서 찢어진 종이가 바람을 타고 떨어지고 있었다.

"얼굴 닦고 기다려라!"

갑자기 흥분한 건우가 곧장 달려나갔다. 잠겨 있는 문을 걷어차 한 방에 부숴 버린 그는 교실 건물 안으로 달려들어 갔다. 효진도 한 박자 늦게 그를 뒤쫓아 달렸다. 겨우 그의 모습을 시야에서 놓치지 않고 학생회실이 있는 층에 도착했을 때,

눈앞에는 기묘한 대치가 형성되어 있었다.

미친 듯이 학생회실을 향해 질주하던 건우가 멈춰 선 채 두 명을 노려보고 있었다.

"잘 지냈나, 친구?"

승건은 여유롭게 손을 들어 보였다. 그에 반해 건우의 입에서는 뿌드득 소리가 흘러나왔다.

"이 씨발새끼……."

깊게 숨을 들이쉬고,

"…뒈져라!"

건우의 몸이 한순간 빛이 되었다. 달빛만이 비치는 어두운 복도를 가로질러 승건에게 덤벼든 바로 그때, 건우와 승건 사이에 그림자 하나가 끼어들었다.

날아오는 건우의 주먹을 감싸는 두 팔. 건우의 힘을 건드리지 않고 팔을 비틀며 동시에 다른 쪽으로 개방시킨다!

건우는 달려오는 힘을 그대로 이용당해 복도 오른편으로 내던져졌다.

쨍그랑—!

그의 몸이 복도의 창문을 깨고 10미터 아래의 땅으로 추락했다. 곧 쿵— 하는 무거운 소리가 들리자 냉정한 상태를 유지하고 있던 효진마저도 급히 창문을 벌컥 열고 아래를 확인했다.

"끄떡없을걸."

승건의 말소리. 고개를 돌리자 그가 여전히 여유가 넘치는 얼굴을 하고 말했다.

"완성형에 극히 가까운 미향을 마셨잖아? 이 정도 높이에서 떨어진다고 해도 뼈 하나 부러지지 않아. 아, 금 정도는 가려나."

아무렇지 않게 이야기하며 웃음을 터뜨렸다. 그의 앞에서 건우를 내던진 장본인, 혜란이 자세를 풀고 섰다. 승건이 그녀의 머리를 토닥토닥 두들기며 잘했다고 칭찬한다.

"여전히 멋진 기술이었어. 과연 천류술의 계승자다워."

슥슥 머리를 쓰다듬는 사이 아래층에서부터 황소가 돌진하는 듯한 소리가 장대하게 들려왔다. 점점 그 소리가 가까워지나 싶었더니 어느새 효진을 밀치고 건우가 복도에 도착했다.

"김혜란! 니가 나한테 이럴 수 있냐!"

"얼마든지."

덤빌 테면 덤비라는 식으로 양손을 펼쳐 앞으로 내민다. 중심이 밑에 위치해 있는 안정적인 자세였다. 천류술이란 방어가 기본이 되는 무술이었다. 상대의 공격을 방어하고, 그 힘을 이용해 반격하는 기술이 뛰어나다. 혜란에게 공격을 가할 때는 그녀 이상의 실력이 아니면 공격을 성공시키기 힘들다.

"아무리 미향을 마셨다고 해도 말야."

승건은 설명했다.

"정건우, 너의 기술이 늘어나는 것은 결코 아냐. 혜란은 미향의 힘마저 이용해. 장담하지. 넌 결코 이길 수 없어."

"닥쳐라, 이승건! 내가 노리는 것은 너뿐이다! 김혜란 너도 거기서 비켜! 저 새끼는 니가 지켜줄 만한 새끼가 아니다! 나보다 더 악질적인 새끼라고!"

건우는 소리쳤다. 혜란은 여전히 무표정하게 건우를 주시하고 있을 뿐이었지만 효진은 아니었다. 목이 메말랐다. 어쩐지 답이 보이는 듯했다. 건우가 말한 '진실' 이라는 물음의.

미향의 힘을 목에 쏟아 부은 듯 건우의 외침이 복도를 흔들었다.

"미향의 주인은 저놈이란 말이다!"

혜란의 무표정이 흔들렸다.

"생각해 보라구! 미향이 있는 곳마다 나타나는 헬멧의 여자! 어디서든 불쑥 나타나는 게 이상하다고 생각하지 않냐?! 정보부장 최진아 정도가 아니라면 절대 못할 짓이란 말이다! 그 닌자년의 주군이 누구냐! 바로 너의 주인, 저 재수없는 새끼 아냐!"

"…그거뿐입니까?"

혜란이 차갑게 내뱉었다.

"단지 그 정도로 회장님을 범인으로 몰고 있는 겁니까?"

"못 믿겠냐? 못 믿겠으면 저 자식에게 직접 물어보라구! 아니, 분명히 성실하게 예, 그렇습니다 하고 대답해 줄 리는 없겠지만 나는 알고 있다, 이승건! 너의 그 추악한 가면을!"

건우는 한 발자국씩 앞으로 나섰다.

"내가 그 가면을 벗겨주겠어! 모든 죄를 나에게 뒤집어씌운 주제에

너 혼자 그렇게 아무것도 모른다는 얼굴로 있을 수 있을 줄 알았냐! 너에게 이용당하는 것은 이제 지쳤다! 네놈을 때려눕히고 그 본모습을 모두에게 알려주겠어!"

"다가오지 마십시오!"

승건 대신 혜란이 소리쳤다. 결코 큰 소리를 내지 않는 그녀의 외침. 그것은 이미 그녀가 동요하고 있다는 증거였다. 얼마 전부터 느끼던 승건의 변화. 그 괴리를 느끼고 있던 혜란이었기에 근거 불충분의 건우의 말에도 동요해 버린 것이다.

그러나 그녀는,

"회장님께 손을 대게 놔두지는 않겠습니다!"

끝까지 그 위치를 고수했다. 그것은 승건을 믿는 마음이기도 했으며, 또한 자신에 대한 오기이기도 했다.

건우가 걸음을 멈추었다. 열 걸음이면 당도할 수 있는 거리였다. 그러나 건우는 움직이지 않았다. 믿어주지 않는다는 말인가. 정말 나의 말을 믿어주지 않는다는 건가!

"잠깐만요."

그때 효진이 입을 열었다. 잠깐 외부의 사람이 되어버렸던 그녀가 세 명에게로 다가갔다. 의혹의 눈초리로 승건의 얼굴을 쳐다보며,

"선배, 좀전에 이렇게 말했었죠?"

또박또박, 승건의 말을 그대로 되풀이했다.

" '완성형에 극히 가까운 미향을 마셨잖아?' "

말투마저 완벽하게 흉내 냈다. 이것 또한 '버닝 피스트' 의 능력인 걸까. 효진은 어느샌가 깨닫고 있었다. 머리 속은 차갑지만 몸은 견딜 수 없이 뜨거운 이 느낌. 이것은 두 달 전, 승욱이 조폭에게 두들겨 맞

고 있을 때, 그때 그녀의 몸에서 깨어난 새로운 버닝 피스트였다. 그녀가 타고난 운명인 이극명의 힘. 그때 한 차례 깨어나고 잠들었던 힘이 그녀의 극렬한 분노에 이끌려 다시 눈을 뜬 것이다.

사진이라도 찍은 듯한 선명한 기억력으로 말하고, 효진은 새롭게 눈을 떴다. 그녀의 눈, 그리고 두 주먹에서 푸른 불꽃이 피어오르기 시작했다. 그것은 환영, 그러나 그녀를 지켜보던 세 명은 그것을 확실하게 본 듯한 착각에 빠졌다.

"…당신이었군요. 미향을 뿌린 장본인이."

혜란의 눈이 커졌다. 도저히 믿을 수 없는 일이었다. 그녀의 주인은 남에게 해가 되는 일은 하지 않았다. 그것은 바로 곁에서 그를 모신 그녀가 장담할 수 있었다. 학생회장으로서의 능력도 출중하고, 무도인으로서의 앞날도 창창했다. 백두회의 간부들이 주시하고 있는, 앞으로 한국의 무도계를 이끌어갈 거목이 되리라고 기대를 받고 있는 자가 그, 이승건이었다.

그런 그가 미향을 만들 이유가 있는가.

"회장……님, 거짓말이죠……?"

최후의, 최후의 믿음.

승건은 그녀의 물음에 따뜻한 미소를 지어주었다. 평소와 다를 바 없는, 그녀에게만 지어주던 그 미소를. 그의 입이 열렸다.

"들켜 버렸네."

지극히 담담하게 승건이 말했다.

"맞아. 사실이야. 바로 내가 미향의 주인이야."

"드디어 불었구만, 이 개자식!"

건우의 음성이 환희에 차 올랐다.

"김혜란, 알겠냐?! 니가 섬기던 녀석은 저런 놈이다! 자기 손을 더럽히지 않고 남의 손을 이용해서 자기 이익을 챙기는 놈이지! 세상 그 어떤 놈보다 더러운 녀석이라구!"

"그래서?"

승건의 눈이 차갑게 건우를 꿰뚫었다. 그 얼굴에는 일말의 부끄러움도 없었다. 진실이 알려졌다 해도 그의 태도는 전혀 변함이 없었다. 지금까지처럼 똑같이, 회장의 위엄과 승건 자신의 당당함으로 그곳에 서 있었다.

"그래서 어쨌다는 거야? 미향으로 재미를 본 건 너도 결국 마찬가지잖아? 딴사람 흉보면서 자기만 벗어나겠다는 속셈이라면 이미 들켰으니까 일찌감치 포기해. 돌아가지 않는 머리 애써 굴리느라 수고했어."

조소를 가득 담아 쏘아주자 건우는 입을 열지 못했다. 그 말 그대로였다.

승건은 차가운 눈빛을 거두고 대신 부드럽게 미소를 지었다. 혜란에게 시선을 돌리며 그는 친절하게 말했다.

"놀랐지?"

혜란은 대답조차 하지 못했다. 미안하다는 듯 눈을 내리까는 승건. 그 행동에 거짓은 없었다.

"이건 더러운 짓이야. 인정해. 그렇기 때문에 너를 끌어들이고 싶지는 않았어. 너에게 난, 언제나 회장 그대로의 나로 있고 싶었으니까."

혜란은 승건을 가만히 올려다보았다. 무언가 정확하지 않은 감정이 가슴속에서 들끓어 목구멍을 넘어오려 했지만, 그것은 좀처럼 언어화되지 못했다. 절실하게, 절박하게 기도하는 눈동자로 승건을 보았지만 그는 결국 그녀에게서 눈을 돌렸다.

"떠나는 건 너의 몫이야. 난 거기에 따르겠어."

승건은 그녀를 지나쳐 앞으로 나갔다. 뒤편에서 홀로 남은 혜란이 고개를 떨구었다.

"그래… 날 어쩌고 싶은 거지, 정건우?"

"개새끼……."

건우의 어깨가 들썩이고 있었다. 숨을 헐떡인다. 어째서? 라고 물으면 대답은 하나뿐이다. 그는 흥분해 있었다.

"뒈져 버려!"

건우가 덤벼들었다. 세 발자국 벌어진 차이를 단숨에 메꾸며 날아와 승건의 안면을 향해 정확히 주먹을 날렸다!

획—

그 순간 건우의 시계가 뒤집혔다. 달빛이 비친 복도가 머리 위로 가 있고 어두운 천장이 밑에서 보였다. 중력이 사라진 듯한 이상한 기분. 그리고 곧 그의 몸은 머리서부터 복도로 추락했다.

쾅!

굉장한 굉음을 내며 그가 머리부터 바닥에 처박혔다. 다리를 떨구며 그 충격에 한동안 눈도 감지 못한 채 부르르 떨었다.

등에 멘 목도로 손을 올리고 있던 승건이 처음으로 놀란 눈을 떴다. 어떤 일이든 예상하고 놀라는 적이 없던 그조차도 이 상황은 결코 예상해 내지 못했다.

승건의 앞. 혜란이 서 있었다. 오른손이 머리 위로, 그리고 왼손이 허리까지 내려가 있다. 건우의 공격을 받아내 뒤로 집어던진 자세 그대로 서 있던 그녀가 승건의 시선을 느끼고 팔을 모았다.

승건의 음성은 떨리고 있었다.

"어…… 째서?"

혜란이 돌아섰다. 더 이상 그녀의 얼굴에 동요나 망설임은 없었다. 그녀는 전처럼 그를 마주 보며 이야기했다.

"당신이 어떤 모습이든 전 당신을 따를 겁니다. 평생."

승건의 손을 잡았던 그날부터 혜란의 운명은 정해졌다. 아니, 그녀 스스로 정했다. 그것은 그 누구와도 아닌, 자신 스스로 지켜야 할 철칙이었다. 그렇기에 그녀는 지금도 똑같이 결정했다.

"그러나 앞으로 회장님이라고는 부르지 않겠어요. …물러날 생각이시죠?"

"…맞아."

"그럼 앞으로는 다르게 부르겠습니다."

혜란은 오로지 그에게만 보이는 미소를 지었다. 아주 살풋, 묻어날 듯한 미소를.

"승건님."

승건의 얼굴은 급격하게 밝아졌다. 그는 팔을 들어 그녀를 껴안으려고 했다. 그러나 그것을 교묘하게 피해내며 그의 등 뒤로 돌아간 혜란.

눈앞에서 건우가 일어서고 있었다. 천류술의 자세를 잡으며 혜란의 두 눈은 결의로 빛났다.

"전 이 남자에게서 당신을 지키겠습니다."

승건은 언제나처럼 웃음을 지어줄 수밖에 없었다.

"무리하지 마."

"으아아아악!"

학생회장과 부회장, 아니, 이젠 그저 한 쌍의 연인이 된 두 사람의 말 위로 건우가 고함이 겹쳐졌다. 건우의 열인권법과 혜란의 천류술이 격돌했다.

싸움을 벌이기 시작한 그들에게서 거리를 벌리며 승건이 목을 움직였다. 긴장으로 굳은 근육이 풀리며 느슨한 감각을 전해준다.

건우가 다시 뒤집혀 날아가 학생회실 문을 깨부수고 나뒹굴었다.

"자, 그럼 난."

눈을 돌리자 그곳에 효진이 있었다. 고요한 검은 눈망울 속에서 변함없이 불꽃이 일었다. 살짝만 닿아도 온몸을 집어삼킬 푸른 불꽃. 몇 번이고 눈을 감았다 떴지만 효진의 몸에 맺힌 푸른 불꽃의 환영은 사라지지 않았다.

"호…… 그래서 버닝 피스트라는 이름이었어?"

"목적이 뭐죠?"

질문에 효진은 질문으로 응답했다.

"뭣 때문에 미향을 만들고 또 그것을 퍼뜨린 거죠, 대체?"

"그래… 너라면 알아도 되겠지. 알 자격이 있을 테니까."

승건은 이야기했다. 진흙 속에 파묻힌 물건을 꺼내 들어 흙을 털고 본래의 빛을 찾아주듯, 그리운 듯하면서 집념 섞인 말투. 담담한 어조 속에 담긴 그 감정들이 지금의 효진에게는 속속들이 읽혔다.

"난 사령무검을 뛰어넘을 거야."

효진은 잠깐 숨을 멈추었다.

"…뭐라구요?"

"사령무검. 승욱의 목도. 알지? 그 정체는 죽은 영혼을 베는 칼이야. 말 그대로 귀신을 베어 그 칼날에 봉인하지. 그리고 칼에 선택된 주인은 봉인된 사령들의 기운을 흡수해 사용할 수 있어. 이 상태의 사용자는 일반 신체 능력의 서너 배는 가볍게 상회하는 능력을 손에 넣어. 승욱이 그 힘을 사용하는 건 여러 번 봤지?"

물론 보았다. 그리고 그 부작용. 그 때문에 승욱은 지금도 일어나지 못하고 있다. 그런 생각이 떠오르자 집의 일이 걱정이 되기 시작했다. 승욱은 일어났을까. 상태가 더 나빠진 건 아닐까.

그렇지만 승건은 딴생각을 할 틈을 주지 않았다.

"부작용이 있다고 해도 그 칼에게 선택받았다는 건 행운이야. 무도가로서 평생을 수련해도 얻을 수 있을까 말까 한 힘을 단번에 손에 넣게 되는 거니까. 그렇지 않아? 무도가이면서 누구보다 강한 힘을 원한 적 없는 사람이 있을 리가 없잖아?"

"그래서… 미향을 만들었다는 건가요?"

"맞아. 미향을 만들었어. 최초로 만든 것은 2년 전. 방법은, 너도 알지? 우에다 히로시. 얼마 전에 일본으로 돌아간 내 친구 녀석. 카게닌 자대에서만 내려오는 향 제조법을 조금 개조한 거야. 초반에는 나도 조금 사용해 봤는데 이게 좀처럼 몸에 잘 맞지 않더라구. 효과도 신통치 않고 부작용은 또 강하고. 그래서 2년에 걸쳐서 차근차근 개량을 해 왔어. 정보부에서 미향을 만들어내면 그것을 정보부장이 적당한 자를 물색하여 실험하지. 그리고 그 실험체의 피를 사용해 정제하고, 다시 실험체를 물색하고, 다시 정제하고. 그것을 2년 동안 반복했어."

"잠깐만요. 피?"

"미향은 원래 피야."

학생회실에서 건우의 몸이 튕겨 나와 복도 벽에 부딪쳤다. 유리창이 와장창 깨지며 소음이 일어났다. 건우는 몇 바퀴를 뒹굴며 괴로워하다 다시 벌떡 일어나 학생회실 안으로 달려 들어갔다. 그런 소란 속에서 차분하게 이야기를 이어 나가는 승건의 목소리는 기묘한 존재감이 있었다.

"가장 최초의 미향. 그것을 계속해서 마신 사람은 몸속에 미향의 약효가 쌓이겠지. 그렇다면 그의 피는 그 자체가 미향의 재료가 되는 거야. 이해돼? 미향을 사용하고, 피를 정제하고, 다시 미향을 마시고, 피를 빼서 정제하고. 그것이 반복되어 지금까지 온 거야."

"그럼…… 설마 유키에 씨, 히로시 씨도 그 피를 위해서 일부러……?"

"유키에는 중간에 도로 뱉어냈잖아. 그럼 피에 충분히 약효가 녹아들지 못해서 쓸모가 없어. 히로시는 아주 좋았지. 충분히 약효가 녹아든 피를 가지고 와줬으니까."

"당신… 친구마저 이용하다니……!"

효진의 주먹이 부들부들 떨렸다. 승건이 서둘러 손을 내저으며 그녀를 진정시켰다.

"화내지 마, 아직 할 이야기는 남았어. 그리고 그 녀석은 내 계획에 찬동해 준 녀석이야. 이용했다는 표현은 옳지 않아."

"계획?"

"그래, 계획. 굳이 이름을 붙이자면, 으음…… '사령무검 초월 계획'이랄까? 갑자기 생각하려니 영 마땅한 이름이 안 떠오르네. 아무튼 그런 계획이야. 감은 오지? 그걸 위해서 난 그동안의 일들을 벌인 거야. 미향을 계속해서 강화시키고 완성시키기 위해서."

말을 끝내고 승건이 주머니에 손을 집어넣었다. 무엇을 꺼내려는 것일까. 효진이 조금 긴장한 채 금방이라도 달려들 수 있을 만큼 근육에 힘을 넣고 있을 때 그가 작은 것을 꺼내 들었다.

유리병. 손가락 두 마디보다 작은 그 유리병에 피처럼 붉디붉은 가루가 반 정도 채워져 있었다. 한 차례 유리병을 흔들며 승욱이 말했다.

"이, 완성형을 위해서 말야."

"그건 어떻게?!"

정제할 피를 구할 수 없을 것이다. 승건이 말한 완성형에 가까운 미향은 건우가 가지고 있었다. 그 건우는 아직 저 뒤에서 싸우고— 까지 생각하자마자 효진은 깨달았다. 가능하다. 정제할 피를 구할 기회가 있었던 것이다.

그녀의 마음을 읽은 듯 승건이 웃음을 띤운 얼굴로 지적했다.

"어제 싸움이 있었지. 선도부 간부와 너희 쪽 둘과의. 그걸 정보부장이 놓칠 리가 없잖아? 이 도시의 모든 정보를 잡고 있다는 것은 거짓말이 아냐."

한마디로 싸움을 알면서도 모른 척하고 있었다는 얘기이다.

애초에 모두가 이 남자의 손에 놀아났다. 몇 달, 아니, 2년 전부터. 승욱을 비롯한 성인, 미령, 건우, 아니, 이 학교 전체가 이 남자 한 명에게 속아 넘어가 있던 것이다.

효진은 필사적으로 흥분을 가라앉혔다.

"그럼, 그럼…… 그 완성형으로 이제 어쩔 거지요? 사랑하는 동생을 벨 건가요? 그 칼과 함께? 승욱 씨는 지금도 그 사령무검이라는 칼의 부작용 때문에 깨어나지도 못하고 있어요! 그런데, 그런데 그게 형으로서 할 말인가요?!"

"…사랑해?"

승건의 인상이 굳었다. 싸늘한 눈이 효진을 내리눌렀다.

"사랑하다니? 누가? 내가? 승욱이를? 나의 동생을 말이냐? 사랑한다구?"

다음 순간 터져 나온 그의 분노는 효진의 상상을 초월한 것이었다.

"웃기지 마! 그 자식은 나에게서 사령무검을 빼앗아간 놈이다! 사랑하는 동생이라구?! 내가 왜 그놈을 사랑해야 하지?! 사령무검이 내가 아닌 그 녀석을 선택한 그날부터 난 모든 것을 잃었단 말이다! 그 칼은 내 꺼였어! 그 칼만이 내 세상의 전부였다! 칼을 가질 날만을 바라보며 살던 내게서 칼을 빼앗아간 그 녀석을 내가 동생이라는 이유만으로 왜 사랑해야 하지?!"

숨도 쉬지 않고 고함을 터뜨린 승건의 눈은 식지 않았다. 호흡을 고르듯 크게 숨을 들이쉬고 다시 소리친다.

"그래서 난, 날 배신한 사령무검과 승욱이 그 자식을 내 칼로 벨 것이다! 내가 스스로 만들어낸 이 힘으로! 이 미향으로! 사령무검을 부러뜨리고 그 주인을 베어 넘길 거다! 내가 이날까지 살아온 단 하나의 이유가 바로 그것 때문이니까!"

더 이상 효진의 귀에는 건우와 혜란의 싸움 소리는 들리지 않았다. 눈앞의 남자, 승건이라는 남자의 존재에 대해서 치밀어 오르는 분노와 증오, 경멸감, 혐오감, 그 마이너스적인 감정들이 혼합되어 가슴에서 폭탄이 터졌다. 금방이라도 구토를 하고 싶어질 만큼 승건의 정신이 훤히 보였다.

어긋나 있다. 이 남자는 어긋나 있어!

"당신—"

운을 떼는 그 순간,

"…얘기 잘 들었습니다."

들려서는 안 될 목소리가 효진과 승건, 두 사람의 사이를 갈랐다. 효진은 급히 고개를 돌렸다. 어두운 계단에서 누군가가 올라오고 있었다. 비틀대며 금방이라도 쓰러질 듯한 아슬아슬한 걸음걸이로 한 계단 한 계단을 천천히 올라, 이곳을 향하고 있었다. 그의 모습이 다가와 달빛에 드러날수록 효진의 눈도 비례하여 커져 갔다.

"승욱 씨!"

승욱의 얼굴이 달빛에 드러났다. 하얀 달빛 때문인지 그의 얼굴이 백지장같이 하얗다. 효진의 가슴 한 켠이 아려왔다. 그의 몸을 걱정해서인지 아니면 형에게 버림받아야 했던 그의 마음을 느껴서인지는 분간할 수 없었다. 자신을 지나치며 앞으로 나서는 승욱을 효진은 슬프게 올려다보았다.

여전히 무뚝뚝한, 핏기없는 얼굴로 승건 앞에 섰다.

"그래서 저를 벨 겁니까."

"네가 여기 나타날 줄은 몰랐어. 쓰러졌다더니 몸은 괜찮으냐?"

"견딜 만합니다."

"힘을 한계까지 흡수했지?"

"……."

"못난 것. 식은땀이나 닦아라."

가늘게 떨고 있는 승욱의 몸. 효진에게는 그가 보였다. 무리하고 있는 그가. 새벽까지만 해도 고열에 시달렸던 그다. 하루가 흘렀지만 상태가 급속도로 호전되지 않은 이상, 지금 이렇게 서 있는 것조차 고통일 것이다. 효진은 쉬라고 말해 주고 싶었다. 그러나 차마 입이 떨어지지 않았다. 그가 어떤 마음으로 이 자리에 서 있는지 가슴 아프게 잘 알고 있음에, 그녀는 아무 말도 하지 못했다.

"어떻게 알았느냐, 여길."

승건의 조용한 물음에 승욱은 입을 열었다.

"사령무검이 알려주었습니다."

"그 칼에 그런 기능도 달려 있었나. 천리안이라니 부럽구나."

"그럼 가지십시오."

승욱이 등에서 목도를 뽑아 들어 보였다. 달빛에 싸여 하얀 광택을 발하는 목도. 그 안에는 차가운 칼날이 잠들어 있다.

승건은 아무런 반응도 보이지 않았다. 불과 5년 전까지만 해도 삶 그 자체로 인식하고 있던 칼이 눈앞에 있었지만 그의 눈동자는 그대로였다. 욕망으로 빛나지도 않았다. 변하지 않는 태도로 달빛 속에서 서 있었다.

"거절한다."

이윽고 응답한 승건은 웃고 있었다. 자신감 넘치는 그 모습 그대로.

"그런 칼은 이제 필요없어. 난 내 힘으로 손에 넣었다. 사령무검에 필적하는 힘을."

승건은 미향을 마셨다. 자연스럽게 병마개를 열어 그것을 코에 대고 흡입한 것이다. 콧속으로 깨끗이 사라진 붉은 가루는 승건의 전신으로 퍼져 나갔다. 피에 녹아가 모세 혈관까지 도달, 근육으로 스며든다. 단련된 근육들이 미향의 약효에 눈을 떠 순식간에 최고의 활성화를 이뤘다.

목도를 뽑아 든다. 생김새는 승욱의 목도와 똑같다. 그러나 그의 목도 안에도 진검이 숨겨져 있지는 않다.

목도의 손잡이를 가볍게 붙잡고 똑바로 승욱을 가리킨다.

"너를 베겠어."

승욱도 대답없이 목도를 쥐었다. 그때부터 서늘한 복도에 새하얀 달빛을 배경으로 형제의 대치가 시작되었다.

"승욱 씨……."

뒤로 물러서 있던 효진이 안타깝게 그의 이름을 불렀다. 떨림이 멈추지 않는 그가 살짝 뒤를 돌아보며,

─희미하게 웃었다.

다음 순간 그는 형을 향해 쇄도했다. 세 번의 베기, 필사적인 힘을 몰아넣은 공격이었지만 승건은 허망할 정도로 손쉽게 막아냈다. 어두운 복도에서 목도가 부딪치는 소리가 청량히 울렸다. 효진은 그 소리가 아름답다고 잠깐 생각했다.

두 남자가 떨어져 나왔다. 몇 번의 검합 후 승욱이 더욱 지친 얼굴로 숨을 몰아쉬고 있었다.

승건이 어깨를 으쓱거렸다.

"못쓰겠구나, 승욱아. 겨우 그 정도 칼에게 '먹혀' 버린 거냐?"

"…아직 아닙니다."

승욱의 신체는 이미 무너져 있었다. 더 이상 칼의 힘을 흡수하지 못했다. 사령을 깨워 일으킬 의지조차 약화되어 당분간은 사용은커녕 사령을 제어하는 것에만 열중해야 했다.

그것은 누구보다 승욱이 잘 알고 있었다.

승건은 정확히 동생의 상태를 파악하고 있었다. 하지만 승욱은 그것을 부정하고 싶었고, 그렇기에 부정했다.

승건은 고개를 저었다.

"더 이상 상대할 가치도 못 느끼겠구나. 됐다. 그만 끝내자. 5년간의 집념의 시간을."

승건의 목도가 천천히 움직였다. 원을 그리며 움직인 목도의 궤적이

최종적으로 승욱을 노리며 멈추었다. 목도 끝으로 승욱을 겨냥하며 승건이 히죽 웃었다.

"나의 칼이 너와 너의 칼을 부정해 주겠어."

공기를 가르며 목도가 빛이 되었다. 소리조차 뒤늦게 들려오는 빠르기. 미향 완성형의 위력은 대단했다. 승욱이 고통을 깨달았을 때는 이미 승건이 목도를 회수한 뒤였다. 호의도, 악의도 들어 있지 않은 담담한 시선이 승욱을 내려다본다.

승욱은 뒤로 쓰러졌다.

"승욱 씨!"

피가 새어 나오고 있었다. 목도였지만 승건이 들었을 땐 진검과 다름없었다. 승욱은 깊게 베인 자신의 오른쪽 어깨를 내려다보았다. 감각이 불확실하다. 정신이 혼미했다. 어렴풋이 '이것이 죽음의 경지인가' 라는 생각을 해보았다. 도무지 현실감이 일어나지 않아 실소가 흘러나왔다.

갑자기 웃기 시작한 승욱에게 효진이 절박하게 매달렸다.

"정신 차려요, 승욱 씨! 지지 말라구요! 승욱 씨이!"

지지 말라는 대상이 불명확했으나 효진은 입에서 나오는 대로 뱉어 냈다. 그녀의 정성에 승욱의 눈이 지그시 떠지더니 흔들리는 눈동자로 그녀의 모습을 찾았다.

"나, 여기 있어요! 괜찮아요?!"

"……."

입을 움직이지만 목소리가 들려오지 않았다. 너무나 미약한 숨소리. 효진은 그의 입가에 귀를 댔다. 그가 재차 말했다.

"흔들지 마… 아프다구……."

농담을 던지는 것을 보니 죽을 정도는 아닌 모양이다. 승욱 자신도 신기하게도 그렇게 말하자 정말 어깨의 고통이 선명하게 느껴졌다. 최소한 죽지는 않을 거 같다. 안심이 되자 숨을 크게 들이쉬며 입꼬리를 끌어올렸다.

실소가 아닌 웃음.

"남은 걱정하고 있는데……!"

"미안해. 하지만—"

쿨럭, 하는 순간 그의 입에서 피가 토해졌다. 목을 타고 흘러내리는 붉은 선혈. 효진은 급히 자신의 옷으로 피를 닦아냈지만 승욱의 웃음이 옅어졌다.

"…이젠 한계야."

그는 정신을 잃었다. 승건과 제대로 싸워보지도 못한 채 그렇게 그는 의식을 놓아버렸다.

두근.

효진은 느꼈다. 심장 박동 소리가 선명하게 귀를 두들겼다.

두근.

또 한 차례 강하게 박동한 심장이 가슴 전체를 흔들었다. 일정하게 들려오는 고동. 그 확연한 느낌은 어느 순간 확신으로 바뀌어 그녀의 마음속에 자리했다.

차가운 분노. 이성적이며 냉철한, 그리고 하얗게 타오르는 열기.

효진은 일어섰다. 그리고 깨달았다. 이 버닝 피스트는 '누군가를 위하여 분노할 때 찾아온다는 사실을.

쓰러진 승욱에게서 더 이상 흥미를 찾지 못하고 시선을 거두었을 때 뒤쪽에서 기척이 느껴졌다. 보지도 않고 오로지 느낌만으로 혜란의 상태를 읽어냈다.

"많이 다쳤구나."

돌아보자 여기저기 상처가 난 채 비틀대며 걸어오고 있는 혜란의 모습이 보였다. 찢어진 옷가지와 부어오른 얼굴의 상처. 왼팔을 늘어뜨린 채 오른손으로 팔꿈치 부근을 잡고 있었다. 승건이 걱정스럽게 물었다.

"팔을 다쳤어?"

"네… 조금."

가까이 다가가 소매를 걷어 올렸다. 시퍼렇게 커다란 멍이 들어 있다. 꾹꾹 누르자 혜란이 고통을 느끼며 약하게 신음을 뱉어냈다.

"그래도 뼈까지 상한 건 아닌 모양이네. 공격을 막다가 이렇게 된 거야?"

"네… 점점 반응 속도가 빨라져 그만."

아무리 방어와 반격의 달인이라고 하더라도 상대는 미향을 사용하고 있다. 일반적이라면 절대 맨몸으로 부딪칠 상대가 아니었지만 혜란은 승건의 믿음을 배신하지 않기 위해 필사적으로 싸웠다. 그 결과, 건우를 창문 밖으로 집어던져 마무리를 짓기는 했지만 그 순간 그녀의 팔도 부상을 입은 것이다.

"이 위치라면…… 하늘 뒤집기?"

부상 위치만으로 기술을 읽어낸 승건. 혜란은 고개만 끄덕였다. 피가 흐르는 그녀의 볼을 옷으로 깨끗이 닦아주며 승건은 부드럽게 일렀다.

"쉬고 있어. 난 아직 한 번 더 남았으니까."

돌아서자 효진이 일어서 있었다. 기절한 승욱을 한쪽에 눕혀놓고 그를 쳐다본다. 그 눈동자는 너무나 고요하게 타오르고 있었다.

혜란이 자리를 피했다. 본능적으로 느낀 것이다. 이제부터의 싸움은 결코 녹록치 않다는 사실을.

승건도 마찬가지였다.

'뭔가… 다른걸.'

미향으로 확장된 본능이 소리치고 있었다. 방심하지 마라. 눈앞의 소녀는 위험인물이다.

효진은 천천히 다가와 그의 바로 앞에 섰다. 오른손에 든 목도를 늘어뜨린 채 승건도 대담하게 그녀를 맞이했다.

한 발자국 앞에서 그를 올려보며,

"한 가지만 물어볼게요."

평소와 다름없는 어조로 물어왔지만 승건은 어쩐지 목덜미가 시려왔다. 한기가 척추를 타고 흘렀다. 내가, 지금, 떨고 있는 건가?

"뭐지?"

지지 않고 대꾸한다. 인정할 수 없다. 승욱마저 쓰러뜨린 지금 그를 이길 수 있는 자는 없다. 그리고 아직 자신은 '그것' 조차 선보이지 않았다.

승건의 본능이 소리쳤다. '그것' 을 내보여라.

맑은 효진의 눈동자가 승건의 눈동자 속으로 빨려들었다.

"…2년 전, 당신과 싸우다가 다시는 무술을 못하게 된 남자를 기억하시나요?"

"기억하다말다. 이름이 서효민이었던가. 내가 아는 바로는, 너의 오빠였지."

“맞아요, 우리 오빠예요. 그때, 우리 오빠와 대무할 때도 미향을 사용했었나요?”

승건은 굳이 부정할 필요성은 느끼지 못했다.

“맞아. 미향의 첫 실험이기도 했지. 별로 효과가 신통치 않았지만.”

“고마워요.”

효진은 예의 바르게 고개를 숙였다. 승건도 천만이라는 듯 고개를 까딱였고,

마지막 싸움은 시작됐다.

|다섯| 서로의 심장이 움직이는

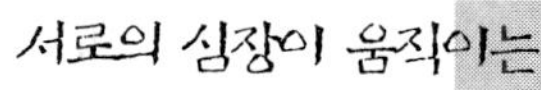

복도에는 아무런 소리도 들리지 않았다. 복도 한쪽에 주저앉은 혜란의 거친 숨소리만이 울려 퍼졌다. 그녀는 더 이상 꿈틀대지도 않는 승욱을 잠깐 쳐다보았다가 숨을 들이쉬었다. 짙게 깔린 피 냄새가 후각을 자극했다. 맡아도 맡아도 적응이 되지 않는 냄새다. 미려한 인상을 살짝 찌푸리며 그녀는 벽을 짚고 일어섰다.

그 순간 기묘한 진동이 학교 건물 전체를 흔들었다.

쿠웅―

귀를 울리는 메아리가 복도 저편에서부터 혜란을 덮쳤다. 소리의 근원지도 찾기 힘들었지만 그녀는 빠르게 판단을 내리고 학생회실 안으로 뛰어들어 갔다.

건우가 깨고 날아간 창문으로 아래를 내려다보자 근원지가 보였다.

1층의 맨 끝 교실. 교문 쪽 교실이 또다시 창문으로 책상 하나를 뱉어냈다.

와장창—!

요란스럽게 창문을 부수고 나온 책상이 비명을 지르며 길 한쪽으로 나뒹굴었다. 혜란의 침착한 얼굴이 금방 경악으로 물들었다.

대체 아래쪽에서 무슨 싸움이 벌어지고 있는 거지?

효진이 고개를 숙이며 인사를 한 순간 둘의 모습이 사라졌다. 그리고 조금 후 소리가 들려온 것은 복도의 끝. 그 후로 소리는 밑으로 이어져 더 이상 들리지 않게 되었다. 일반인의 눈에는 보이지 않는 영역에서 그들의 싸움은 지금도 이어지고 있는 것이다.

혜란은 계속해서 밑에서 들려오는 소리에 집중했다. 건물은 이따금 한 번씩 커다란 진동을 반복했다.

그녀에게서 3층 아래. 1층에서는 혜란의 상상을 초월하는 싸움이 벌어지고 있었다.

눈동자가 잡아낼 수 있는 동체의 빠르기를 이미 벗어나 있다. 본인들조차도 지나가는 배경의 정체를 파악할 수 없었다. 그것이 창문, 벽, 혹은 화분이라는 것만 잠깐 인지하고 머리 속에서 지워 버렸다. 모든 신경을 눈앞의 상대에게만 쏟는다.

날아오는 목도의 궤적을 미리 읽어내며 효진의 허리가 비틀렸다. 땅을 짚고 있던 팔을 굽혔다가 폭발적으로 거꾸로 날아오른다.

세 번의 발차기.

아래쪽에서 솟아오른 발차기에 승건의 볼이 얕게 찢겨 나갔다. 허공에서 효진의 몸이 반전했다. 동시에 찍혀 내려오는 발꿈치! 그것을 목도를 위로 들어올려 막아내자 거대한 충격이 온몸을 찍어 눌렀다.

쿵!

공기조차 떨린다. 일반적인 상태였다면 이 공격을 막아내는 순간 양 어깨의 관절이 으스러지며 정수리에 발꿈치가 처박혔을 것이다. 그렇다면 생각할 것도 없이 절명. 그러나 승건도 지금은 초인의 상태였다.

찍어 누르는 힘을 이겨내며 위로 목도를 뿌리쳤다. 그녀의 몸이 그의 힘에 따라 균형을 잃은 듯 팽그르르 회전했다. 효진의 시야에서 일순간 그의 몸이 사라졌을 때, 그가 쳐올린 목도를 허리 아래로 끌어당기며 단숨에 네 번의 연격을 날렸다.

허공에 네 번의 금이 생겼다. 빛의 금 하나하나가 승욱을 베어버린 공격 이상의 예리함을 지녔지만, 놀랍게도 효진은 이미 목도의 사정권을 벗어나 있었다.

공중에서 두 바퀴 회전하는 동시에 무게 중심을 인위적으로 뒤쪽으로 잡아당겨 피해낸 것이다. 설명은 쉽지만 실제로 이뤄낸다는 것은 사실상 무리다. 그러나 그녀는 그것을 아주 당연하게 해냈다.

'……?!'

공격이 무산된 것을 알아챈 승건이 곧바로 효진을 쫓았다. 허공을 유영하듯 뒤로 빠져나간 그녀가 벽에 아주 잠깐 달라붙더니 발을 굴렀다. 그 순간 벽이 쿠웅 하고 울리며 비명을 질렀다. 자신에게 달려오는 승건을 향해 그녀가 똑바로 쇄도했다.

완벽한 공중 조절.

한 바퀴를 회전하며 다시 발을 날리자,

그것을 피해내며 승건의 목도가 위에서부터 노리고 뻗어 내려왔다.

그 순간 다시 공중에서 허리를 비틀며 목도를 피해내고 땅에 안착, 즉시 축발을 중심으로 몸을 회전시켜 후려차기! 축발에 밟힌 시멘트가 움푹 패였다.

쾅—!

몸무게와 힘을 실어낸 발차기 공격을 승건이 목도로 막아냈지만 힘에서 밀리고 말았다. 목도를 잡은 채로 그의 몸이 날아갔다. 어깨부터 벽에 부딪치자 벽이 함몰되며 힘없이 부서지고 말았다. 승건이 곧장 벽을 손으로 밀며 남은 손으로 목도를 휘둘렀다. 그 끝에 있던 효진의 옷깃이 잘려 나갔지만 그녀는 공격 범위에서 벗어났다. 벽을 차며 그의 옆을 지나 땅을 구르자 승건의 목도가 재차 그녀가 구른 바닥을 갈랐다.

바닥이 부서지며 파편이 튀어 올랐다. 그것이 땅에 떨어지기도 전 승건은 그곳을 밟으며 앞으로 튀어 나갔다.

효진이 피한 곳은 교실. 조금 전 그들의 공방에 휘말려 문짝이 날아가 버린 그 교실이었다.

들어오자마자 효진의 공격이 쏟아졌다. 두 번의 권격을 목도로 쳐날리고 연이어 날아드는 발차기를 피하며 목도를 뻗었다.

그 끝에 있던 효진이 한 발로 서서 기묘하게 몸을 비틀며 목도의 궤도를 피해 빠져나갔다.

벽을 차며 힘을 실어 효진의 무릎차기가 승건에게로 날아왔다. 차인 벽에 작은 크레이터가 생긴 것은 두말할 것도 없다.

쿠웅—!

묵직한 파괴력이 목도 위에서 폭발했다. 당했다면 아무리 지금 상태라도 조금 타격을 입었을지도 모른다.

효진의 파괴력을 이용해 뒤쪽으로 피신하자 어느새 그녀와 위치가 바뀌어 있었다. 효진이 교실 문쪽, 그리고 승건이 교실 창문을 등진 채 그녀와 대치했다.

효진은 살짝 옆을 보더니 가차없이 책상을 집어던졌다. 지우개라도 던지듯 너무나 손쉬운 움직임으로 투척한 책상이 승건을 정면으로 덮쳤다. 허리를 굽히며 승건이 목도를 휘둘러 책상을 쳐 날렸다.

와장창, 유리 깨지는 소리가 들리며 창문을 뚫고 밖으로 날아간 책상이 통곡했다.

쉬지 않고 날아오는 의자와 책상을 쳐내자 시간 차를 두고 효진이 돌진해 들어왔다. 다섯 번째의 책상을 치며 오른쪽으로 재빠르게 스텝을 밟자 조금 전에 서 있던 곳으로 효진의 발차기가 꽂혔다.

쿵!

시멘트 바닥이 깨져 나갔다. 효진은 살기를 느끼며 반사적으로 왼발에 힘을 넣어 뒤쪽으로 덤블링했다. 효진의 찍기가 처박힌 그 장소에 똑같이 승건의 목도가 벼락처럼 박히고 시멘트의 균열이 더욱 심해졌다.

흩날린 먼지가 내려앉기도 전 책상 위로 뛰어올라 몇 번이고 곡예를 넘은 효진은 교탁 위에 깃털처럼 안착했다. 격렬한 움직임에 맞지 않게 그 착지는 너무나 부드러웠다.

교실 뒤쪽에 위치한 승건이 목도를 들어 올리며 피식 웃었다.

"과연 대단한데. 도저히 움직임을 예측할 수가 없어. 3개월 전과는 비교할 수 없는 몸놀림이야."

"기억하시나요."

"당연."

효진과 승건은 학기 초 한 차례 맞붙은 적이 있었다. 그것은 효진의 도전으로 성사된 대무로 그때 효진은 승건에게 간단히 제압당했다.

그렇지만 단 3개월 만에 효진은 승건과 대등하게 맞붙고 있었다. 버닝 피스트, 혹은 이극명 때문만은 아니었다. 그동안 겪은 일들이 이렇게 강하게 만들어준 것이다. 효진은 그렇게 믿고 있었다.

"분위기가 식으면 안 되죠. 다시 갑니다."

땀 한 방울 흘리지 않는 멀쩡한 얼굴로 효진이 교탁을 박찬다. 그 0.3초 후 교탁은 산산조각났다.

직진으로 돌진해 승건에게 주먹을 내질렀다. 성실할 정도로 정면에서 날아오는 공격을 승건은 막아내지 않고 피했다.

오른쪽 어깨를 떨어뜨린다. 머리 위로 지나가는 주먹의 기운을 오감으로 쫓으며 오른쪽 발을 굴린다. 허리를 비틀며 허리춤까지 내린 목도가 날카로운 이빨이 되어 효진을 향해 포효했다.

슈슈슉!

세 번의 찌르기. 바위를 꿰뚫을 기세로 날아간 공격. 목도가 효진의 급소를 관통했다.

―느낌이 없다.

깨달은 순간 눈앞에서 효진의 잔상이 사라졌다. 기척은 머리 위!

눈을 들자 거꾸로 천장에 붙은 효진을 발견했다. 거미처럼 천장에 붙어 고요한 눈동자가 승건을 꿰뚫고 있다. 현실적으로 불가능한 일이지만 극대화된 다리 힘이 그것을 가능케 하고 있었다.

아주 잠깐, 찰나의 순간 천장에 붙어 있던 그녀가 화살처럼 승건의 품으로 파고들었다.

그의 목도를 지나 간격 안으로 들어와 땅을 박차며 주먹을 내지른다!

슈욱!

살인적인 파공음과 함께 승건의 왼쪽 볼이 찢어졌다. 피가 배어 나오기도 전 연속으로 쏟아지는 공격이 승건의 전신을 강타했다.

펙! 쿵! 뻐억!

쉴 새 없는 공격이 쏟아지는 사이. 허용당하고, 막고, 피해내며 승건이 목도를 끌어와 효진의 머리를 내려쳤다.

후웅—

효진은 작은 회오리가 되었다.

주변의 공기를 빨아들이듯 그녀의 몸이 승건의 간격에서 회전했다. 목도가 짓쳐내려오는 그 중간, 그녀의 머리가 회전력을 받아 교묘하게 목도의 궤도를 벗어났다. 승건이 그 사실을 눈치 챘을 때 그의 관자놀이로 효진의 발차기가 처박혔다.

콰앙—!

그의 몸이 걷어차인 힘에 거침없이 일직선으로 날았다. 뚫려 있던 교실 문을 통과해 복도 벽에 충돌했다. 그 충격으로 주변의 창문이 일제히 부서져 나갔다.

허공에서 거꾸로 선 채 그를 걷어찬 효진이 바닥을 손으로 짚고 빙글 돌아 일어섰다. 그가 부딪힌 벽에 그대로 자국이 남아 있었다. 그러나 그의 모습은 보이지 않았다.

폐허가 된 교실을 빠져나와 효진이 승건의 기척을 뒤쫓았다. 위층으로 올라가는 계단에서 승건의 느낌을 감지했다. 복도 끝까지 날아가듯 달려 모퉁이를 돌았을 때 돌연 덮쳐 온 목도에 효진이 급히 허리를 숙였다.

속도를 이기지 못하고 몸이 휘청대지만 곧 균형을 잡았다. 그러나 그 '곧' 이라는 시간 동안 승건의 목도가 재차 허공에 세 차례의 빛을 그었다.

슉슉, 슉!

효진은 필사적으로 허리를 비틀었다. 그녀의 등을 목도의 끝이 베고 지나갔다.

베인 느낌. 깊진 않다. 한 번 땅을 차며 그에게서 거리를 벌린 후 등을 만졌다. 허전하다. 있어야 할 것이 없었다. 손이 아무런 방해도 받지 않고 등을 만진다. 흐르는 피를 손으로 닦아 눈앞으로 가져왔다.

승건이 목도로 무언가를 건져 올려 흔들었다.

"이걸 찾아?"

"……!"

찢어진 옷가지. 승건의 공격으로 인해 옷가지가 잘려 나간 것이다. 등으로 서늘한 밤바람이 와 닿았다. 승건이 품평하듯 옷가지를 들고 이리저리 살펴보다가 휙 집어던졌다.

"몸통을 베어야 하는데 쓸데없는 걸 벴군."

하늘하늘 떨어지는 옷가지를 낚아채며 효진의 두 눈에 불이 붙었다. 아끼는 옷이었는데라는 생각이 그녀의 분노에 힘을 더했다. 훤히 보이는 등에 달빛이 부딪쳤다. 그런 느낌마저 생생히 두뇌로 전달되었다.

다시 뛰쳐나간다. 승건이 계단 위로 뛰어오르며 목도를 휘둘렀다. 효진은 아래쪽으로 어깨를 낮춰 목도를 피해내며 계단을 제비처럼 뛰어올라 갔다. 가슴과 계단이 만날 듯이 극히 낮은 자세. 내려쳐지는 목도가 계단을 공격하게 만들고 주먹을 날렸다.

승욱이 능숙하게 피해내며 목도로 다시 공격을 가해온다.

고개를 꺾으며 목도를 피한다. 이제 승건의 패턴이 어느 정도 보이기 시작했다. 냉철하게 돌아가는 두뇌가 그의 약점과 그녀가 실행해야 할 전술을 떠올렸다. 각 신경을 따라 명령이 전달되고, 생각하기도 전에 몸이 먼저 움직였다.

목도를 휘두르는 그의 품속으로 파고들었다. 온몸으로 부딪쳐 가로로 베어져 들어오는 목도를, 그 팔 자체를 정지시켰다. 막힌 팔을 강하게 붙들며 동시에 그의 무릎을 차고 허공으로 날아올랐다. 벽을 차며 몸을 더 더욱 높이 띄우는 순간 두 손은 그의 팔을 놓으며 어깨로 위치를 바꾼다.

어느새 효진의 위치는 승건의 머리 위로 바뀌어 있었다.

어깨를 붙잡은 손을 중심으로 거꾸로 선 효진이 무릎을 모았다. 허리를 퉁기며 그녀의 무릎이 호를 그리며 떨어져 내려와 승건의 등의 중심, 척추에 작렬했다.

퍼억!

그의 몸이 계단 아래로 떨어졌다. 제대로 착지도 하지 못하고 어깨부터 1층 바닥에 추락하며, 그 후 겨우 낙법으로 이었다. 몸을 벌떡 일으켰을 때 이미 효진은 계단에 안착하여 일어서 있었다.

어두운 계단에서 자신을 내려다보고 있는 효진. 승건은 참을 수 없는 즐거움에 피식 웃음을 터뜨렸다. 물론 등과 어깨의 데미지를 숨기기 위한 의도도 있었다.

“왜 웃죠?”

효진이 물었다. 차분한 목소리에 승건은 어깨를 으쓱거리려 했다가 그만두었다.

“즐거워서 말야. 이 학교에서, 아직 나와 대등하게 맞붙을 수 있는 자가 있다니. 역시 세상은 넓다는 걸 실감 중이야.”

“아직 세상을 더 맛봐야겠군요.”

효진은 차갑게 말을 잘랐다.

"나보다 강한 사람은 세상에 얼마든지 있어요. 당신보다 강한 사람도 물론 굉장히 많아요. 아무리 당신이 그 미향으로 강해져 봤자 언젠가 그들에게 무릎을 꿇게 되는 일이 올 거예요."

"정론이군."

"그러나 그전에 나에게 질 테지만."

자신감이 아니다. 지극히 당연한 말을 내뱉는 듯한 어조로 말한 효진이 오른발을 몇 계단 위에 두고 다시 자세를 잡았다.

그것이 신호. 웃음을 접은 승건의 돌진, 공격이 이어졌다.

한 호흡에 효진의 앞에 도달한 승건의 목도가 효진의 코앞을 스쳐 지나갔다. 이미 몸을 돌려 위쪽으로 피신한 효진을 따라 승건이 달렸다. 바로 앞에서 도망가고 있는 그녀의 등을 향해 목도를 찔러 넣었다.

공기를 가른 목도는 효진의 잔상마저 갈랐다. 문득 정신을 차렸을 때 이미 그들은 2층에 도착해 있었다.

쉴 새 없이 승건이 목도를 뻗었다. 효진은 달렸다. 그의 목도가 닿지 않는 곳으로 달려나가 벽을 걷어찬다. 그녀가 다른 쪽으로 방향을 꺾었을 때 뒤늦게 목도가 벽을 파괴하며 튕겨 나갔다. 반동을 이용해 곧바로 효진이 도망친 방향을 베었다. 이번에는 그녀의 다리를 베었지만 역시 큰 타격을 주지는 못했다.

2층 복도에서 몇 번이고 공방이 오고 갔다. 공기가 떨리며 복도 창문이 무참하게 부서져 나갔다. 조용한 밤의 교정에서 건물이 흔들리는 소리, 유리창이 부서져 나가는 소음 등등이 겹쳐져 낮의 학교만큼이나 시끄러웠다.

그 중심에서 효진의 발차기와 승건의 목도가 재차 부딪쳤다.

콩― 소리와 함께 두 사람이 동시에 힘을 쏟아 넣은 공격이 서로의 공격에 의해 막혔다. 그 힘으로 두 사람은 서로 반대편으로 날아갔다. 효진은 교실 문을 부수며 들어가 나동그라졌고, 승건은 복도 벽에 흔적을 남기며—덤으로 몇 장의 창문을 공명으로 깨뜨리며—뒤통수를 강하게 박았다.

"크으……."

기어코 두 사람의 입에서 신음이 흘러나왔다. 무뎌진 감각이 서서히 다시 깨어나고 있었다. 미향의 약효나 버닝 피스트의 힘이 사라지고 있는 것이 아니다. 깨어난 오감이 통각마저 깨우고 있는 것이다.

데굴데굴 구르는 힘을 억지로 멈춰 선 효진이 고개를 쳐들었다. 바닥에 붙은 듯한 낮은 자세. 금방이라도 쇄도해 들어갈 수 있도록 다리 근육을 긴장시키며 쳐다본 정면에서 잠깐 무릎을 꿇었던 승건이 일어서고 있었다. 땅을 짚었던 목도를 오른손으로 들어 정확하게 효진을 겨냥했다.

아직 멀었다는 표시. 싸움은 이제 본격적으로 들어가고 있는 참이었다.

효진의 눈동자가 살짝 다른 곳으로 향했다가 제자리로 돌아왔다. 아직 한 짝이 남아 있는 교실 문. 냉정하게 상황을 분석하여 전술을 끌어낸다. 결정한다.

쇄도했다.

어깨를 떨어뜨리며 낮게 뛰어나가자 승건도 접근하며 목도를 똑바로 앞으로 찔렀다.

그 목도가 교실 문의 영역을 넘어 교실까지 들어오는 것을 끝까지 기다렸다가, 미간 바로 직전에서 고개를 급격히 꺾어 피한다. 미간이 얇게 찢어졌다. 손을 뻗어 남아 있던 문짝에 찍어 넣어 이쪽으로 끌어당겼다.

버닝 피스트가 이룩해 낸 무식한 파워로 문을 목도의 옆면에 돌진시킨다!

쾅!

귀 따가운 충돌음과 함께 목도가 일시적으로 문의 힘에 붙잡혔다.

땅을 디딘 왼발을 축으로 허리를 비튼다. 축발을 회전시키며 그 회전력과 체중, 힘을 모두 쏟아 부어— 교실 안으로 삐죽 들어온 목도를 걷어찼다!

우지끈!

확실한 느낌이 느껴졌다. 부러졌다!

라고 생각했으나 실상은 달랐다. 목도를 걷어차긴 했으나 그것은 아주 일부분뿐이었다. 효진의 발차기가 목도에 부딪치는 그 찰나의 직전, 승건이 위기를 느끼며 목도를 다시 끌어당겼기 때문이다. 목도의 끝을 살짝 스친 발차기가 직격한 곳은 애꿎은 책상이었다.

쿠당탕탕!

차마 표현할 수 없는 굉음이 일었다. 눈을 찔끔 감았다가 다시 떴을 때, 효진이 걷어찬 책상—이었던 물건—은 형체를 알 수 없게 파괴되어 있었고, 그 여파로 파도처럼 부서져 넘어간 책상들이 아비규환을 이루고 있었다. 만약 사람이었다면 수십 명의 부상자를 만들어냈을 만큼의 파괴력.

효진은 침을 삼켰다.

아주 잠깐 그렇게 방심했을 사이,

효진의 옆구리에 승건의 목도가 푹 박혔다. 이미 공격을 당한 후 목도를 붙잡아 겨우 충격을 어느 정도 완화했지만 효진의 눈이 커졌다.

고통이 아니라 경악 때문이었다.

나무문을 뚫고 목도가 바깥에서부터 침입해 있었다. 문 너머의 효진의 위치를 정확하게 읽고, 승건이 신기에 가까운 기술로 문을 관통시킨 것이다.

승건이 목도를 뽑았다. 내장을 뒤흔든 충격에 효진이 숨을 참으며 급히 간격을 벌렸다. 문을 잡고 천천히 옆으로 밀어내며 승건이 등장했다.

"이번엔 제대로 들어갔군. 시도는 좋았는데 말야. 이 목도는 좀 튼튼해. 사령무검처럼 안에 진짜 칼날이 들어 있지 않은 대신 철심을 박아 넣었으니까. 나무 재질도 특별하고 말이야. 어때?"

효진은 옆구리를 붙잡고 신음을 참았다. 내장이 뒤틀리는 충격이었지만 이를 악물고 참아냈다. 보지 않아도 그 부분은 시퍼렇게 멍이 들었을 것이다. 옷에 가려서 보이지는 않겠네, 다행이야라고 하고 있을 때가 아니다. 효진은 날카롭게 눈매를 만들고는 자세를 잡았다. 받으면 돌려주어야 하는 법.

효진이 그에게로 돌진하다 중간에 궤도를 바꾸었다. 전환하는 그녀의 움직임을 따라 목도를 휘두르며 승건이 따라붙는다.

그때부터 효진과 승건은 엎치락뒤치락, 공격을 주고받으며 복도 끝까지 달려갔다. 복도의 유리창 중에 무사한 것은 몇 장도 되지 않았고, 벽에는 온통 싸움의 흔적으로 움푹 패이고 균열이 생겼다. 무시무시한 대결은 2층 계단을 지나 3층까지 이어졌다. 그쯤 되자 두 사람의 몸도 서로의 공격으로 인해 말이 아니었다.

효진의 팔에는 승건의 목도를 막아내다 베인 상처가 여린 피부에 아로새겨졌고, 승건의 옷 또한 그녀의 공격에 찢어져 그 아래의 피부를 드러내고 있었다.

재차 발차기와 목도가 부딪치며 두 사람이 서로에게서 떨어져 나왔다. 3층 복도의 한중간. 두 사람의 대결이 멎자 학교 전체가 침묵에 빠졌다.

두 사람을 숨을 몰아쉬었다. 이미 몇백 번의 공방이 일어난 듯했다. 효진은 그 공격수마저 계산하고 있었지만 이백이 넘어가자 더 이상 세는 것을 포기했다. 그 여력을 모아 전술을 끊임없이 떠올리며 승건을 상대했다.

승건 또한 지쳐 있었다. 아니, 점차 시간이 지날수록 미향의 약효가 사라지며 본래의 상태로 돌아오려 하고 있었다. 승건은 이 상황을 부정하지 않고 치밀하게 계산했다. 남아 있는 미향의 효과를 한번에 쏟아내느냐, 아니면 아끼고 아껴 철저하게 효진을 공략할 것인가.

승건은 미소를 지었다.

대답은 정해져 있다.

'가자.'

승건이 목도를 내렸다. 갑작스런 행동에 효진이 경계 태세를 잡으며 그를 관찰했다.

양손으로 붙잡아 똑바로 세우고 있던 목도를 오른손으로 가볍게 붙잡아, 손목을 휘돌린다. 그에 따라 목도가 유려한 곡선을 그리며 그의 주위를 춤췄다. 마치 손목의 상태를 확인하는 듯한 그 행동에 효진은 의아한 표정을 지어 보였다.

승건은 눈을 감았다. 미향의 힘을 깨운다. 오감을 최대한 넓혀 여섯 번째 감각마저 마음대로 움직일 수 있을 만큼 자신의 안으로 잠겨 들어간다. 전신의 근육을 일깨운다. 바람의 흐름이 느껴진다. 앞에서 흘러와 그를 스치며 뒤로 지나간다. 그 감각을 점차 더 넓혀간다. 천천히 감각을 넓혀— 그 안에 효진을 집어넣었다.

효진에게서 강인한 기가 뿜어져 나오고 있었다. 기운 자체는 조용했으며 한없이 격렬했다. 모순적인 두 가지 기운이 혼재하고 있는 기묘한 상태. 그러나 승건은 그것조차 이해했다. 그녀가 뿜어내는 기운이 바람이 되어 그의 몸을 휘감았다. 이것은 효진의 분노, 증오, 혹은 힘. 무엇이든 좋았다. 승건을 그것을 확실하게 느꼈다.

눈을 뜬다. 돌리던 목도를 다시 제자리로 되돌린다. 마치 목도를 처음 쥐는 아이처럼 손잡이를 붙잡았다.

그때부터 승건의 '공간'이 완성되었다.

기묘한 행동에 효진이 눈을 깜빡일 때 승건이 입을 열었다.

"당학류 해검도에 대해서 알아?"

의도가 의심스러웠으나 우선 잠자코 대답을 돌려주었다.

"아뇨. 전혀."

"그래? 그럼 잠깐 설명해 줄까."

약간은 가라앉은 목소리로 그가 이야기했다.

"우리 당학류에서는 검도의 경지를 세 가지로 나누고 있어. 첫 번째가 초검(初劍). 칼을 가장 처음 잡았을 때를 말해. 아직 아무것도 이룩해 내지 못한 상태. 그리고 두 번째가 예검(銳劍). 칼을 자신의 의지대로 빠르게 다룰 수 있는 상태. 여기서 더욱 발전한다면 어떻게 될 거 같아?"

"글쎄요."

"좀 더 성의 담긴 대답을 바랐는데."

"그럴 의무는 없죠."

"그렇기야 하지만."

승건은 아쉽다는 듯 잠깐 한숨을 쉬더니 설명을 이었다.

"예검을 넘어설 때부터 칼은 오히려 늦어져. 그 경지가 세 번째이자 최종적인 만검(萬劍). 만 개의 검이라는 뜻이 아냐. 만이란 숫자는 가득 찼다는 의미와도 통해. 무슨 말인지 알겠어?"

효진은 모르겠다는 표정을 지어 보였다. 승건은 여유가 담긴 미소를 지었다.

"나의 '공간'에 검이 가득 찬다는 의미야."

공간, 그것은 깨달음을 얻은 자가 스스로 인식할 수 있는 일정 거리를 가리키는 말이다. 자신을 중심으로 둥근 구의 형태라고 생각하면 간단하다. 그 안에서 그는 '절대자'가 될 수 있다.

"공격해 봐. 얼마든지."

효진은 거부하지 않았다. 좀 전처럼 궤도를 교묘하게 바꾸며 발차기를 날리자, 그 한 발 앞서 이미 목도가 앞을 가로막아 섰다. 간단히 쳐내진 공격을 회수하며 동시에 주먹을 뻗는다. 그러나 이번엔 목도의 손잡이 바로 윗부분에 주먹이 가로막혔다.

몇 번이고 재차 공격을 날린다. 페이크를 섞어가며 쉴 새 없이 공격을 날렸지만 단 한 번도 성공하지 못했다. 승건은 그 자리에 가만히 서서 아주 천천히, 오히려 너무 느릴 정도로 목도를 움직이고 있었다. 이해 불가능한 광경이었지만 실제로 효진의 공격은 승건의 근처에도 닿지 못했다.

몇 번이고 주먹을 날린 후 효진이 무언가를 깨달았는지 뒤로 빠졌다. 좀 전에 서 있던 곳에서 한 발 더 물러서서 멈춘다. 승건의 눈썹이 살짝 올라갔다.

'…깨달았나, 설마?'

자신의 의심을 곧 부정했다. 그럴 리가 없다. 만검의 경지란 그렇게 간단히 간파해 낼 수 있는 것이 아니다. 그는 목도를 다시 세우고 공간을 확장했다.

효진은 자세를 풀었다. 자연체, 그런 문제가 아니라 말 그대로 아무런 태세도 갖추지 않은 것이다. 승건은 순간 그녀를 잘못 본 것인가 자신의 눈을 의심했다. 만검을 눈앞에 두고 태세를 풀다니.

만검의 느린 움직임은 '공간'에 기인한다. 공간 안에서 검사는 공격의 모든 정보를 알 수 있다. 속도, 궤도, 변화 등. 그것을 이해하고, 이해를 초월하여 느끼는 수준에 다다라, 필요없는 근육의 움직임을 모두 없애 최단거리로 궤도를 형성할 수 있는 능력을 부여한다. 그렇기에 공격자의 입장에서는 어떤 방향으로 공격을 하더라도 칼이 먼저 타격 지점에 도달해 있기에 공격 자체가 불가능해지는 것이다.

그런데도 아무런 공격을 가해오지 않는다는 것은 거꾸로 말해 승건의 방어 자체도 불가능하게 만든다는 의미였다.

승건은 되려 행동에 나섰다.

한 발자국을 내디뎌 효진을 공간 안에 끌어들인다. 그 순간 그의 몸이 사라지며 효진의 뒤쪽에 나타났다. 이 또한 최단거리. 움직이지 않는 효진의 목덜미에 목도를 후려갈긴다!

그 찰나 효진이 상체를 굽혔다.

목도가 허무하게 잔상을 가르고 지나갔― 라고 느꼈으나 승건은 이미 그 움직임을 알고 있었다.

목도가 직각으로 떨어져 내려 효진의 어깨를 두들겼다. 연속으로 양쪽 어깨를 베고 지나가며 옷이 찢어지고 피가 튀어 오른다.

'한 번 더!'

속으로 소리치며 목도를 들어 올려 오른쪽에서 왼쪽으로 베려 할 때, 깨달았다. 베이면서도 그녀의 행동은 끊기지 않았다.

상체를 굽히며 동시에 하반신을 허공에 띄웠다. 발을 휘둘러 그녀의 발꿈치가 아래에서부터 승건의 턱을 노렸다.

미리 공격을 읽어내며 발의 궤도에 맞춰 목도를 쳐 올린다. 목도에 부딪힌 발이 허공으로 방황하며 효진의 몸이 한 바퀴를 돌았다. 바닥에 웅크려 착지, 곧바로 몸을 반전하며 반대로 회전하며 발차기를 날렸다.

정면에서 덮쳐 오는 공격조차 승건의 목도가 막아냈다. 그 목도 위로 똑같은 발차기가 무수히 쏟아졌다. 한 방 한 방이 무거운 파괴력을 갖추고 있었으나 그의 목도 앞에서는 무용지물이었다.

자세를 바로잡은 효진이 물러나더니 허리를 비틀며 돌려차기를 날렸다. 명치를 향한 공격, 그러나 다시 목도에 막히고 그녀의 매서운 공격이 휘몰아쳤다.

사방에서 날아오는 발차기. 그것은 그녀의 전력을 다한 공격이었다. 30초도 넘지 않는 시간 동안 그녀는 버닝 피스트의 모든 힘을 끌어 모아 승건을 공격했다. 킥을 날리고, 리드미컬하게 발을 바꿔 차기! 또다시 몸을 회전하며 원심력을 더해 돌려차기! 발을 높게 뻗어 내려찍기!

승건의 목도는 그런 효진은 유린하듯 그 발차기를 막아내고 흘렸다.

둘 다 신기에 가까운 기술로 맞부딪치는 동안 효진의 발이 몇 번이고 승건의 목도를 강타했다.

그렇다.

승건이 아니라 목도 위에.

끼잉.

어느 순간 효진의 발에 신호가 울렸다. 지금까지 그녀가 기다려 왔던, 이것을 위하여 승건을 끌어내고 무모한 공격을 날렸다. 어깨를 내주었다.

효진은 최후의 힘을 모았다. 주먹으로 승건의 신경을 빼앗고, 그 사이 오른발을 굴렀다. 왼발을 축으로 회전하며 효진의 몸이 공중으로 날았다. 두 바퀴의 회전력을 실은 채 그녀의 오른발이 크게 휘어져 들어와, 발끝이 승건의 관자놀이로 쇄도했다.

비웃으며 승건이 목도를 들었다. 아래쪽에서 올라온 목도, 손에 힘을 넣어 그녀의 발차기를 궤도 앞에서 막아내려 할 때, 그녀의 후려차기가 승건의 목도에 정확히 틀어박혔다!

그 순간,

파직—!

효진의 킥은 목도를 부수며 승건의 관자놀이에서 폭발했다.

발끝으로 걷어차 파괴력이 창처럼 머리를 뚫었다. 반대쪽 관자놀이까지 도달한 충격이 더는 갈 곳이 없어 머리 속을 뒤흔들었다. 강진(強震)에 달하는 충격이 승건의 두뇌를 유린했다. 생각지도 못한 일격. 승건의 정신이 일순 흔들려, 그 순간 오감이 꺼지고 공간이 사라졌다. 아무것도 느껴지지 않았다.

시야가 흐리다. 애써 눈을 떴을 때 보인 것은, 효진의 커다란 눈동자였다.

푸른 불꽃이 타오르는 주먹이 승건의 시야를 가득 메웠다.

"성인 씨, 미령 선생님의 몫!"

그녀의 주먹이 승건의 면상을 후려갈겼다.

빠각!

승건이 비틀거렸다. 넘어지지 않는 것은 그에게 남은 최후의 자존심, 힘이었다. 그 위로 효진의 귀신같은 외침에 겹쳐졌다.

"우리 오빠의 몫!"

남은 힘을 잔뜩 실은 뒤돌려차기가 승욱의 명치에 꽂혀 들어갔다. 그가 허리를 활처럼 굽히면서 무언가를 토해냈다. 위액과 피가 섞인 액체. 승건이 깊게 신음했다.

"그리고 이건!"

허리를 굽힌 승건의 머리를 효진이 올려 찼다.

픽!

"미향에 괴로워한 사람들의 몫!"

상체가 들린다. 완전히 무방비가 된 승건의 얼굴. 그 가증스러운 얼굴이 피범벅이 되어 있었다. 효진은 마지막으로 소리쳤다.

"마지막, 승욱 씨의 몫!"

그녀의 내려찍기가 승건의 얼굴을 덮쳐, 그대로 시멘트 바닥에 처박았다.

쾅!

파편이 튀어 오르며 승건의 절규가 복도를 뒤흔들었다. 효진은 머리를 밟은 채로 몇 번이나 꾸욱꾸욱 눌러준 후 발을 뗐다.

승건은 더 이상 꿈틀대지 않았다. 아무런 말도 들려오지 않는다. 숨소리조차 들려오지 않아 효진은 움칠 놀랐지만 버닝 피스트가 가르쳐 주었다. 그의 심장은 아직 뛰고 있다는 사실을.

그에게서 물러났다. 몇 발자국 물러선 후 자신이 쓰러뜨린 남자를 내려다보았다.

다리에 힘이 풀렸다. 그녀는 털썩 주저앉고 말았다. 자신들의 싸움으로 엉망이 되어버린 복도. 그것을 둘러보다가 다시 승건을 내려다본다.

그때야 효진은 자각했다.

"…이겼다."

말로 꺼내자 현실감이 확 살아났다.

효진은 학생회장이자 미향의 주인, 그리고 학교의 최강자였던 남자를 쓰러뜨렸다.

"이겼다아아아!"

효진은 외쳤다. 기쁨을 담아 소리쳤다. 더는 환호할 수 없을 만큼 환호했다. 그녀의 환호는 언제까지고 계속될 듯이 어두운 복도를 흔들어 놓았다.

계단에서 발자국 소리가 들렸다. 뚜벅뚜벅, 조용하게 일정한 리듬대로 들려오는 발소리에 혜란은 안타까운 표정을 지었다. 계단에서 모습을 드러낸 사람은 그녀의 예상대로 효진이었다.

더 이상 소리가 들려오지 않게 된, 그리고 효진의 외침이 들린 그때부터 혜란은 승욱의 옆에 앉아 있었다. 딱히 무슨 해코지나 복수 같은 것을 할 생각은 아니었다. 둘 다 정신을 잃었지만 건우보다는 승욱 쪽이 좋아 보였다고 할까. 그녀 자신도 모를 복잡한 기분으로 그녀는 주저앉아 있었다.

"승욱 씨 지켜주고 있었던 건가요?"

효진은 더 이상 차갑지 않은 말투로 물어왔다. 비꼬거나 기분 나쁜 어조가 아니었다. 그저 현상에 대한 궁금함을 던져 올 뿐.

혜란은 대답하지 않았다.

그녀에게 눈짓으로 인사를 보내며 효진은 쓰러진 승욱의 몸을 번쩍 들었다. 버닝 피스트는 아직 끝나지 않고 있었다. 그대로 그를 등에 업더니 안정적으로 균형을 맞추었다.

"걸을 수 있어요?"

승욱을 업은 채 효진이 혜란에게 물었다. 혜란은 대답 대신 직접 두 다리로 서 보였다. 피곤하긴 했지만 설 수 없는 것은 아니다. 효진은 고개를 주억대더니 히죽 웃었다.

"승건 선배를 위해서 싸우는 모습, 보기 좋았어요. 도와줄 필요도 없는 최악의 사람이긴 했지만, 그렇다고 해도, 혜란 선배에게는 소중한 사람인 거죠?"

두말할 것도 없다. 고개를 끄덕이는 혜란의 모습에는 일체의 망설임도 없었다. 효진은 웃음을 지우지 않고 계단을 내려가기 시작했다. 그녀가 남기는 말이 복도의 달빛을 부드럽게 감쌌다.

"선배나 나나, 힘든 남자를 좋아하게 됐네요."

웃음기가 묻어나는 말. 혜란은 당할 수 없다고 문득 생각했다. 어두운 계단을 내려가는 효진의 뒷모습에 그녀는 희미한 미소를 지어주었다.

효진의 발소리도 끊기고 학교는 침묵에 휩싸였다. 아직까지도, 좀 전의 결전 흔적이 느껴지는 듯했다. 웅웅— 거리며 몸을 떠는 학교 건물. 복도를 두들기는 책상의 소음. 유리창이 깨져 나가며 지르는 비명. 혜란은 귓가에 남아 있는 그 소리의 잔향을 더듬으며 아래층으로 발길을 옮겼다.

3층에 도착하자마자 그녀의 눈을 사로잡은 것은 복도의 벽을 뒤덮고 있는 수많은 균열이었다. 그것이 무엇인지 깊이 생각지 않아도 알 수 있었다.

'대단해······.'

폐허가 되어버린 복도를 걸으며 균열들을 눈으로 쫓는다. 깨져 나간 유리창을 통해 서늘한 밤바람이 복도를 쓸고 지나가고 있었다. 혜란은 잠깐 눈을 감았다 떴다. 저 멀리, 달빛 속에서 쓰러져 있는 승건을 발견했다.

발소리도 내지 않고 천천히 걸어간다. 바닥에 얼굴을 처박고 있는 그의 몸을 옆으로 굴려 바로 눕힌다.

엉망이었다. 얼굴로 몸도, 전부가 엉망이었다. 여기저기 찢어져 피가 흐른 얼굴에서 더 이상 깔끔하고 수려하던 그의 용모는 발견하지 못했다.

이 남자가 그 강하기만 했던 승건인 걸까.

나의 앞에서 나를 끌어 나가던 그 승건이 맞는 걸까.

혜란은 기묘한 기분이 되어 그의 곁에 앉았다. 다리를 모으고 앉아 승건의 얼굴의 피를 닦아주었다. 찢어지고 붓고 더러워진 얼굴이었지만 피를 닦을수록 본래의 얼굴이 드러났다.

만난 그날부터 그다지 변하지 않은 얼굴이 거기 있었다. 어른스러우며 여유가 가득했던 얼굴. 그러나 그 얼굴 뒤에는 동생에 대한 증오와 선택받지 못한 자의 괴로움을 지니고 있었다.

지금껏 옆에서 모셔왔는데 그것조차 깨닫지 못하다니.

혜란은 자신을 탓했다. 진작에 승건의 진심을 깨닫고 말렸어야 했는데. 어쩌면 자신은 효진이 나설 때부터 이렇게 될 것을 알고 있었을지도 모른다. 2년 전, 승건과 대무를 하고 졌던 효진의 오빠, 서효민이 내뱉은 말을 그녀는 잊지 않고 있었다.

가만히 승건을 내려다본다. 찬찬히 얼굴을 관찰하듯 눈동자를 움직이고, 마지막에 그의 입술에서 눈길을 멈추었다.

그녀의 입이 지그시 열렸다.

"앞으로도 전 당신의 곁에서 당신을 모실 겁니다……."

맹세의 키스. 그녀가 최초로 승건에게 한 입맞춤은 그렇게 처참한 결전이 일어난 후의 달빛의 복도에서였다.

"아하하하하하."

"아하하하하, 가 아니잖니!"

미령은 소리쳤다. 진심으로 화가 나 있다. 효진은 어색하게 뒷머리를 긁고 있던 손을 내리며 고개를 숙였다.

"죄송합니다……."

"…휴우, 정말… 너희들 때문에 내가 심장이 몇 개라도 모자른다는 사실, 알고 있니?"

침울해진 채 용서를 구하는 효진의 모습에 미령은 할 수 없이 야단을 멈추었다. 피곤한 얼굴로 침대 옆 의자에 앉는다.

이곳은 병원.

성인을 잠깐 살피는 사이 승욱이 사라져서 미령은 불안함을 느끼고 있었다. 아니나 다를까, 몇 시간 뒤 병원에서 연락이 왔다. 남의 집 전화를 함부로 받아도 될까, 2초 정도 고민한 후 수화기를 든 미령에게 효진은 이렇게 말했다.

"선생님, 여기 병원인데요― 보호자 좀 되어주시면 안 될까요?"

마침 깨어난 성인을 데리고 부랴부랴 병원으로 달려오자 응급실에 누운 채 효진이 손을 흔들었다.

"어서 오세요, 선생님~"

발랄한 그 음성에 미령은 돌연 화가 치솟아 응급실이 떠나가라 큰 소리로 효진을 야단쳤다. 그리고 상황은 방금 전까지.

옆 침대에서는 성인이 치료를 받고 있었다. 병실이 생기는 대로 입원이 가능하도록 미령이 아는 의사에게 부탁을 했고, 그를 위하여 성인도 급히 치료받고 있는 것이다.

미간을 살짝 찌푸린 채 미령이 커튼이 쳐진 반대편 침대를 가리켰다.

"승욱이의 상태는 어떠니?"

"출혈이 심하지만 목숨에는 지장이 없을 것 같대요. 신기한 게 사라진 혈액이 무지 빠른 속도로 회복되고 있다고 하던데요? 저것도 체질 문제인가 봐요."

아마도 칼의 저주 같은 부작용 때문에 그의 신체 스스로가 적응을 해 나간 결과일 것이다. 평소에 그렇게 피를 흘려도 멀쩡한 이유는 거기에 있었다.

미령은 고개를 끄덕이더니 침을 한 차례 삼켰다. 무척 안심한 듯 그녀의 표정이 편해졌다. 효진을 돌아보며 그녀의 얼굴에 손을 뻗었다. 따뜻하고 부드러운 손길로 그녀의 볼을 쓰다듬어 주며 미령이 말했다.

"이제 모두 끝났으니까 푹 쉬렴. 아무 생각 말고. 알았지?"

"네!"

밝게 대답하는 효진의 미소에 더 이상 그늘은 없었다.

세 명이 학교로 복귀한 것은 그로부터 일주일 후였다. 일주일 동안 효진의 존재는 전설이 되어 있었다. 모두의 존경과 질투를 받던 학생회장이 미향을 퍼뜨린 장본인이며, 모든 음모를 꾸몄다는 사실 이상으로 그녀는 영웅이 되어 있었다. 아직까지 제대로 복구가 되지 않은 깨진 유리창과 복도의 균열들을 살피며 건물을 나서던 효진이 새삼 그날의 싸움을 떠올렸다.

"나… 정말 굉장하게 싸웠나 보네요."

"다른 사람 말하듯 하는군."

옆에서 걷고 있던 승욱이 툭 태클을 걸자 효진이 강한 어조로 반박했다.

"당연하죠! 그날의 저는 제가 아니었다구요. 뭐랄까, 내 안의 뭔가 다른 존재가 들어와 있다는 기분? 그 존재가 나의 몸을 움직이고 있다는 그런 기분이었어요. 이상한 건 그게 전혀 이상하지가 않고 오히려 당연히 생각되었다는 거예요. 알 수 있겠어요, 그런 기분?"

"아니."

승욱의 경우 사령의 기운을 흡수하며 그 이질감이 전신을 장악한다. 이젠 익숙해져서 오히려 편하다고도 할 수 있었지만 기본적으로 '동화' 되지는 않는다.

효진이 문득 생각해 냈다.

"승욱 씨는… 괜찮아요?"

지난 일주일 동안 물으려고 하다 기회가 없어 묻지 못한 말. 식당으로 향하는 길에 효진은 마음을 결정했다.

"뭐가?"

"그… 승건 선배 말이에요. 승욱 씨는 결국 형한테 배신… 을 당한 거잖아요?"

조심스런 어조로 물었다. 혹시 그가 마음 아파하며 어쩌지 하는 생각도 들었지만 한 번은 짚고 넘어가야 할 것 같았다. 그것이 그에 대한 배려라고 그녀는 생각했다.

생각 외로 승욱의 표정은 담담했다.

"별로 그런 마음은 없어. 그날, 계단에서 이야기를 들으며 올라갈 때는 '과연'이라는 생각밖에 들지 않았어."

"과연?"

"형님의 그런 기분은 이미 알고 있었으니까. 아니, 짐작이 되니까."

형제였지만 승건과 승욱의 재능 차이는 확연히 났다. 승건은 어릴 때부터 기대를 한 몸에 받았었고, 그에 비해 승욱은 그에게 비교를 당하며 자랐다. 승건이 사령무검을 잇는다는 사실은 가족들 사이에서 기정사실화된 이야기였다. 그러나 그날, 사령무검의 다음 계승자를 정한 그날, 사령무검은 승건이 아닌 승욱을 선택했다. 어쩌면 그의 마음속에 있던 승건을 향한 마이너스적인 감정에 홀린 것일지도 모른다. 그날부터 칼은 승욱의 것이 되었다.

승건이 말했듯 승건은 그날부터 삶 자체를 승욱에게 빼앗긴 것이다. 그 마음, 칼을 얻기 전까지 주욱 그와 비교당한 승욱은 너무 잘 알고 있었다.

진지해진 그의 옆얼굴을 올려다보며 효진이 고개를 갸웃댔다.

"뭘 그리 생각해요?"

"잠깐, 옛날 생각을 좀 했어."

아무것도 아니라는 듯 고개를 젓고는 말한다.

"아쉬운 것은 있지. 이렇게 끝나 버린다는 게."

"뭐가요?"

"난 형님께 인정을 받고 싶었어."

승욱의 어조에 쓸쓸함이 밴다. 효진은 문득 걸음을 멈춘 그를 따라 정지했다. 그의 옆에서 조용히 올려다본다.

"형님의 기분을 알고 있었으니까 더 더욱. 할아버님의 밑에서 수련을 받으면서 내가 생각한 것은 그것뿐이야. 이 칼의 주인임을 형님에게 인정을 받아야만 난 앞으로 나아갈 수 있다고. 하지만… 이제 와서 이렇게 되어버리다니, 조금 허망해."

인정받고 싶었던 사람이 이제 없다. 그는 가차없이 자신을 베어버리고, 그 후 효진에게 쓰러졌다.

승건의 만행은 혜란이 모두 폭로했다. 그리고 사건에 관련된 자들, 이승건, 김혜란, 최진아는 스스로 직위를 버리고, 승건은 소년원에 수감되게 되었다(건우도 다시 소년원행이었다). 벌인 행각의 정도가 심하기에 아마 몇 년을 보내게 될 듯했지만 혜란은 여전히 승건의 집에 있었다. 그 집에서 그가 돌아오는 것을 기다린다고 한다.

"괜찮아요."

문득 들린 효진의 말에 승욱이 상념을 접고 그녀를 내려다보았다. 귀여운 인상의 큰 눈동자가 따뜻한 빛을 품고 있었다.

"승건 선배를 이긴 내가 인정해요. 승욱 씨는 분명히 그 칼의 주인이에요. 그 사람보다 훨씬 나은 주인이 될 거예요."

그녀의 말에 묘하게 확신이 있었다. 신기한 것은 승욱도 어쩐지 그렇게 믿고 싶어지는 기분이 된다는 것이다.

이것이 ―인가.

애써 단어를 떠올리지 않으며 승욱은 웃었다. 오랜만에 보는 그의 웃음에 효진도 따라서 미소를 지었다.

오랜만에 좋은 분위기를 만든 두 사람의 등을 익숙한 감각이 덮쳤
다.

"여서 무신 핑크빛 분위기를 만들고 앉은 기고?!"

정인이 달려들며 두 사람의 등을 온몸으로 들이받았다. 무시무시한
충격에 두 사람이 휘청대다가 몸을 휙 돌렸다.

"언니! 위험하잖아요!"

"우하하하하하, 누가 이런 길가에 서 있으랬노?"

호쾌하게, 뻔뻔하게 웃음을 터뜨리는 정인의 등 뒤에서 대희가 나타
났다.

"미안해……. 왠지 모르게 아침부터 이렇게 기분이 좋아."

못난 여자친구를 둬서 죄송합니다라는 얼굴로 대희가 사과했다. 그
것을 아는지 모르는지 정인의 웃음은 그칠 줄 모른다. 효진은 포기했
다는 듯 피식 웃다가 한 명이 모자라다는 것을 눈치 챘다.

"소희 언니는요?"

"아, 누나라면 지금—"

"당근이 영민 선배 만나러 갔다 아이가! 오늘 같이 밥 묵자고 꼬심당
했다 카드라."

중간에 말을 빼앗긴 대희가 한숨을 짓는다.

"누나, 꼬심이라뇨……."

"좋다 아이가! 1년 만에 좀 진도가 나가는 긴데 방해하면 안 되제?
그러니까 우리는 멀리서 구경만 하자!"

"방해 안 한다면서요?"

"방해가 아니라 구경이라카이!"

친구의 연애가 흥분되는 건지 정인의 말투는 앞뒤가 뒤죽박죽이었

다. 그것이 오히려 정인다운 건지도 모른다. 소희와 영민의 관계는 1년 간 매우 미묘했다. 서로 좋아하는 것은 분명했으나 둘 다 자신이 없는 건지 소심한 건지, 옆에서 보는 정인이 답답할 정도로 좀처럼 진도가 나가지 않았다. 그러던 것이 이번 일을 계기로 사이가 좋아져 영민이 일주일 동안 병원에 입원해 있을 때 소희는 매일같이 병문안을 갔을 만큼 진행됐다.

"그 씨발 같은 회장이 벌인 짓도 이런 일에는 도움이 되는구마."

아무 데도 못 쓸 것은 아이네라고 얘기하며 정인은 다시 거창하게 대소를 터뜨렸다.

"잘됐네요. 잘됐으면 좋겠어요."

"암, 당근이지! 잘될 끼다!"

심하게 자신감 넘치는 목소리로 정인은 장담했다. 아무래도 오늘 그녀는 컨디션이 좋은 모양이었다.

"왜 그렇게 기분이 좋으세요?"

덩달아 좋아지는 기분으로 효진이 물어보았다. 정인이 웃음을 그치고 매우 간단히 얘기했다.

"학생회 만장일치로 효진이 니가 회장이 됐다."

"……"

부드러운 바람이 네 명을 스치고 지나갔다. 할 말을 잃어버린 세 명. 정인만이 장난스런 표정으로 히죽히죽 웃어대고 있었다.

약 10초 후.

"…뭐라구요?"

귀를 의심하며 재차 질문. 정인은 똑같은 말을 반복했다.

"학생회 만장일치로 효진이 니가 회장이 됐다."

"…거짓말이죠?"

"아니. 진담인데."

"학생회 전원이요? 현재 남아 있는 사람들이 전부? 그들이 모두 찬성했다구요? 거짓말이죠? 거짓말이라고 해줘요!"

"진짜라카이."

정인은 잘라 말했다.

"니는 최강이라고 불리던 이승건을 깼다 아이가. 그리고 현재 회장 자리는 비어버린 상태다. 아직 1학기도 안 지났는데 회장 자리를 비워둘 수는 엄따 아이가?"

"그, 그럼 학생회에서 아무나 하면 되잖아요! 왜 1학년인 나를?!"

"아무도 안 할라 카더라고. 내도 그랬고. 왜냐고 물어보이까 전부 대답이 같았다. 니가 있으이까. 최강을 깬 아가 있는데 우째 자기들이 할 수 있겠냐 그러더라고. 내도 거기에는 찬성했다. 그래서 니가 앞으로 회장이 돼줬음 좋겠다. 뭐 귀찮으니까 내년까지 싹 다 니가 다 해무라!"

"시, 싫어요!"

"싫다고 해도 학생회에서는 이미 결정을 내렸다 안 카나."

"다, 다른 학생들이 받아들이지 않을걸요?!"

"비공식적이긴 하지만 반대하는 아들은 전체 중 10퍼센트도 안 된다 카던데? 니, 지금 이 학교에서 니가 어떤 위치인지 아직 모르는 거가?"

모른다. 모르고 싶다. 절대 모를 거다. 반드시 모르고 말 거다!

어법에도 맞지 않은 외침을 속으로 뱉어내면서도 효진은 정인의 강한 눈빛에 기가 죽었다. 그녀의 눈빛은 장난이 아니었다. 진심으로, 효진 그녀가 회장이 되어주길 바라고 있었다.

"뭐, 회장이 되든 지금 부회장도 없으이까 니가 맘대로 정할 수 있는 특권도 있다. 잘 생각해 봐라, 알겠제?"

그 말만을 남기고 정인은 멋대로 떠나가 버렸다. 손을 흔들며 식당 쪽으로 걸어가는 그녀를 대희가 후닥닥 뒤쫓는다. 둘을 바라보는 효진의 얼굴에 무거운 피로가 쌓였다.

"…지금 저거 나보고 반드시 학생회장 하라는 말인 거죠?"

"……."

승욱은 응답하지 않았지만 충분히 그 마음은 알 수 있었다. 효진은 어깨를 늘어뜨렸다.

"나보고 어떻게 하라고 그걸……."

학생회장이라고 하면 실질적으로 이 학교의 대표다. 학생의 자유를 최대한 보장하는 이 학교의 교풍이니만큼 학생회장의 자리는 그만큼 무겁다. 생각지도 않고 있던 효진에게 이 제안—이라고 쓰고 강제라고 읽는 것—은 너무나 부담스러웠다.

그 부담에 숨도 제대로 쉬어지지 않는 것 같은 착각을 느끼고 있을 때 승욱이 대뜸 입을 열었다.

"잘할 거라고 보는데."

"…네? 제가요?"

"난 잘할 거라고 보는데. 지금껏 내가 봐온 너의 모습이 정말이라면."

부정하고 싶지 않았다.

"정말이에요. 승욱 씨 앞에서 보인 나는 그 전부가 진짜 나의 모습이에요."

"그래. 그럼 넌 잘할 거야."

자신보다 더욱 자신을 믿어주고 있다. 효진은 그렇게 느꼈다. 변함없는 어조였지만 그 속에 담긴 승욱의 마음이 충분히 느껴졌다. 이제 굳이 말하지 않아도 그의 감정이 느껴지고 그의 생각이 읽혔다.

이것이 ―이겠지.

부끄러운 단어는 자진 삭제.

어느새 효진은 부담을 잊어버렸다. 그의 말 한마디에 너무나 쉽게 그 무거웠던 짐을 훌훌 벗어버렸다. 신기하다. 너무 신기해.

효진은 승욱의 앞에 서서 똑바로 그를 쳐다보았다. 커다란 눈망울이 검고 고요한 눈을 직시한다. 승욱도 시선을 피하지 않았다.

주변의 지나가는 학생들이 수군대는 소리. 바람이 지나가는 소리. 그리고, 서로의 심장이 움직이는 고동 소리.

이윽고 효진은 말했다.

"고마워요. 잘해볼게요, 나."

"힘내라."

"네. 잘 도와주세요, 부회장님!"

승욱은 한 박자 늦게 반응했다.

"…뭐라구?"

이미 몸을 휙 돌려 안 들리는 척하고 있는 효진. 재빠르게 그 앞을 막아서며 승욱이 재차 물었다.

"지금 뭐라고 했지?"

"어머, 안 들렸어요? 청각마저 약해진 거예요, 설마?"

"말 돌리지 마. 지금 뭐라고 했지?"

"에휴, 어쩔 수 없네요. 알았어요. 한 번 더 말할게요. 내가 학생회장을 할 테니까 대신 승욱 씨가 부학생회장으로 옆에서 나를 도와주세요. 그럼 나, 잘할 자신 있으니까. 어때요. 딱 좋은 제안이죠?"

"아냐. 전혀 좋지 않아."

그답지 않게 고집을 피운다. 어쩐지 그런 그가 귀여워 보여 효진은 일부러 짓궂게 말투를 변환시켰다.

"전 좋은 걸요~ 된 거죠? 허락한 거예요? 와아, 결정!"

"뭘 맘대로―"

승욱의 말을 채 듣지도 않고 효진은 귀를 막고 부리나케 도망쳤다. 그 뒤를 승욱이 드물게도 필사적으로 쫓아간다. 갑작스레 시작된 추격전은 학생들의 시선을 끌었다. 앞서 식당으로 향하고 있던 정인과 대희마저 휙 지나쳐 두 사람은 달려나갔다.

"내참, 점마들 기운도 좋다. 제일 지친 두 놈일 텐데."

"그러게 말이에요."

한마디씩 하고선, 정인이 마무리했다.

"저쪽도 나름대로 진행되고 있는 거겠제?"

"그렇네요."

대희도 동의한다. 둘은 서로를 마주 보며 피식 웃었다.

그날, 백두고 역사상 최초의 1학년 학생회장과 부학생회장이 탄생했다.

그리고 그들의 이야기는 다시 시작된다.

나가는 막(幕)

2년 뒤, 너를 산산히 쓰러뜨릴 이야기가 나타날 거다

두 남자의 목도와 주먹이 격돌했다. 허공에서 내려치는 목도를 양팔로 막아 방어해 낸다. 강한 힘에 팔뼈가 비명을 질렀지만 상관하지 않는다. 목도를 긁으며 상대의 품속으로 뛰어들어 팔꿈치로 턱을 갈겼다.

빠각, 소리가 나며 턱이 들렸지만 그 순간 목도가 목덜미를 후려쳤다.

쓰러지려는 것을 온몸으로 버티며 곧장 다시 달려들어 발차기를 날렸다. 얼굴에서 튄 핏방울이 목도에 갈리며 분산되고 발차기가 채 닿기도 전에 목도가 옆구리에 틀어박혀, 무서운 힘으로 몸을 날려 버렸다.

남자는 옆으로 뒹굴었다. 충격이 크다. 팔이 후들거리고 숨이 턱까지 차 올랐다. 쉽게 피로가 회복되지 않았다.

"……."

자신을 날려 버린 사내를 올려다보았다. 자신과 같은 나이. 그런데도 이다지도 강한 실력이라니. 목도에 묻은 피를 털어내며 사내가 자신을 차갑게 내려다보고 있다.

일어나야 한다. 질 수는 없어, 일어나야 해!

다리를 재촉하고 팔을 움직이려 하지만 생각만큼 몸이 움직여지지 않았다.

기억이 떠올랐다. 귀여운 여동생의 얼굴이. 이 학교에 입학하기 위해 집을 떠나던 날, 여동생은 눈물을 흘리면서도 웃는 얼굴로 자신에게 소리쳤다.

"오빠, 지지 마세요!"

자신은 큰 소리로 대답했었다.

"오냐! 난 누구한테도 지지 않아!"

약속했다. 누구보다도 소중한 여동생과의 약속. 그는 이를 악물었다.

허술해진 검은 장갑을 이로 조인다. 잇몸을 부술 기세로 힘을 넣어 기어코 그는 다시 몸을 일으켰다. 관중 사이로 환호성이 올랐다.

목도를 든 사내도 지친 얼굴이었으나 다시 일어서는 상대를 보며 목도를 겨누었다.

"끈질기구나. 너."

검은 장갑을 고쳐 매며 남자는 웃었다. 피가 묻은 입술. 아직 끝나지 않았다는 사실을 알리듯.

"여기서 지면 여동생을 볼 낯이 없어."

두 사람은 다시 충돌했다.

목도와 주먹이 교환되고 피가 흩날렸다. 백두고 역사에 남을 명승부였다. 보고 있던 선생들조차 마음을 졸이며, 올해 최고라고 꼽히는 두 학생의 대무를 지켜보았다.

이 싸움에서 이기는 쪽이 다음 해 학생회장이 되리라는 것은 불 보듯 뻔한 일. 모두의 관심사는 싸움의 결말에 모였다.

길게 이어지던 싸움. 그 끝이 보이기 시작했다.

똑같이 공격을 주고받은 두 남자가 땅을 나뒹굴었다. 흙먼지가 입 안으로 들어갔지만 제대로 뱉어내지도 못한다. 침과 피가 섞인 액체를 뱉어내며 얼굴로 흘러내리는 피를 아무렇게나 닦아낸다. 시야가 어느 정도 확보되자 둘은 똑같이 일어섰다.

둘 다 다리가 후들거렸다. 한계였다. 앞으로 단 한 번의 공격만이 가능할 정도로 둘은 지쳐 있었다.

호흡을 정리하고 잠시 후,

둘은 서로 돌격해 발차기, 목도를 날렸다.

쿵―!

돌풍이 불어왔다. 세차게 불어온 바람이 흙먼지를 휘날려 모두의 시야를 빼앗아갔다.

"큭……."

그사이, 피를 토해낸 것은 발차기를 한 남자 쪽이었다. 그의 공격은 상대에게 닿지 못했다. 채 발차기가 뻗기도 전, 번개 같은 속도로 그의 목도가 명치에 박혔다.

숨이 막힌다. 내장이 뒤틀린다. 통각이 비명을 질렀다.

그러나 그는 그 순간 깨달았다. 상대가 평범하지 않다는 사실을.

"너……."

꺼져 가는 의식 속에서 필사적으로 말을 만들어낸다.

"기다려라……."

검은 장갑을 낀 그의 손이 목도를 든 남자의 어깨를 붙잡았다. 쓰러지지 않기 위해, 최후의 말을 내뱉기 위해 상대의 어깨를 잡아 버틴다.

마지막 기력을 쏟아내 말하고 남자는 의식을 잃었다. 목도의 남자는 대무에서는 이겼지만 도저히 상쾌하지가 않았다. 눈을 돌린다. 돌풍 속에서도 결코 시선을 떼지 않고 있던 여성이 보였다. 그녀는 쓰러진 남자의 말을 들었을까.

검은 장갑을 낀 남자의 최후의 말.

"2년 뒤, 너를 쓰러뜨릴 여자애가 나타날 거다."

〈버닝피스트 끝〉

◆ 덧붙이는 막(幕)

　자까: 후기입니다. 후기. 그것도 무슨 후기냐. 무려 〈버닝 피스트〉
5권 완결권의 후기라 이 말씀입니다!
　kid: 뭘 흥분하고 난리야!
　자까: 흥분이라니! 자기도 완결 낼 때 흥분했잖아!
　kid: 내가 언제!
　자까: 내 눈에 몰카 장치가 있어!
　kid: 있지 마! 아니, 난 대체 여기 왜 나온 거냐?
　자까: 아. 소개가 늦었습니다. 완결권인 기념으로 캐릭터 대신, 그
이름만 거창한 스페셜 게스트 〈Story of fantasy〉, 〈Soul
Blade〉의 kid형입니다. 저하고는 친한 사이죠, 나름대로.
　kid: 그래. 나름대로. 그런데 '이름만 거창한'은 필요없어!
　자까: 알잖아, 내 마음.
　kid: 몰라!
　자까: 그래서 완결이라는 이야기입니다만—
　kid: 말 돌리지 마!
　자까: (무시)구상 기간까지 합치면 장장 2년을 육박하는 대하서사
드라마…… 라는 건 거짓말이고, 단순열혈학원격투연애(?)물 〈버닝
피스트〉를 완결했습니다. 새벽녘에 뜨는 해를 보며 키보드에서 손을
뗐군요. 이 후기를 쓰고 있는 지금은 대낮이라 바깥이 훤합니다만 어
젯밤은 흥분이랄까, 어쩐지 허전해서 잠이 안 오더군요.
　kid: 그럴 리가. 네놈이 그렇게 섬세할 리가 없어.

자까: 내 성격 알면서♡

kid: 몰라! 알 리가 없잖아?!

자까: 쳇. 5년의 사랑이 식었구나.

kid: 식을 사랑이 어딨냐! …헥헥. 난 대체 여기 왜 나온 거야…….

자까: 물론 개그용.

kid: 나의 정체성이란…….

자까: 자, 이쪽은 무시하고 계속 이야기해 볼까요. 뭐랄까, 이 글의 애초의 목표는 정말 단순무식합니다. 일본만화 〈천상천하〉를 깨부숴 보자. 캐릭터 설정의 모토는 '세계 정복도 가능한 놈들' 이었습니다. 지금에 와서는 세계 정복은 조금 무리려나 생각하고 있습니다만, 어떨까요. 부족한 전투 신 묘사에 주력해 보자고 시작한 시리즈이기 때문에 스토리의 연계보다는 장면 장면의 전투 묘사에 치중했습니다. 결과라면 그동안의 글을 보시면 아시겠구요. 저 자신으로서는 조금은 성장한 거 같아 기쁘게 생각하고 있습니다. 물론 질책도 받았지요. 저기 저쪽 구석에서 왕따처럼 음울하게 쭈그려 앉아 울고 있는 kid 형에게라던가.

kid: 안 울어! 제길, 내가 왜 이 녀석에게 이런 취급을 받아야 하는 거야!

자까: 형이니까.

kid: …외로워도 슬퍼도 울지 않을 테다. 젠장.

자까: 캔디냐…….

kid: 암튼…… 완결해서 좋겠구나. 시원하지?

자까: 시원섭섭…… 역시 그거겠지. 달리 할 말이 없어. 오래 쓴

만큼 애착이 붙은 캐릭터라 또 쓰게 될지도 몰라.

kid: 또 써먹으려구?

자까: 우려먹기는 아니라구. 애초에 얘네들의 이야기는 더 길었는데 적당히 잘라내서 다섯 권이니까. 외전 식으로 각자의 에피소드도 생각했었고. 뭐, 다음 글 쓰면서 가끔 끄적여 볼까 생각 중이야.

kid: 호오, 네놈에게도 계획성이란 게 있구나.

자까: 형이 아냐.

kid: 누가 나라냐!

자까: 계획이라고 할 것까지도 없잖아? 쉽게 끝내고 싶은 캐릭터들이 아니라서 그래. 아직 내 안에서도 할 말이 많은 캐릭터들이 있고. 하지만 지금은 다음 글이 우선이니까.

kid: 진지한 말 하니까 안 어울린다.

자까: …나도 알아. 아픈 곳을 찌르긴.

kid: 알아서 다행이구만. 좋아. 그럼 마지막으로 할 말 하고 이 자리를 끝내는 게 어때. 나도 글 쓰러 가야 한다구.

자까: 크흠. 제 세 번째 출판작이 이렇게 끝을 맺었습니다. 계약하면서 '이런 것도 책 내주는구나……' 하고 생각했던 게 벌써 작년의 일이군요. 세월은 빨라요. 마감 제대로 못 지켜서 담당자 분을 고생시키면서 어떻게든 이렇게 끝까지 왔습니다. 끈질기게 기다려 주신 담당 누님, 감사합니다. 복받으실 거예요. 세상에서 제일 아름다우십니다. …네, 속 보이는 소리는 안 하죠. 아무튼 〈버닝 피스트〉의 이야기는 이걸로 끝입니다. 즐겁게 읽어주셨으면 더할 나위 없이 감사하겠습니다. 또 언젠가 제 이름을 달고 나온 책이 있으면 한 번쯤 뒤적여 읽어주세요.

kid : 오오, 진지해, 진지해.

자까 : 후후후. 나 멋지지? 그렇다고 반하면 곤란해♡

kid : 누가 반하냐! 하트 지워!

자까 : 하트는 매력 포인트라니까.

kid : 말을 말지 내가……. 이런 녀석이지만 잘 부탁드립니다. 독자 여러분.

자까 : 잘 부탁드립니다! 다음에 또 어느 서점에서 만나기를 바랍니다!

kid : 좋은 날들 되세요!

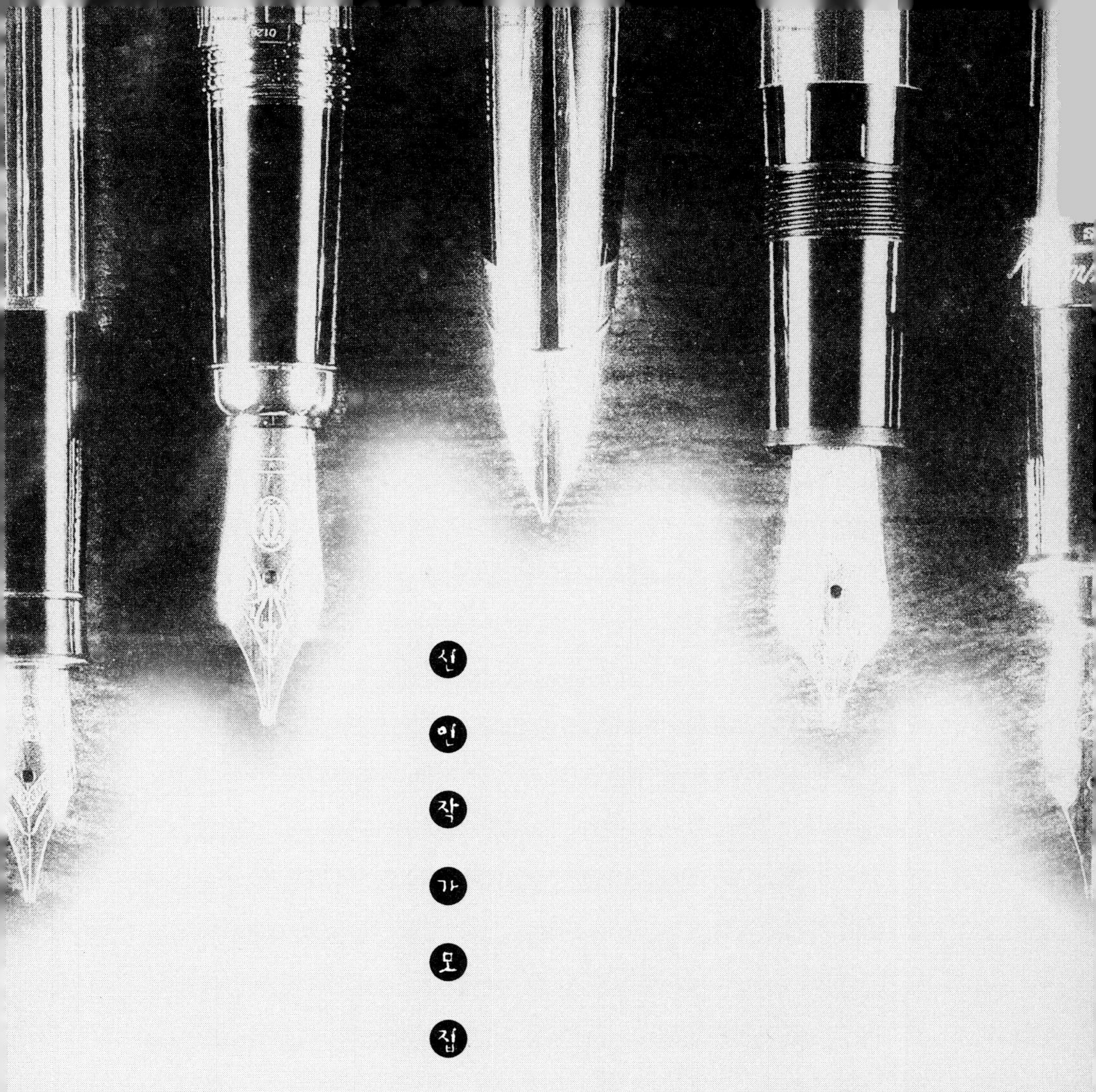

신
인
작
가
모
집

시작이 반이라고 했습니다.
작가의 길에 대한 보이지 않는 벽을 과감히 깨뜨리십시오!
청어람은 작가 지망생 여러분들의
멋진 방향타가 되어드리겠습니다.

저희 도서출판 청어람에서는
소설 신인 작가분들을 모집합니다.
판타지와 무협을 사랑하시는 분들의 많은 참여를 바랍니다.
소정의 원고(A4용지 150매)를 메일이나 우편으로 보내주시면
검토 후 출판 여부를 알려드리겠습니다.

주소:경기도 부천시 원미구 심곡1동 350-1 남성B/D 3F 우편번호420-011
TEL:032-656-4452 · FAX:032-656-4453
http://www.chungeoram.com
e-mail:chungeoram@chungeoram.com